KB121355

로크미디어가
유혹하는
재미있는 세상

ROK
MEDIA
로크미디어

싱크

싱크 6

2015년 7월 15일 초판 1쇄 인쇄
2015년 7월 20일 초판 1쇄 발행

지은이 현민
발행인 이종주

기획 팀 이주현 이기헌
책임 편집 이세종

발행처 (주)로크미디어
출판등록 2003년 3월 24일
주소 서울시 용산구 원효로97길 46 5층
Tel (02)3273-5135 Fax (02)3273-5134
홈페이지 rokmedia.com E-mail rokmedia@empas.com

값 8,000원

ISBN 979-11-255-9479-6 (6권)
ISBN 979-11-255-8684-5 04810 (세트)

싱크

6

† 현민 게임 판타지 장편소설 †

로크미디어

CONTENTS

광현칠검보

　몬즈 마을로 올라가는 길은 제정신으로는 다니기 힘든 곳에 있었다. 바위 절벽을 안쪽으로 깎아내어 만든 길의 폭은 2미터에 불과했고, 왼쪽은 낭떠러지였다. 난간조차 없었다.

　발을 헛디뎌 떨어지기라도 한다면 시체조차 찾기 힘들 만큼 계곡은 깊었다. 저 아래에 안개 같은 구름이 바람에 실려 빠르게 흘러가고 있었다.

　날씨가 따뜻해서 다행이었다. 반질반질한 바닥이 눈이나 비로 얼지 않았던 것이다. 그 때문에 겨울이면 아예 몬즈 마을로 가는 길이 폐쇄되기도 했다.

　구불구불 올라가는 길이 끝나자 마을 입구가 나타났다.

　노바디는 헝겊으로 코와 입을 둘렀다. 시체 썩는 냄새는 그 헝겊을 뚫고 코로 들어올 만큼 강렬했다.

아로간타르와 벨란데르 그리고 론투엘은 마을 중앙 우물가 옆으로 시체를 옮기는 중이었다. 노바디는 얼른 달려가 그 작업을 도왔다.

아로간타르의 말에 따르면 죽은 지 이틀 된 시체였다. 시체의 자세를 보면 도망치다가 당한 게 분명했다.

어린아이의 시체를 옮기는데, 가슴에 불이 붙었다.

공포에 질려 달아나는 아이를 뒤에서 죽였다. 목을 자른 흔적을 보면 살인마는 매우 효율적인 방식으로 목숨을 빼앗았다. 간결하면서도 우아한 방식이어서 오히려 더 끔찍했다.

달아나는 사람들을 죽여야 할 이유가 무엇인지 도저히 생각나지 않았다. 왜 이 사람들을 모조리 죽여야 했을까?

노바디는 축 늘어진 임산부 시신을 안아 올려 마을 중앙으로 걸어가면서 생각하고 또 생각했다. 이 마을은 훔쳐 갈 물건조차 없는, 가난한 사람들의 거주지였다.

아로간타르가 유독 상처가 많은 남자의 등을 살폈다. 예리한 무기에 찔린 자국이 열 군데가 넘었다. 아로간타르의 눈썹에 힘이 들어갔다.

"용갑."

"용갑이라면 굉장히 비싼 갑옷이잖아."

벨란데르가 아로간타르 앞에 섰다.

아로간타르는 멋대로 반말을 지껄이는 건방진 이방인을

올려다봤다.

"이방인이 이곳 사람들을 다 죽였다는 증거다."

"용갑은 너도 착용할 수 있지 않나?"

"녹색날개 엘프는 의미 없는 살인은 하지 않는다."

아로간타르가 판결을 내리듯 단호하게 말했다.

노바디는 얼마든지 아로간타르의 말을 뒤집고 비웃을 수도 있었지만 가만히 있었다. 건방진 엘프의 고집은 지금 조금도 중요하지 않다. 뻣뻣하게 굳어서 썩어 가는 저 시체들 앞에서는 그 어떤 것도 중요할 수 없을 것 같았다.

바닥에 눈에 띄는 돌 조각들이 흩어져 있었다. 노바디는 그 돌 조각 몇 개를 모아서 박학다식한 콜마에게 가져갔다. 콜마는 돌침대 위에 누워 있는 친구를 바라보고 있었다.

"육사형."

노바디는 콜마에게 돌 조각을 내밀었다.

"……진면석이다. 이 마을에서 탐을 낼 만한 유일한 물건이지. 어디서 발견했느냐?"

"마을 중앙 공터에서 찾았습니다."

"아무래도 진면석 때문에 일이 터진 모양이다."

콜마는 딱딱하게 굳은 얼굴로 시체들이 쌓여 있는 공터로 향했다. 바닥에 떨어져 있는 진면석을 살핀 콜마는 한숨을 내쉬었다.

"진면석이 무엇입니까?"

"사람 얼굴이 그려진 돌인데, 모기 따위의 해충이 접근하지 못하도록 막아 준다. 진면석 덕분에 몬즈 마을에는 모기는 물론 쥐도 한 마리 없다고 예전에 들은 적이 있다."

"그런 돌을 얻으려고 이 많은 사람들을 죽였을까요?"

"그럴 수는 없지."

"알고 계신 게 있다면 말씀해 주십시오, 육사형."

"진면석과 관련된 전설이 있다. 그 전설에 따르면 천도의 도주가 갱생이 불가능한 악인을 가둔 곳이 바로 진면석이다. 돌에 그려진 얼굴은 바로 그 악인의 얼굴이고. 따라서 진면석은 탈옥이 불가능한 감옥인 셈이다. 허나, 이 마을에 있던 진면석은 전설에 나오는 그 진면석은 아닐 게다. 왜냐하면 이렇게 부서졌으니 말이다."

콜마는 10년이나 늙어 버린 얼굴로 한숨을 내쉬었다. 그는 보고 싶지 않지만 보지 않을 수 없다는 듯 시체 더미를 바라보았다.

시체를 다 모으자 콜마가 앞으로 나와 사후 세계에서라도 편안히 지내라며 명복을 빌었다. 가쿨라는 시체에 불을 붙였다. 어마어마한 불꽃이 마을 중앙에서 하늘로 솟구쳤다.

대사형 켈란드는 양날도끼 중거추를 들고 그 앞에서 춤을 추었다. 죽은 자들의 휴식을 기원하는 망무였다. 노바디도 사라겐의 비월을 쥐고 뛰어들었다.

싱크

고등어구이는 맛이 좋았다. 탱탱한 살에는 고소한 맛이 깊이 배어 있었다.

"다음 달부터 교육이 시작돼."

아들을 위해 젓가락으로 고등어를 발라서 뼈를 추려 내던 엄마가 말했다.

"교육?"

"페플 대안 학교에 지원했는데, 그 결과가 오늘 나왔어."

"붙은 거야?"

"지원자가 별로 없었나 봐."

"축하해, 엄마."

김현은 진심이었지만 자연스럽게 드러나는 감정에 일부러 힘을 더 실었다. 그래야 그 바위 마을에서 느낀 분노와 슬픔, 절망 같은 감정에서 벗어날 수 있을 것 같았다.

"고마워, 아들."

엄마는 최근 들어 아들의 분위기가 달라졌다는 사실을 눈치채고 있었다. 점점 마음이 보이지 않을 만큼 아들은 크고 깊은 사람이 되어 가고 있었다. 영영 어디론가 가 버릴 것만 같은 불길한 예감이 자주 찾아왔지만, 엄마는 그런 감정에 휘둘리지 않으려고 애를 썼다. 페플 대안 학교로의 이직은 페플에 푹 빠진 아들을 좀 더 이해함으로써 아들 곁에 있기 위한 엄마의 결단이었다.

"그냥 있을 순 없지. 케이크 하나 사 올게."

"됐어."

"안 돼."

김현은 웃으며 근처 베이커리로 향했다.

케이크를 사서 나오려는데, 빵집으로 가족이 문을 밀고 들어왔다. 아빠와 엄마 사이에서 행복한 미소를 짓는 아이를 본 순간, 공원 사건으로 죽은 사람들과 그 가족들, 몬즈 마을에 쌓여서 불타던 시체들이 떠올랐다. 눈시울이 붉어졌고, 가슴 안쪽이 아팠다. 웃음은 사라진 지 오래였다.

급히 골목으로 들어선 그는 페플로 접속했다. 몬즈 마을이 어둠에 묻힌 채 저 아래에 보였다. 원정대는 몬즈 마을 근처에 천막을 세웠다. 땅에 박힌 바위에 앉아 달빛이 건물 윤곽을 따라서 애처롭게 흐르는 마을을 내려다보았다.

얼른 케이크를 들고 집으로 돌아가야 한다는 사실을 알고 있지만, 이 상태로 엄마를 보면 얼굴이 일그러지며 눈물이 쏟아질 것만 같았다. 디월드 렙스 파이브의 세계에서 3년이나 지내고 돌아왔을 때는 감정이 메말라 버려서 걱정했건만, 이제는 몬즈 마을의 학살로 인해 언제 어디서 눈물이 솟구칠지 몰라서 힘이 들었다.

명상록의 한 부분을 떠올렸다. 세상에는 다양한 사람들이 있고 그중에는 기쁘게 받아들일 수 없는 사람들도 있기 때문에, 아침마다 그 점을 생각하라는 내용이었다.

마음이 제멋대로 날뛸 때 명상록을 천천히 읊거나 생각하면 신기하게도 맹수 같은 감정이 잠잠해지곤 했는데, 오늘은 아무런 소용이 없었다. 오히려 반감이 생겼다.

몬즈 마을을 저 꼴로 만든 놈은 사람들이 모두 죽었는지 꼼꼼하게 확인까지 했다. 게다가 살인을 즐긴 정황까지 나왔다.

대사형 젤란드와 사사형 가쿨라는 사람의 상처만 보고도 어떤 상황에서 죽었는지 알아내는 능력이 있고, 그로 인해 발견한 사실은 끔찍하기 짝이 없었다.

놈은 무지 때문에 사람을 죽인 게 아니다.

놈은 쾌감을 위해 사람을 죽였다.

잡아야 한다!

반드시!

김현은 현실로 나갔다. 그리고 기령환에 저장된 진기의 양도 확인하지 않고 현섬을 펼쳤다. 집 근처 베이커리 골목에 서 있던 김현은 몇 초 만에 페플파크 안진후의 거실로 이동했다.

문을 열어 둔 채 화장실에서 볼일을 보던 안진후는 화들짝 놀라서 문을 닫았다.

"야, 뭐야?"

"게임 매니저는 페플 세계에서 이미 지나가 버린 일도 되돌려서 볼 수 있다고 했지?"

"그래야 게이머 사이에 분쟁이 일어나면 확인해서 판단을 내릴 수 있으니까."

"너도 볼 수 있지?"

"아마도."

안진후는 프리벨리지 제로의 권한이면 게임 매니저가 못 보는 것도 볼 수 있음을 잘 알았다.

"그 새끼를 잡아야겠어."

"살인마?"

"응."

"그것 때문에 여기까지 온 거야? 현섭으로?"

"아무리 생각해도 이해할 수가 없어. 참을 수도 없고. 빨리 찾아내어 묵사발을 만들어야 잠을 잘 수 있을 것 같아."

김현은 흥분을 참지 못하고 화장실 앞으로 왔다 갔다 했다. 씩씩거리는 소리를 내고 있다는 것도 몰랐다.

비데를 사용해 마무리를 하던 안진후는 김현의 이런 모습을 처음 본다는 사실에 생각이 미쳤다.

어떤 일에도 흥분하기는커녕 마치 감정이 없는 사람처럼 행동할 때가 많았다. 심지어 화가 난 경우에도 대응 방식이나 행동 자체는 침착해서 화가 났는지도 알아차리기 힘들었다.

"알았어."

안진후는 거실로 나와 노트북 앞에 앉았다.

김현은 창가로 가서 어두워진 도시를 내려다보고 있었다.

어떤 정신 구조를 가지면 그런 짓을 할 수 있을까 생각해 보았다.

페플은 보통 온라인 게임과 달리 NPC를 게이머가 죽일수 있었다. 그러나 대부분의 게이머들은 그런 짓을 하지 않았다. 살인의 대가를 잘 알았던 것이다.

마법으로 죽은 사람의 영혼을 불러낼 수 있는 세계에서 완전범죄는 존재할 수 없다. 이렇게 한 마을을 몰살시키면 어마어마한 현상금이 붙을 뿐 아니라 실력자들이 복수와 처벌을 위해 나서기 마련이어서, 제정신인 게이머라면 하지 않는행동이었다.

"케이크는 뭐야?"

안진후가 김현의 손에 있는 케이크를 힐끔 쳐다봤다.

"……축하할 일이 있어서."

"어머니?"

"응. 페플 대안 학교에 지원하셨는데 합격하셨대."

"케이크를 사러 나왔다가 그냥 여기로 온 거야? 그 일 때문에?"

김현은 아무 말도 하지 않았다.

"돌아가. 놈에 대해 알아내면 바로 전화할 테니까."

안진후가 키보드를 두드리며 말했다.

김현은 여기 있겠다고 고집을 부리고 싶었지만 집에서 아들을 기다리고 있을 엄마 생각을 하지 않을 수 없었다.

"알았어."

김현은 집으로 돌아가려고 현섬을 펼쳤지만, 진기 부족으로 실패하고 말았다.

짜증이 났다. 화가 나서 무엇이든 다 부숴 버리고 싶었다.

"내가 채워 줄게. 페플로 들어와."

안진후가 일어섰다.

페플로 접속한 김현은 바위 언덕으로 올라오는 벨란데르를 바라보았다.

"고맙다."

"뭘."

벨란데르는 마법사의 돌을 꺼내어 김현에게 건넸다.

그 돌은 마력이 쉬지 않고 솟아오르는 샘 같았다. 기령환을 돌 옆에 두기만 해도 내부에 진기가 빠르게 쌓였다.

잠시 기다려야 했기 때문에 김현과 벨란데르는 앉아서 거대한 바위 위에 자리 잡은 마을을 내려다보았다.

"네 잘못이 아니야."

벨란데르가 말했다.

김현은 가만히 있었다. 머릿속은 텅 비어 있어서, 지금은 무슨 말을 들어도 대꾸조차 할 수 없을 것 같았다.

"세상엔 또라이가 많아."

"대체 왜 저런 짓을 했을까?"

"또라이가 왜 또라이겠어? 그 생각을 정상인 사람들은 절대 이해할 수 없어서 또라이인 거지."

"그 새끼 찾아내어 두 번 다시 페플에 들어올 수 없도록 조치할 수 있지?"

"따로 조치 안 해도 못 들어와. 룬트란 왕국 근위기사단이 나섰을 테니까. 마탑은 물론 용병단까지 놈을 쫓을걸. 어마어마한 액수의 현상금이 붙었을 거야. 그리고 잡히면 푼둠형보다 더 가혹한 형벌에 처해질 거야. 스스로 캐릭터를 삭제하지 않고는 못 버틸걸."

김현은 어쩐지 그 조치로는 부족하다는 생각이 들었다.

"그 새끼의 주소, 알아낼 수 있지?"

"아마도. 근데 왜?"

"고통을 알려 줘야겠어."

"직접 찾아가서?"

벨란데르는 깜짝 놀랐다. 김현의 의도를 뒤늦게 깨달았던 것이다. 페플에서 벌어진 학살 사건에 대한 보복으로 현실에서 그 게이머를 찾아가겠다니.

"고통을 모르는 인간만이 그런 짓을 할 수 있으니까."

"그래도 페플에서 벌어진 일이니 페플에서 해결하는 게 좋을 것 같은데."

벨란데르는 달래듯 말했다.

"주소를 찾아내면 알려 줘."

김현은 막무가내였다.

진기가 채워지자 기령환을 손가락에 끼운 김현은 현실로 나와 즉시 집으로 이동했다. 아파트 계단에 나타난 그는 심호흡으로 마음을 가라앉힌 후, 집으로 들어갔다.

노바디는 원정대 야영지에서 충분히 거리가 떨어진 곳으로 이동했다. 안진후가 놈을 찾아낼 때까지 가만히 있을 수 없어 페플로 접속한 것이다. 커넥터를 이용해서 들어왔는데, 김현으로 수련을 하다가 들키기라도 한다면 풀기 힘든 오해가 생길 것 같아서였다.

사암 바위가 우뚝 서 있고 그 사이로 분지처럼 평평한 바닥이 있는 지형이어서 소리가 멀리 퍼지지 않을 것 같았다. 주위를 둘러본 노바디는 심호흡을 한 후에 수라부월공과 천무삼권을 섞어서 펼쳤다. 무극심법의 좌각, 타각은 자제했다. 이 고요한 밤중에 땅을 울리는 소리는 꽤 멀리까지 들릴 터였다.

동작마다 화결, 중결의 묘리를 담기 위해 애를 쓰자 곧 땀이 비 오듯 흘러내렸다. 이미 완벽한 초식으로 짜 맞춰진 자세와 흐름에 새로운 방식을 적용하는 일은 완성된 건물의 구조를 바꾸는 것처럼 난해한 일이었다.

그래도 노바디는 물러서지 않았다. 화결, 중결이 결합되면 수라부월공과 천무삼권의 위력은 몇 배나 증가하리라 확신했기 때문이다.

평소와 달리 오늘의 수련은 과격했다. 비록 보이지는 않지만, 몬즈 마을을 그 지경으로 만든 놈을 상대했던 것이다.

수라부월공의 비어초목으로 놈의 발목을 부러뜨리자마자 천무삼권의 중위경근으로 놈의 갈비뼈를 으스러뜨리고, 동령고송으로 놈의 정수리를 부수었다. 그때까지 놈의 배후에서 기회를 엿보던 사라겐의 비월은 놈을 반으로 쪼갰다.

어떻게 하면 놈을 좀 더 고통스럽게 죽일 수 있을지 고민하면서 수련했다. 동령고송은 너무 위력적이라 박비위중이나 맹부단월이 고통을 가하기에 더 적절하지 않을까 고민하면서 죽음에 이르는 공격 경로를 세심하게 검토하고 결정했다.

그때, 인기척이 느껴졌다.

노바디는 몸을 돌렸다. 달빛이 들지 않는 거대한 바위 사이의 그늘에서 한 사람이 걸어 나왔다.

"사사형?"

"너라고 생각했다."

가쿨라가 말했다.

"……죄송합니다. 제가 시끄럽게 소란을 떨었습니다."

노바디는 안 그래도 심란한 사사형의 잠을 달아나게 했다고 자책했다.

"수라부월공은 아주 능숙하더구나."

"대사형의 가르침 덕분입니다."

"쉬지 않고 수련한 네 노력이 아니었다면 그런 경지에 오르진 못했을 게다."

"과찬입니다."

"분하냐?"

"……네."

"그놈은 민첩하다. 두 자루 단검을 쓰는데, 매우 예리하다. 상당한 쾌검 같다."

노바디는 가쿨라의 말뜻을 즉시 알아들었다. 수라부월공은 기본적으로 도끼를 사용하는 무공이기 때문에 무기의 왕이라 불리는 검, 검 중에서도 상당히 까다로운 단검을 상대하기 어렵다는 뜻이었다. 도끼는 강하지만 그만큼 느렸던 것이다.

"넌 이방인이다. 그럼에도 여기 사람들의 죽음에 큰 분노를 느끼고 있다. 난 그게 무척이나 고맙구나."

"아닙니다, 사사형. 제겐 똑같은 사람이며, 생명입니다."

"사실, 대사형이 널 막내로 받아들이기로 했을 때 난 속으로 불만을 품었다. 네가 이방인이기 때문이지. 이방인 특유의 경박함이랄까, 제멋대로 행동하고 책임을 지지 않는 경향을 많이 봐 왔기 때문에 선입견으로 널 판단한 것이다."

노바디는 전혀 모르는 내용이었다. 오늘 처음 듣는 말이었다.

가쿨라가 말을 이었다.

"그래서 대사형이 수라부월공을 네게 전수한다고 했을 때도 어쩐지 불편했다. 그러나 오늘에 이르러서야 대사형의 안목이 얼마나 높은지 깨달았다. 넌 그럴 자격이 있는 아이니까."

"……아닙니다, 사사형."

노바디는 고개를 숙였다. 마음은 여전히 그 살인마를 향한 분노로 들끓었지만, 그와 동시에 자신을 인정해 주는 사사형 가쿨라의 말로 인해 가슴은 터져 나갈 듯 부풀어 올랐다.

가쿨라가 빙긋 웃었다.

"너는 오늘부터 검을 배운다."

"네?"

노바디는 깜짝 놀랐다.

"수라부월공은 충분히 익혔으니, 이제부터 광현칠검보를 익힐 차례라는 말이다."

"……감사합니다, 사사형."

노바디는 고개를 숙였다.

라마간에서 강해지고 싶어 할 때, 겔란드를 비롯해 사형들은 자신들의 절기를 전수하겠다고 말했었다. 평소 말수가 적고 무뚝뚝하지만 가쿨라는 그 약속을 잊지 않았다. 오히려 이날을 기다려 온 것이다.

"받아라."

가쿨라는 목검을 던졌다.

두 손으로 잡은 목검은 꽤 무거웠다. 달빛을 받은 목검의 표면은 은은하게 반짝거렸다. 평범한 나무 재질은 아닌 듯했다.

"안에 철심을 박아 넣어서 보통 목검보다는 훨씬 무겁지만, 연습용으로는 딱이다."

"네, 사사형."

"광현칠검보는 검제 남궁현도가 사용해서 유명해졌지만, 실은 남궁현도 역시 광현칠검보를 입수했을 뿐 그가 창안한 무공은 아니다. 그보다 훨씬 깊은 무의 역사에 닿아 있는 무공이니, 가볍게 여기지 말도록."

"명심하겠습니다."

"일단, 봐라."

가쿨라는 검을 뽑아 앞으로 내밀었다. 그 자세로 5분 가까이 서 있었다. 미동도 없는 자세는 견고해서 밀어도 밀리지 않을 것 같았다.

제법 덩치가 큰 곤충 한 마리가 가쿨라를 이파리 없는 나무로 여기고 다가왔다. 가쿨라는 그 벌레를 보지도 않고 검을 움직였다. 검은 정확히 벌레의 가슴을 꿰뚫었다.

수라부월공과 천무삼권, 무극심법의 수련으로 무공에 대한 안목이 높아진 노바디는 깜짝 놀랐다.

'어떻게 저토록 간결하게 검을 휘두를 수 있지?'

눈으로 보고도 노바디는 믿을 수 없었다.

"광현칠검보의 기수식 한정소언이다. 다음은 기취이퇴."

오른발을 뒤로 옮기며 몸의 중심을 낮춘 가쿨라는 잔상을 남기며 앞으로 움직였다. 발로 땅을 딛는 게 아니라, 낮고 빠르게 날았다.

단번에 5미터를 이동한 그는 검을 뻗었다. 예리한 검 끝이 일곱 개로 갈라지며 각기 다른 곳을 찍었다.

그 순간, 가쿨라는 다시 5미터 뒤로 돌아왔다. 마치 누군가가 그를 잡고 당긴 것 같았다. 원래 자리로 올 때도 가쿨라의 발은 땅에 닿지 않았다.

"와아."

노바디는 또 다른 세계를 본 기분이었다.

"망회득실."

이번에는 앞으로 움직이며, 무엇이든 다 부수고 무너뜨릴 것 같은 공격 일변도의 초식을 펼쳤다.

"증익형둔."

몸을 웅크린 가쿨라의 팔과 검에 기가 모여들었고, 잠시 후 사방으로 검기가 예리한 조각으로 퍼져 나갔다.

"다섯 번째 초식인 적소취대는 나중으로 미루고, 전전율율."

가쿨라가 검을 휘두르자 금세 은빛의 막이 생겨났다. 전전율율은 검막을 펼치는 방어 초식이었다.

이어서 경중자견, 여수여경, 선이순풍이 연달아 펼쳐졌다.

노바디는 숨도 제대로 쉬지 못하고 그 광경을 머릿속에 담았다. 검은 도끼와는 완전히 다른 무기였다. 도끼의 공격이 베고 부수는 쪽이라면 검은 파고들어 찌르는 동작이 많았다.

"어떠냐?"

가쿨라가 호흡을 가다듬으며 물었다.

"굉장해요, 사사형."

"포괄지체, 천하위공, 응언이행의 세 초식은 나도 제대로 펼치지 못하기 때문에 시범을 보일 수 없었다. 난 네가 거기까지 도달할 수 있으리라 믿는다."

"최선을 다하겠습니다."

"한정소언부터 시작하자구나. 자세를 잡아 봐라."

"네, 사사형."

노바디는 기억을 더듬어 광현칠검보의 기수식, 즉 첫 초식의 자세를 취했다.

가쿨라는 꼼꼼했다. 약간의 오차도 허용하지 않았다.

노바디는 수라부월공과는 기본자세부터 다르다는 사실을 실감했다. 수라부월공이 힘을 모아서 한꺼번에 터트리는 자세가 많다면, 광현칠현보는 마치 깃털이 바람에 실려 춤을 추듯 힘을 빼고 흐름에 맡기는 연속 동작이 압도적으로 많았다.

한정소언 초식 하나를 배우는 데 한 시간이 걸렸다.

"넌 무공의 기본을 이미 쌓았으니, 그 초식만 제대로 익혀도 검이 어떤 무기인지 알게 될 게다."

가쿨라가 말했다. 그도 지쳐 있었다.

"감사합니다, 사사형."

"항상 검을 쥐고 다녀라. 그래야 감각을 빨리 끌어올릴 수
있으니까."

"알겠습니다."

가쿨라는 고개를 숙인 노바디의 어깨에 잠시 손을 올렸다
가 어둠 너머로 사라졌다.

노바디는 한정소언을 펼쳐 보았다. 확실히 가쿨라가 옆에
있을 때보다는 훨씬 어려웠다. 항상 검을 뻗을 준비를 하는
동시에 몸에서 힘을 빼야 하는 게 힘들었다.

그때, 메시지 창이 떴다. 안진후가 보낸 문자였다.

노바디는 즉시 접속을 끊고 나왔다.

김현은 커다란 모니터에서 벌어지는 학살을 눈을 부릅뜨
고 지켜보았다. 몬즈 마을의 중앙 공터에 쌓여 불에 탔던 그
사람들이 모니터 속에서 죽어 가고 있었다.

"왜 그 새끼는 안 보여?"

분명히 누군가가 달아나는 마을 사람들을 뒤쫓으며 살해
하고 있지만, 영상에는 아무것도 보이지 않았다.

"고스트 커넥터야."

"그게 뭔데?"

"페플 시스템의 취약점을 이용해서 접속한 거야. 그 때문에 녹화 영상에는 안 잡혀. 접속 정보 역시 전혀 없어. 당연히 게이머가 누군지도 알아낼 수 없고. 처음부터 이상했는데, 이제 그 이유를 알겠어. 놈은 자기가 추적당하지 않을 걸 알고 있었던 거야."

"……알아낼 방법, 전혀 없어?"

김현은 터져 나오려는 분노를 억누르며 물었다.

"아직까지는."

"넌 똑똑해. 그러니까 분명히 알아낼 수 있을 거야. 고스트 커넥터가 무엇이든. 그렇지?"

안진후를 노려보는 김현.

"……아마도."

안진후는 속이 서늘해졌다. 처음으로 김현에게서 공포를 느꼈다. 찾아내지 못하면 살인마를 향한 분노가 자신에게 쏟아질 것만 같았다.

"휴우, 미안해. 흥분했어. 내 말은…… 놈을 꼭 찾아내야 한다는 거였어. 그러니까…… 부탁해."

김현은 날뛰는 감정을 마음속 틀에 가두는 데 성공했다. 평소처럼 차분한 태도는 아니지만 그래도 안정감 있는 분위기로 돌아갔다.

"알았어."

안진후는 김현의 얼굴을 살피며 말했다.

김현은 거실 소파에 털썩 앉았다. 몸에서 힘이 다 빠져나간 기분이었다. 놈을 잡을 수 있으리라, 주소를 알아낸다면 찾아가서 한바탕할 수 있으리라 생각했건만.

안진후가 다가왔다. 그 손에는 책이 한 권 들려 있었다.

"뭐야?"

"읽어 봐."

"《살인자의 이상심리》?"

책 제목이었다.

"도움이 될 것 같아서. 세상엔 악마 같은 놈들도 있어. 그 책에 나온 사건은 모두 진짜야."

"고마워."

김현은 웃으려 애를 썼지만 뺨에 가벼운 경련이 일 뿐이었다.

안진후는 몇 가지 우회로를 이용해 놈을 추적하려고 방으로 돌아갔다. 거실에 남은 김현은 책을 펼쳤다.

불과 몇 페이지만 읽었을 뿐인데 등골이 오싹해졌다.

책을 쓴 사람을 확인했다. FBI 수사관 제이슨 터크였다.

제이슨 터크는 실제로 사람을 여럿 죽인 살인마를 찾아가서 그 심리를 알아내기 위해 수백 시간이나 인터뷰를 했고, 그 결과를 정리해서 책으로 내놓은 것이다. 책 뒤표지에는 제이슨 터크의 얼굴이 나와 있었다. 살인마 앞에서 눈도 깜짝하지 않을 만큼 강인한 인상의 소유자였다.

순전히 죽이는 과정의 쾌감을 위해서 적당한 대상을 물색하는 살인마들 이야기가 그 책에 가득 담겨 있었다. 조직적으로 범행 장소를 선정하고 범행 도구를 준비할 뿐 아니라, 적당한 사람을 며칠이나 따라다니며 정보를 모으기도 했다.

반대로 우발적으로, 충동적으로 살인을 저지르는 경우도 꽤 많았다. 그들 역시 살인의 즐거움을 느끼기 위해 범행을 저지르지만, 체계적으로 범행을 준비하는 놈들과는 과정이나 결과가 많이 달랐다. 그들 역시 악마라는 점은 같았다.

처음 페플에 접속했을 때만큼이나 김현은 충격을 받았다. 비록 그 책에 나온 살인자들은 미국인이었지만, 같은 하늘 아래 살고 있는 진짜 사람이라는 점은 바뀌지 않았다.

사람을 잡아다가 즐거움을 위해 강간과 고문으로 죽이고, 인육을 먹기도 할 뿐 아니라, 시체를 감춘 후 반지나 목걸이 따위를 숨겨 놓고 살인의 순간을 떠올리며 쾌감으로 몸을 떠는 악마들이 현실에 있었다!

드라마에서는 미치광이 살인마가 가끔 등장한다. 김현도 여러 번 보았다. 그러나 현실에 비한다면 그 범죄 드라마는 동화처럼 보일 정도로 순진했다. 진짜 이름, 진짜 얼굴, 범행이 실제로 벌어진 지역이 기록된 책은 가상으로 꾸며진 이야기와는 차원이 다른 위력으로 김현의 머리를 뒤흔들었다.

김현은 그 자리에 앉아서 책을 끝까지 다 읽었다. 도저히 놓을 수가 없었다.

"휴우."

창밖엔 동이 트고 있었다.

"사람들이 다 너 같지는 않아."

안진후가 다가와 오렌지 주스가 든 유리컵을 내밀었다.

속이 답답했던 김현은 주스를 단숨에 마셨다.

"……이해할 수가 없어."

"그런 놈들은 이해의 대상이 아니야. 뿌리 뽑아 없애야 할 해충이니까."

안진후는 차분하게 말했다.

"맞아."

김현이 천천히 고개를 끄덕였다.

'해충'이라는 표현에 마음이 묘하게 가라앉았다. 모기를 향해 왜 무냐고 반문할 수는 없다. 피부에 달라붙어 피를 빠는 것은 모기의 본능이다. 모기는 이해의 대상이 아니라 보는 족족 잡아서 죽여야 하는, 제거의 대상이다.

"놈은 서울에 살아."

"범위를 좁혔구나."

김현의 눈이 빛났다.

"시간이 좀 걸리겠지만, 반드시 알아낼 거야."

"비슷한 책, 더 있어?"

김현은 읽은 책을 들어 올렸다.

"따라와."

안진후는 김현을 데리고 서재로 들어갔다. 책이 방의 두 면을 가득 채웠다. 서가의 한쪽은 심리 관련 책으로 빼곡히 들어차 있었는데, 그중 다수가 범죄자의 심리 서적이었다. 프로파일링 관련 책도 몇 권 포함되어 있었다.

그 다양함에 김현은 깜짝 놀랐다.

"한때 관심이 있어서 사 모았던 거야."

안진후가 설명했지만 수집 이유까지 알리진 않았다.

"여기 있는 책, 빌려 가도 될까?"

"얼마든지."

"고마워."

김현은 서른 권 가까이 페플의 인벤토리 창으로 옮겼다. 모조리 다 읽어 놈들에 대한 정보를 파악할 생각이었다. 해충의 행동 패턴을 알게 되면 박멸도 그만큼 쉬워질 것이다.

몬즈 마을 북쪽 커다란 바위에 잿빛 와이번 한 마리가 앉아 있었다. 몸길이가 줄잡아 10미터는 되는 와이번은 날개를 접은 채 웅크리고 앉아 햇살을 쬐고 있었다.

노바디는 와이번을 보고는 마을 중앙 공터로 달렸다. 거기

손님 셋이 와 있었다.

"사부님!"

노바디는 셸레스카르를 발견했다.

셸레스카르는 노바디의 몸 외부와 내부로 흐르는 힘을 알아보고는 깜짝 놀랐다.

"오호, 제법 강해졌구나."

"여기는 어떻게 오셨습니까?"

"대량 학살이 다른 곳에서도 일어났다."

셸레스카르는 차갑고 슬픈 눈으로 주위를 바라보았다.

"다른 곳에서도요?"

노바디는 그제야 겔란드 대사형과 말을 나누는 사람이 누구인지 알아보았다. 룬트란 왕국 근위기사단 비브라탄의 단장 덴토마였다. 적룡회가 왕세자를 납치하려고 벌인 타임어택 퀘스트를 무사히 막아 낸 후 그를 본 적이 있었다.

왕세자 론투엘은 덴토마의 말에 귀를 기울이고 있었다.

"이곳까지 포함하면 세 곳이다. 모두 오지여서 외부와 동떨어진 곳이었다."

셸레스카르는 한숨을 내쉬었다.

"누군가가 조직적으로 사람들을 죽였군요."

"맞다."

"단서는 알아내셨습니까?"

"곧 알게 되겠지."

셀레스카르는 내키지 않는 듯 불편한 표정으로 한쪽으로 물러서 있는 노인을 가리켰다.

노인이 들고 있는 지팡이는 뼈로 만들어졌고, 지팡이 끝에는 해골이 붙어 있었다.

"네크로맨서야."

벨란데르가 노바디 옆으로 다가와 속삭였다.

"아, 영혼 소환술."

"……소용없을 거야. 고스트 커넥터 때문에."

벨란데르는 고개를 흔들었다. 그래도 노바디는 희망을 간직한 채 네크로맨서의 소환술을 지켜보았다.

죽은 사람들의 혼을 불러내는 데는 성공했지만, 마을에서 죽은 사람들 중 누구도 살인마가 누구인지, 어떻게 생겼는지 말할 수 없었다. 그들도 몰랐던 것이다.

네크로맨서 모르케마가 셀레스카르 앞에 섰다. 셀레스카르는 경멸감을 감추느라 애를 먹었다.

"기억이 지워졌소. 영혼들을 닦달해 봐야 소용없소."

모르케마는 지팡이를 휘둘러 영혼들을 돌려보냈다.

"다른 단서는 없습니까?"

덴토마가 나섰다.

"현재로서는 없소."

그렇게 대답한 모르케마의 지팡이에서 검은 연기가 흘러나왔다. 데스나이트의 몸을 에워싼 죽음의 기운 테네파르 인스푸모였다. 연기는 모르케마의 몸을 뒤덮더니, 불어온 바람에 흩어지며 모르케마와 함께 사라졌다.

겔란드가 덴토마 앞으로 다가섰다.

"살인마는 용갑을 착용했고, 두 자루의 단검을 사용합니다."

시체에 남은 흔적에서 알아낸 단서였다.

"용갑이라…… 보통 놈은 아니겠군요."

"제가 놈을 잡겠습니다."

"그렇게 말씀해 주시니 고맙습니다. 근위기사단은 스콰 마을 사건을 맡겠습니다."

"그렇다면 남은 건 메룸이군."

셀레스카르였다.

긴 이야기는 필요하지 않았다.

셀레스카르는 손짓으로 제자들을 불러 모았다. 노바디, 벨란데르 그리고 론투엘이 그 앞에 섰다.

"어둠이 몰려오고 있다. 강해질 수 있을 때 강해져라. 본격적으로 폭풍이 시작되면 여유 따위는 없을 테니까."

"사부님, 궁금한 게 있습니다."

"말해 봐라."

"티메후르를 구하고 싶습니다."

"한 번 더 내려갔구나."

노바디를 뜯어보던 셀레스카르의 눈이 살짝 커졌다.

"어둠에 제대로 대비하려면 티메후르가 필요할 것 같아서요."

"티메후르는 위험한 물건이다. 게다가 더 이상 그곳은 안전하지 않다. 그러니 앞으로는 내려가지 말거라."

노바디는 대답하지 않았다.

자신에게 재능이 있다면 오랜 시간 한 가지 일을 꾸준히 한다는 끈기뿐이었다. 만약 티메후르를 통해 디윌드 뎁스 파이브의 세계로 내려가지 못했다면 무극심법은 물론 천무도와 화결, 중결 묘리를 이토록 빨리 익힐 수 없었을 것이다.

"그렇게 원한다면 드래곤을 찾아가야 한다. 티메후르를 비롯해 모든 용옥은 드래곤이 만들었으니까."

"……드래곤."

노바디는 할 말이 없었다.

"이번 일을 잘 마무리 지으면, 성격이 좀 거칠고 수틀리면 산 하나쯤은 날려 버리지만 그래도 마음은 비단처럼 부드러운 드래곤을 소개시켜 주마."

"굳이 그러실 필요는 없습니다."

벨란데르가 나섰다. 비록 꿈에서였지만 레드 드래곤 헤라에게 호되게 당한 경험 때문이었다.

셀레스카르는 벨란데르를 뜯어보았다.

"넌 정령과 계약을 맺었군."

"사부님 덕분입니다."

활짝 웃는 벨란데르.

"마법도 익혔어? 오호, 제법이야."

"그건 제가 노력한 결과입니다."

벨란데르의 뻔뻔한 자화자찬에도 셀레스카르는 고개를 끄덕였다. 스승의 도움 없이 이 정도로 성장했다는 사실을 인정한 것이다.

그때, 셀레스카르의 눈이 가늘어졌다.

"뱀파이어의 마법을 익혔군."

"네?"

"그 마법서, 뱀파이어에게서 나온 것일 테지."

"……그렇습니다만."

"지금은 괜찮지만 앞으로 문제가 생길 게다."

"문제라면?"

"피."

벨란데르는 눈을 감았다. 답을 듣기도 전에 이미 알고 있었다. 뱀파이어의 마법을 익히느라 죽을 고생을 다했는데. 젠장!

"넌 뱀파이어 일족 루비도스를 찾아가야겠다. 그래야 그 문제를 해결할 수 있겠어. 그 부분도 이번 일을 끝낸 후에 생각하자꾸나."

셀레스카르는 세 번째 제자를 찾다가 노바디와 벨란데르 뒤쪽에 서 있는 드워프를 발견했다.

"오호, 추영이로군!"

셀레스카르는 바마퉁 앞으로 걸어갔다.

바마퉁은 어리둥절했다.

벨란데르가 나서서 세와타트 산맥 지하에 자리 잡은 불꽃망치 드워프 일족의 사정과 거기서 온 바마퉁에 대해 간략하게 설명했다. 조리 있는 이야기 방식은 노바디도 따라갈 수 없는 벨란데르의 능력 중 하나였다.

"바마퉁이에요."

바마퉁은 수줍은 얼굴로 고개를 숙였다.

"벨뭉은 어떻게 됐나?"

셀레스카르가 물었다.

"그게……."

말을 더듬는 바마퉁 대신 벨란데르가 벨뭉이 어떻게 푼둠형을 받았는지 늙은 엘프에게 알려 주었다.

"아쉽군. 좋은 녀석이었는데. 불꽃망치 일족뿐 아니라 드워프 종족 전체를 이끌 만한 인재였건만."

셀레스카르는 혀를 찼다.

"죄송해요."

허리까지 숙이는 바마퉁.

"자네가 죄송할 이유는 없지. 자네 때문에 벨뭉이 그런 선택을 한 게 아니니 말이야. 아무튼, 이것도 인연이니 가만히 있을 수는 없지. 비록 늦었지만 추영의 주인에게 선물 하나쯤은 줘야지."

셀레스카르는 품에서 낡은 가죽 장갑을 꺼내어 바마퉁에게 건넸다. 바마퉁은 얼떨결에 장갑을 받았다.

"……고맙습니다."

"사토르의 장갑일세."

"와아!"

벨란데르와 론투엘이 반응했다. 사토르가 누군지 두 사람만 알았던 것이다.

"고지식한 놈과 덤벙거리는 놈의 뒤를 잘 봐주게나."

셀레스카르는 노바디와 벨란데르를 번갈아 응시했다가 바마퉁을 향해 시선을 옮기며 말했다.

"……최선을 다하겠습니다."

바마퉁은 장갑이 얼마나 귀한 물건인지도 모르고 고개를 숙였다.

차례를 기다리다 조바심이 난 론투엘이 스승 앞으로 나왔지만, 셀레스카르는 뒤쪽에 서 있는 엘프를 향해 가 버렸다.

"장로님, 이러실 수는 없습니다."

아로간타르가 불평을 터트렸다. 자기 눈으로 직접 본 셀레스카르의 행동을 이해할 수 없었다. 셀레스카르는 인간, 그것도 이방인을 둘이나 제자로 삼았을 뿐 아니라 드워프에게 녹색날개의 보물이라 할 수 있는 사토르의 장갑까지 선물로 줘 버렸다.

"널 제자로 삼으마."

"……네?"

아로간타르는 어릴 때부터 그토록 애원을 해도 냉정하게 거절했던 셀레스카르가 이토록 쉽게 허락하자 말문이 막혔다.

"넌 막내다."

셀레스카르의 입가에 미소가 걸렸다.

"뭐라고요?"

"네 위로 세 명의 제자가 있다는 뜻이다. 깍듯하게 모셔야 한다. 만약 네 사형들이 널 못마땅하게 여긴다면 난 널 내쫓을 생각이니까."

"……말도 안 됩니다."

"말이 되는지 안 되는지는, 다음에 날 만나면 알게 될 게다."

돌아선 셀레스카르는 세 번째 제자 론투엘을 찾았다. 아주 가까운 곳에 있었다.

론투엘은 대사형과 이사형의 성취에 지지 않으려고 어마어마하게 노력했음을 사부님께 인정받고 싶었다.

"넌 나를 따라오너라."

"네? 아, 네, 사부님."

셀레스카르가 와이번이 일광욕을 즐기는 곳으로 걸어가자 론투엘은 급히 그 뒤를 따랐다. 가쿨라 옆에 있던 엘루스는 놀라서 론투엘을 따라갔다.

잠시 후, 와이번은 셀레스카르와 기사단장 덴토마, 론투엘 그리고 엘루스를 태우고 하늘로 날아올랐다.

젤란드가 다가왔다.

"엘루마로 간다."

영웅회 참석을 위해 엘루마로 가지만, 그와 동시에 용갑의 소유자를 확인하기 위해서도 엘루마로 가지 않을 수 없었다. 모든 용갑은 엘루마의 유명한 귀족 가문 뮤카멘에서 제작하기 때문이다. 뮤카멘 백작가의 도움을 받는다면 몬즈마을을 죽음으로 몰고 간 살인마에게 한 걸음 다가설 수 있을 터였다.

젤란드, 가쿨라, 콜마가 앞쪽에서 달렸다. 그 뒤로 노바디, 벨란데르, 바마퉁이 뛰었고, 마지막은 아로간타르였다. 그들은 산봉우리를 향해 올라가기 시작했다.

탈출

엘루마가 저 멀리 고원 위에 빛나고 있었다. 저물어 가는 해가 던지는 주황색 햇살에 엘루마는 그 어느 때보다도 아름 다웠다. 빛의 도시 엘루마를 바라본 겔란드가 결정을 내렸다.

"오늘은 여기서 야영하고, 내일 아침 일찍 출발해서 도시 로 들어간다."

"대체 왜 여기서……."

"어허."

아로간타르가 그 결정에 반대하고 나서려 했지만 벨란데 르가 고개를 흔들며 막자 어깨를 움찔거리며 물러섰다.

"뭐 해?"

벨란데르는 아로간타르를 쳐다봤다.

"알겠습니다, 이사형."

입술을 깨문 아로간타르는 머리 위로 30센티미터나 더 튀어나올 만큼 거대한 짐을 내렸다. 그 안에서 접히는 철제 기둥을 꺼내어 적당한 곳에 세웠고, 질긴 헝겊을 씌워 하룻밤 이슬을 막아 줄 천막을 완성했다.

녹색날개 족장의 아들로서 할 수 있는 일이 아님을 잘 알았지만, 엉뚱해도 내뱉은 말은 그대로 지키는 셀레스카르의 제자가 되기 위해서는 그보다 더 수치스러운 일도 할 수 있다고 아로간타르는 생각했다.

뒤처져 있다가 이제 막 야영지에 도착해서 무거운 가방을 바위에 내려놓은 바마퉁은 벨란데르가 틈이 날 때마다 아로간타르에게 일을 시키는 모습을 보며 웃음을 참았다. 벨란데르는 상대의 신경을 건드리는 매우 다양한 방법을 알고 있었다.

노바디가 아로간타르를 돕기 위해 왔지만 벨란데르의 눈짓을 읽고는 멀어졌다. 노바디는 가쿨라와 함께 산등성이가 물결처럼 굽이치는 곳으로 돌아갔다.

요즘 노바디는 가쿨라에게 검술을 배우고 있었다. 틈만 나면 수련에 여념이 없는 노바디를 보노라면 바마퉁은 자신도 무언가 의미 있게 시간을 보내야겠다는 생각이 들었다. 노바디는 그에게 무언의 자극을 주는 사람이었다.

"휴우, 드디어 엘루마가 보이는군."

콜마는 연신 헐떡였다.

"고생하셨어요."

바마퉁은 몸을 돌려 몸이 땀으로 범벅인 콜마를 쳐다봤다. 원정대 중 체력이 약한 편이어서 따라오는 것만도 벅찬 일이었다.

"고생은 자네가 더 했지. 약병이며 책이며 실험 도구까지 잔뜩 든 짐을 자네가 들고 여기까지 왔으니 말이야."

"전 힘이 센 편이라서 별로 힘들지 않았어요."

"재미있구먼. 자네 다리는 생각이 다른 모양이니 말이야."

콜마가 가리킨 바마퉁의 다리는 후들거리고 있었다. 아무리 드워프의 근력이 강하다고 해도 거의 70킬로그램에 달하는 짐을 들고 달렸으니 쓰러지지 않은 게 이상할 정도였다.

바마퉁은 뒤통수를 긁으며 어색하게 웃었다.

아로간타르가 펼쳐서 놓아둔 간이 의자에 털썩 주저앉은 콜마는 나무로 만든 물병을 열어서 한 모금 마셨다. 초여름이라고 해도 될 만큼 강렬한 햇살을 천막이 막아 주었다. 이제 좀 살 것 같았다.

겔란드는 한쪽 탁자 앞에 앉아 편지를 쓰고 있었다. 탁자 위 새 우리에는 까마귀 한 마리가 갇혀 있었다. 겔란드는 쓴 편지를 까마귀 다리에 묶었다. 빛의 도시 엘루마를 바라본 그는 까마귀를 날려 보냈다. 까마귀는 하늘 높이 올라가 한 바퀴 크게 돌더니, 엘루마로 향했다.

허드렛일은 모두 아로간타르의 몫이었다. 바마퉁이 기웃
거리기라도 하면 벨란데르가 눈알을 부라려 쫓아냈다. 마치
그보다 더 중요한 일은 없는 듯한 태도여서, 바마퉁은 웃음
을 억누르며 콜마 옆으로 와서 앉았다.

"멜플로에 대해 말해 봐라."

물끄러미 벨란데르를 쳐다보던 콜마가 물었다.

"다년생 약초로, 잎은 대략 엄지 길이 정도에 달걀 모양입
니다. 줄기는 둥글고 햇빛을 받은 쪽의 털은 은백색, 반대쪽
은 검은색입니다. 붉은색과 노랑색이 섞인 꽃이 떨어지면 자
주색 열매가 열리는데, 꽃잎은 물론 열매까지 약재로 사용할
수 있습니다. 특히 멜플로 꿀은 부르는 게 값일 정도로 고가
입니다."

바마퉁은 딱히 기억하려 애를 쓰지 않고 나오는 대로 말
했다.

"기억력이 제법이구나."

"……식물을 좋아하는 편이라서요."

칭찬이 어색한 바마퉁.

"불부플람은?"

"다년생 구근식물로 염증에 특히 좋습니다. 키는 세 뼘,
잎은 검지 길이의 타원형입니다. 꽃잎은 일곱 개이며, 꽃 안
쪽에 조그만 버섯이 자라는데 그 버섯에는 독이 있어서 먹어
선 안 됩니다. 구근이 약재로 쓰입니다. 추위가 기승을 부리

는 겨울에 채취해야 제대로 된 효과를 발휘한다고 알려져 있습니다."

"심심해서 그냥 말했을 뿐인데 다 기억했다니, 놀랍다."

콜마는 진심이었다.

"재미있게 말씀하셨잖아요."

"웨르상퀴는?"

"덩굴나무로 길이가 사람 키의 열 배나 됩니다. 바위틈에서 싹을 틔워 절벽을 타고 올라가는데 늦여름에 붉은 꽃이 핍니다. 꽃잎은 아홉 장이며 꽃잎 안쪽에서는 하루에 한 번 해 질 무렵 피처럼 붉은 물이 떨어집니다. 그 한 방울의 액체를 약재로 사용하는데, 빈혈로 고생하거나 혈액에 문제가 생긴 사람에게 특효약이라 알려져 있습니다."

"내게 약초를 배울 생각이 없느냐?"

"저야 좋지만……."

"드워프는 인간에게 약초를 배우면 안 된다?"

"그게 아니라, 혹시 다른 분들이 콜마 님을 난처하게 하지 않을까 해서요."

"난 다른 사람들 비위를 맞추느라 내 삶을, 단 하루라도, 단 한 시간이라도 낭비하기 싫다. 오늘부터 네게 약초를 알려 주마. 원래는 노바디에게 전수할 생각이었는데, 보다시피 얼마나 바쁘냐? 그리고 적성으로 볼 때, 노바디보다는 네가 나을 것 같다."

"정말요?"

바마퉁은 노바디와의 비교에서 자기가 더 낫다는 말이 기적처럼 들렸다.

"셀레스카르 님의 말씀처럼 어둠이 다가오고 있다. 누가 어둠을 몰고 오는지, 어떤 어둠인지 알 수가 없어서 더욱 답답하구나. 난 네가 그 힘든 시기에 한 줄기 등대가 되었으면 좋겠다."

"최, 최선을 다하겠습니다, 콜마 님."

"앞으로는 스승님이라고 불러라."

"네, 스승님!"

바마퉁의 얼굴에서 빛이 났다.

자정까지 페플에 머물다가 현실로 돌아온 박용준은 주먹을 불끈 쥐었다. 투월령에서 고민하다가 내린 선택이 결국 옳았다.

이사형 야계중은 같이 있자고 간곡하게 부탁했고, 불꽃망치 일족의 장로들은 겉으론 바마퉁이 투월령에 머물기를 원한다고 말했으나 그들의 진심은 추영이었다. 추영이 외부로 유출되지 않기를 바란 것이다.

대사형 주야몽은 바마퉁을 향해 '추영은 원래 내 것이었

싱크

다!'며 저주를 퍼부었고, 바마퉁이 뭐라고 말하기도 전에 사라져 버렸다. 주야뭉이 은마궁, 은도뭉과 함께 투월령을 떠나는 모습이 목격되었다.

그들뿐 아니라, 다른 드워프들의 시선에 깃든 경계심과 원망은 바마퉁으로 하여금 떠나야 한다는 결론에 이르게 했다.

투월령이라는 익숙한 곳을 떠나는 데는 큰 용기가 필요했다. 혼자라면 절대 내지 못할 용기였다. 옆에 노바디, 벨란데르가 있었기 때문에 가능한 선택이며 결단이었다.

박용준은 침대에 앉았다. 추영이 근처를 맴돌며 콜마의 형상을 만들었다.

"스승님."

박용준은 콜마를 올려다보며 기쁨에 겨워 속삭였다.

그 순간에야 자기가 얼마나 노바디, 벨란데르를 부러워했는지 깨달았다. 노바디에겐 사부님은 물론 의지할 만한 사형들이 있었다. 자신만만해서 누구에게도 배울 필요가 없을 것 같은 벨란데르 역시 셀레스카르의 제자였다.

'이젠 나도 스승님이 있어.'

박용준은 활짝 웃었다.

그 순수한 즐거움은 침대 끝에 놓인 쪽지를 본 순간 날아가 버렸다. 엄마는 면회 올 때 미리 이런 식으로 알리지 않는다. 그가 알기로 단 한 사람이 올 때만 간호사가 고급 재질의 종이에 약속 시간을 적어서 미리 침대에 올려놓는다.

뻗은 손끝이 덜덜 떨렸다.

쪽지에 손가락이 닿는 순간, 박용준은 내일 누가 오는지 깨달았다. 올해 처음으로 아버지를 만나게 될 것이다.

전혀 기쁘지 않았다.

오히려 겁이 났다.

왜 아버지가 올까? 혹시 병원 밖으로 나가고 싶어 한다는 이야기를 엄마가 아버지에게 전했을까? 그랬다면 아버지는 별 고민도 하지 않고 지방의 외딴 병원으로 보내 버릴 것이다.

"……진정해. 아직 아무 일도 일어나지 않았어."

그렇게 말한 박용준은 자신에게 놀랐다. 아버지의 쪽지를 보면 숨이 가빠 오거나 감정적으로 불안정해져 밤새 극단적인 상황을 상상하며 고통 속에 시간을 보내곤 했었다. 지금처럼 진정하라는 말을 스스로에게 한 적은 없었다.

박용준의 입가에 희미한 미소가 어렸다.

'난 성장했어.'

노바디, 벨란데르 옆에 오랫동안 있다 보니 그들의 분위기, 사고방식, 태도를 조금이나마 받은 것이다.

박용준은 노바디를 떠올렸다. 언제나 평정심을 유지하는 노바디는 디월드 뎁스 파이브의 세계에서는 로봇 같았다. 매일 같은 시간에 호텔 밖으로 나갔고, 같은 시간에 호텔로 돌아왔다. 그 생활을 1년 내내 유지했다. 그러고도 웃을 줄 알았고, 때로는 다가와서 위로를 할 줄도 알았다.

싱크

박용준에게 노바디는 흉내 내고 싶은 영웅이었다.

'노바디라면, 아니 여기는 현실이니까 김현이지. 김현이라면 어떻게 했을까?'

답이 나왔다.

일단 아버지를 만난다. 아버지에게서 무슨 소리를 듣느냐에 따라서 다음 행동이 달라질 것이다.

칼로 자르듯 걱정을 단숨에 없애긴 힘들었다. 그러나 노력 끝에 아버지를 머릿속에서 지우고, 콜마가 알려 준 약초학 지식을 떠올릴 수 있었다. 약초학이 얼마나 매력적인지 박용준은 거기에 푹 빠져 밤이 늦어서야 잠들 수 있었다.

아침에 일어난 박용준은 아버지의 면회를 알리기 위해 간호사가 오기 전까지는 아버지를 까맣게 잊고 있었다. 식물의 생태 스타일에 따라 약초의 효과가 얼마나 달라지는지 생각할수록 재미있어서였다.

간호사가 겁을 먹고 속삭였다.

"늦었어. 아버지가 기다리고 계셔. 쪽지 어제저녁에 올려놓았는데, 못 봤니?"

"봤어요."

박용준은 자기가 이토록 당당하다는 사실에 놀랐다.

"서둘러."

"그럴게요."

간호사의 얼굴에서는 웃음기를 찾을 수 없었다. 아버지가 가진 힘에 병원 원장은 물론 의사들, 간호사들까지 모두 휘둘리고 있었다.

박용준은 일부러 천천히 씻고 옷을 갈아입었다. 이제까지 면회실에 먼저 나가서 아버지를 기다린 건 아들 박용준이었다. 한 번쯤은 아버지가 기다릴 때도 되었다고 생각했다.

그래도 무시무시한 아버지의 얼굴 때문에 마음 한쪽이 불편했지만, 박용준은 김현의 얼굴을 흉내 낸 채로 따라다니는 추영 덕분에 힘을 낼 수 있었다.

면회실로 들어서자 팔짱을 낀 사자가 의자에 앉아 있는 것만 같았다. 얼굴은 붉게 상기되어 있었다.

"늦었다."

"네."

박용준은 죄송하다는 말도 하지 않고, 왜 늦었는지 이유를 구구절절 설명하지도 않았다.

아버지의 눈꼬리가 위로 올라갔다.

"꽤 컸구나."

"작년보다 3센티미터 컸어요."

"말대답도 잘하고."

아버지는 커다란 손을 탁자에 올렸다. 노골적인 위협이었다. 저 손에 맞아서 병원 응급실에 실려 간 적도 있었다.

박용준은 몸을 움찔 떨었지만, 아버지 위에서 김현과 안진후의 얼굴을 만든 추영을 보며 겨우 아버지 맞은편에 앉을 수 있었다. 엉덩이를 의자에 대는 순간 다리가 휘청했다.

"무슨 일로 오셨어요?"

"아버지가 아들 만나고 싶다는데 이유가 필요하냐?"

"이유 없이 오신 적, 없잖아요."

"후후, 그렇게 이유가 궁금하면 알려 주마. 의사들과 면담을 했는데, 네 마음에는 별문제가 없다는구나. 허약해서 집중적인 요양이 필요하다는 게 의사들의 판단이다. 다행스럽게도 이 애비가 아는 사람 중에 울릉도에 별장을 가진 친구가 있다. 넌 오늘 이 지긋지긋한 곳을 떠나서 울릉도로 가게 될 게다. 널 위해서 헬리콥터까지 준비해 놓았으니까, 그렇게 알고 짐을 싸거라."

그 말에 공포가 몰려왔다. 가슴이 오르락내리락했고, 숨이 거칠어졌으며, 앞이 노랗게 변하는 것 같았다. 감정이 요동치자 추영은 더 이상 두 친구의 모습을 유지하지 못하고 사라졌다.

"……언제 출발해야 하나요?"

박용준은 겨우 물어볼 수 있었다.

"한 시간 뒤."

아버지는 승자 특유의 미소를 짓고 있었다.

"거기서도 페플에 접속할 수 있나요?"

"의사들은 네가 페플에 과도하게 접속하느라 몸이 축났다

고 하더구나. 당분간은 안 된다. 그렇지만 몸이 좋아지면 전
문가들과 상의해서 고려해 보마."

그 말에 박용준은 눈물을 흘릴 뻔했다. '당분간'이라는 말
에 속아서 여기 정신병원에 갇혔다. 당분간은 몇 달이 되고,
몇 달은 몇 년이 되며, 몇 년은 어쩌면 평생이 될지도 모른다.

"자, 서둘러라."

아버지는 명령했다.

아들은 어깨가 축 늘어진 채 일어나 방으로 향했다. 아버
지가 보낸 사람이 이미 그 방에 와 있었다. 짐을 챙길 필요조
차 없었다. 커넥터는 이미 내갔는지 방은 훨씬 크게 보였다.

"가시지요."

경호원으로 보이는 사내가 말했다.

박용준은 터벅터벅 걸었다. 그를 오랫동안 본 사람들 중
누구도 박용준과 눈을 마주치려 하지 않았다. 그 옆에 인간
이 아닌 생물, 사자 같은 맹수가 걷고 있었던 것이다.

박용준이 뒷좌석에 올라탔다. 경호원이 그 옆에 앉았다.

아버지는 경호원을 향해 말했다.

"끝까지 확인하도록."

"네, 의원님."

차는 출발했다.

아버지는 멀어졌다. 존재가 드러나서는 안 되는 아들을 울
릉도로 치워 버리는 순간에도 아버지는 아들을 다른 사람에

게 맡긴 것이다.

박용준은 눈에 힘을 주었지만 눈물이 뺨을 타고 흐르고 말았다. 경호원은 그 모습을 지켜볼 뿐 위로 한마디 던지지 않았다. 자동차는 헬기장을 향해 달렸다.

헬기가 날아올랐다.

선회할 때 원심력 때문에 속에 든 것이 올라올 뻔했다. 박용준은 높은 건물이 작아지는 광경을 내려다보았다. 도로로 달리는 자동차들은 장난감 같았다. 사람들은 이제 개미처럼 줄어들었다.

"조금만 참으면 편해집니다."

경호원이 말했다.

박용준은 속으로 답했다.

'평생 참으라구요?'

다행히 추영은 여전히 옆에 있었다. 추영마저 사라졌다면 살고 싶은 마음이 완전히 사라졌을 것이다.

"전화 한 통 걸고 싶어요."

박용준은 헬기의 소음을 뚫느라 몇 번이나 고함을 쳐야 했다.

선글라스를 쓴 경호원은 박용준을 물끄러미 쳐다보기만

할 뿐, 가만히 있었다. 포기하고 고개를 푹 숙이려는 순간, 경호원은 위성 전화기를 꺼내어 박용준에게 건넸다.

고맙다는 눈짓을 보낸 박용준은 엄마의 전화번호 대신 안진후의 번호를 눌렀다. 김현은 평소에 아침 일찍 페플로 접속하기 때문에 전화를 걸어도 받지 않을 것 같았다.

－나 돈 많아요. 대출 같은 거 필요 없⋯⋯. 왜 이리 시끄러워?

퉁명스러운 안진후의 목소리.

"엄마, 나 용준이야. 아버지가 오늘 오셨어. 지금 헬리콥터 타고 울릉도로 가는 중이야. 엄마는 모르고 있을 것 같아서 전화했어. 그러니까 나중에 봐."

－⋯⋯옆에 누가 있지?

안진후는 판단이 빨랐다.

"경호원과 같이 가는 중이야."

－언제 출발했는데?

"아버지가 아침 9시쯤에 오셨고, 헬기는 대략 10시 전에 탄 것 같아."

－알았어.

"엄마에게 전화한 이유는 혹시 날 찾아서 병원으로 올까 싶어서야. 잘 있어, 엄마."

－울릉도로 가기 싫지?

"응, 엄마."

－앞으로 30분 후에 넌 배가 아플 거야. 화장실 가고 싶어서. 무

슨 뜻인지 알지?

"응."

―알았어.

안진후가 먼저 전화를 끊었다.

"나중에 봐."

그렇게 덧붙인 박용준은 예리한 시선을 던지고 있는 경호원에게 위성 전화기를 돌려주었다.

산과 산 사이로 난 도로 위를 장난감 같은 자동차들이 달리고 있었다. 헬기의 비행 방향 왼쪽에서 비치는 햇살이 점점 더 강해졌다. 하늘은 파란색이었지만 박용준은 속을 뒤집는 듯한 헬기의 소음에 정신을 차리기 힘들었다. 엔진 소음과 블레이드의 회전 소음이 서로 앞을 다투어 박용준을 괴롭혔던 것이다.

그러나 우울한 기분을 뚫고 기대감이 조금씩 올라왔다. 안진후는 어떻게든 김현에게 연락할 것이다. 김현과 안진후가 힘을 합치면…… 누가 그 앞을 막을 수 있을까? 김현은 현실에서도 현섬을 펼칠 수 있다.

어쩌면 헬기 안에 갑자기 김현이 나타날 수도 있을 것이다. 물론 그런 일은 자제하리라 생각했다. 자칫 잘못하면 놀란 조종사로 인해 헬기가 추락할 수도 있을 테니까.

기분이 이상했다.

'여기가 페플 같아. 노바디와 벨란데르가 앞으로 나서서 싸우면 나는 뒤에서 두 사람을 돕는 느낌이야. 지금은 그때와 상황이 다르지만. 두 사람은 반드시 와 줄 거야.'

박용준은 초조한 기분으로 시계를 계속 살폈다. 30분이 지나면 배가 아프다고 난리를 쳐야 하기 때문이다. 과연 자기가 잘할 수 있을까 의심스러웠다.

시간이 됐다.

심호흡으로 마음을 가라앉힌 박용준은 정신병원에서 발작을 일으키던 환자들을 떠올렸다. 어떻게 해야 보는 사람에게 충격을 줄 수 있을까 곰곰이 생각한 후에, 마음속 계획을 행동에 옮겼다.

일단 몸을 부르르 떨었다. 헬기의 진동과는 비교할 수도 없는 그 떨림은 간질 환자에게서나 볼 수 있는 경련이었다.

"어디가 불편하십니……? 괜찮습니까?"

경호원도 깜짝 놀란 모양이었다.

박용준은 그 순간 눈동자를 위로 올려 흰자위만 남겼다. 그리고 숨을 쉬지 못할 때에 나오는 소리, 마치 목구멍이 막힌 것처럼 손으로 목을 잡고 '꺽꺽' 신음을 냈다. 입에서는 하얀 거품이 흘러나오고 있었다.

뒤쪽의 소란을 이제야 눈치챈 조종사가 고개를 돌리는 순간, 헬기가 기울었다.

"조종이나 똑바로 해!"

경호원이 쏘아붙였다.

조종사는 경호원을 노려봤지만 누구 명령으로 왔는지를 떠올리며 정면을 바라보았다.

경호원은 판단을 내려야 했다. 이대로 울릉도까지 날아갈지, 아니면 중간에 착륙해서 병원에 가 봐야 할지.

선택의 여지는 없었다. 자칫 잘못해서 이 아이의 몸에 이상이라도 생기면 자신의 목이 달아날지도 몰랐다. 그는 아이의 아버지가 얼마나 냉혹한지 잘 알았다.

"근처 병원으로. 서둘러."

경호원이 명령했다.

조종사는 이미 무선으로 헬기 착륙장이 있는 병원 위치를 찾는 중이었다.

박용준은 혼신의 연기를 펼치고 있었다. 정신병원에 오래 있으면서 갖가지 증상을 가진 환자들을 보아 온 게 이토록 도움이 될 줄은 몰랐다. 헬기의 고도가 낮아지는 게 느껴졌다. 헬기가 딱딱한 바닥에 닿는 것도 느낄 수 있었다.

의사와 간호사 등이 헬기 앞으로 다가왔다. 박용준은 이동 침대로 옮겨졌다. 목적을 달성했지만 시간을 벌기 위해 박용준은 발로 이동 침대 모서리를 걷어차며 아래로 떨어졌다.

"똑바로 해! 이 아이의 아버지가 누군지 알아?"

경호원이 폭발했다.

의사, 간호사들은 아무 대답도 없이 박용준을 침대에 올려 옥상 아래로 내려갔다.

박용준은 치료 과정을 예상했고, 의사들의 판단은 거기에서 크게 벗어나지 않았다. 경호원은 응급실 입구에 서서 누군가에게, 아마도 아버지에게 전화를 걸고 있었다.

열 명이 넘는 의사들이 내려와 박용준이 누워 있는 침대를 에워싼 채 의견을 주고받았다. 증상의 원인이 무엇인지를 놓고 논쟁이 붙은 것이다. 말발이 센 과장들 사이에서 무거운 전투가 벌어지고 있었다.

그때, 안진후가 응급실 안으로 들어섰다. 그 옆으로 불의 정령 슈뢰딩거가 어슬렁거리며 따랐다.

사람들의 눈이 자연스럽게 타오르는 슈뢰딩거에게로 향했다. 의사와 간호사는 물론 치료를 받던 환자들과 그 가족들의 시선까지 흐릿해졌다. 그들의 두뇌는 진실을 현실에서 제거하는 중이었다.

김현이 박용준 바로 옆에 나타났다.

"나가자."

박용준의 손을 잡은 김현이 씩 웃자, 박용준은 현란한 빛의 세계로 들어온 느낌을 받았다. 다음 순간, 그는 병원 주차장에 누워 있었다.

김현이 박용준을 향해 다시 손을 뻗었다. 박용준은 그 손을 잡고 일어섰다.

"이렇게 빨리 올 줄은 몰랐어."

"진후 덕분이지. 전화받자마자 해킹해서 페플 그룹 헬기의 행선지를 바꿨으니까."

"아!"

박용준은 안진후가 현실에서도 대단히 똑똑하다는 사실을 알았지만 해킹으로 헬기 스케줄까지 마음대로 조정했다는 말에 놀라고 말았다.

안진후가 걸어왔다.

"그리 늦지는 않았지?"

"전혀."

"자세한 이야기는 이곳을 벗어난 후에 하자."

안진후는 김현을 응시했다.

김현이 두 손을 내밀었다. 안진후와 박용준이 각각 그 손을 잡는 순간, 세 사람은 사라졌다.

제육볶음과 김치찌개가 푸짐하게 나왔다. 고추와 호박을 넣고 같이 볶은 돼지고기는 매콤하면서도 감칠맛이 있어서 계속 먹을 수밖에 없었다. 적어도 2년 된 김치로 끓인 찌개의 깊은 맛에 셋 다 밥 두 공기를 기본으로 비웠다.

"난 하나 더."

안진후였다.

"나도."

"난 됐어. 배가 터질 것 같아."

박용준은 두 사람의 먹성에 놀라며 뒤로 물러났다.

손을 들어 음식점 주인에게 밥을 더 달라고 하는 안진후는 매우 즐거워 보였다. 안진후에게 걱정은 전혀 어울리지 않았다.

김현은 내면 깊숙한 곳에 고민을 집어넣어 밖에서는 전혀 고민의 내용이 보이지 않는 사람 같았다. 김현을 닮고 싶지만, 사실 무엇이든 가능하다면 안진후처럼 태어나서 안진후처럼 살고 싶었다.

또 염려가 몰려왔다.

아버지의 뜻을 거슬렀다. 울릉도행 헬기에서 꾀병을 부려 탈출했으니 아버지는 아들을 찾기 위해 수단과 방법을 가리지 않을 것이다. 병원으로 돌아갈 수는 없다. 엄마에게 전화를 거는 순간, 아버지가 보낸 사람들이 들이닥칠 것이다.

"걱정 마. 우리 집엔 빈방이 많으니까."

안진후가 말했다.

"나는……."

"내가 페플 그룹 회장 아들이라는 건 알지? 내가 널 구하느라 페플 그룹에 입힌 피해가 어마어마해. 그 피해를 보상하기 전에는 아무 데도 못 가. 알았어?"

"……응."

박용준은 눈물이 핑 돌 정도로 고마웠다.

그때, 벨 소리가 들렸다. 안진후는 씩 웃으며 화장실도 다녀올 겸 전화를 받기 위해 잠시 일어섰다.

제육볶음 국물을 밥에 넣고 쓱쓱 비벼서 공깃밥 하나를 금세 해치운 김현이 숟가락을 내려놓았다.

"콜마 육사형에게 약초학을 배우기로 했다면서?"

"스승님이 말씀하셨구나."

박용준은 얼굴이 환해질 만큼 기뻤다. 스승님이 먼저 다른 사람에게 그 사실을 알렸다는 사실은 제자로 인정을 받았다는 증거라고 그는 생각했다.

"육사형이 널 제대로 본 것 같아. 내가 생각해도 넌 신중하고 꼼꼼해서 의술에 적합할 것 같거든."

"정말 그렇게 생각해?"

"나나 진후는 약초학처럼 복잡하고 진득하게 시간을 들여야 하는 건 못해. 너니까 할 수 있는 거야."

"너라면 뭐든 할 수 있다고 난 생각해."

"말도 안 돼. 어디 가서 그런 얘기는 하지도 마. 난 잘하는 게 없기 때문에 끝까지 하는 거니까."

김현은 두 다리를 뻗고 팔을 뒤로 해서 상체를 뒤로 기울였다.

"다 먹었지?"

카운터에서 계산을 마친 안진후가 물었다.

김현이 고개를 끄덕였다.

"가자."

안진후는 손가락으로 음식점 주차장을 가리켰다. 거기에는 빨간색 스포츠카가 세워져 있었다.

밖으로 나온 김현의 눈이 커졌다.

"설마?"

"맞아. 도난당했던 둘째 형의 애마야. 돌아갈 때는 이놈을 타려고 미리 손을 써 뒀지."

안진후는 리모컨 버튼을 눌러 차 문을 열었다. 김현이 조수석에 올라탔다.

박용준은 아무 말도 못 했다.

"야, 타."

안진후가 말했다.

박용준은 웃음을 터트리며 뒷좌석으로 갔다.

소주천

　주홍색 지붕을 얹은 건물들이 테페오 광장을 둘러싸고 있었다.

　육중한 건물의 엘루마 시청은 테페오 광장의 서쪽에 우뚝 서 있었고, 맞은편에는 시그나 대신전의 첨탑이 하늘을 찌를 듯 높이 솟아 있었다.

　광장 주위에는 빛의 마탑 투스텔라, 화염의 마탑 플라도르, 바람의 마탑 페르제피 등 다양한 마탑의 엘루마 지탑이 들어서 있었다. 뾰족한 첨탑들 덕분에 테페오 광장은 거대한 왕관처럼 보였다.

　광장에는 수많은 사람들이 몰려 있었는데, 오늘은 닷새 만에 열리는 장이 서는 날이었던 것이다. 바로 이곳에서 열릴 영웅회를 기대하고 찾아온 사람들의 수도 무시할 수 없었다.

영웅회 참가자들 중 일부는 이미 엘루마에 들어와 있었다.

홍길동은 광장 중앙의 분수대 앞에 서서 사람들을 바라보고 있었다. 광장 곳곳에 커다란 천막이 세워졌고, 상인들은 과일, 야채, 꼬치구이, 시원한 음료, 여러 종류의 옷, 망치나 곡괭이 등 다양한 물건들을 팔기 위해 소리를 지르고 있었다.

홍길동의 눈이 가늘어졌다. 사람들로 붐비는 광장에 저놈들이 빠질 수는 없다.

홍길동은 시계탑을 올려다보았다. 약속 시간까지는 아직 여유가 있었다.

"경험치도 쌓고 돈도 좀 벌어 볼까."

홍길동은 주머니에서 손바닥만 한 책을 꺼냈다.

페이지마다 사람 얼굴이 정밀하게 그려져 있었다. 모두 범죄자들로, 얼굴 아래에는 체포했을 때 받을 수 있는 현상금이 기록되어 있었다.

레퀴둠이라는 원래 이름 대신 '현상금 수첩'이라 불리는 그 책의 첫 부분에는 수도 마르세르에서 활동하거나 범죄를 저지른 놈들이 주로 나와 있었다. 그다음이 엘루마였다.

"어디 한번 보자."

홍길동은 분수대 난간에 걸터앉아 현상금 수첩을 들고 엘루마의 범죄자 페이지를 한 장씩 넘겼다.

현상금 헌터 자격을 공식적으로 갖춘 사람에게만 주어지

싱크

는 현상금 수첩에는 편리한 기능이 있었다. 바로 근처에 범죄자가 있으면 종이에 그려진 범죄자의 얼굴이 흑백에서 컬러로, 고정된 그림에서 살아 움직이는 영상으로 바뀐다는 점이었다.

"저기 있군."

홍길동은 주위를 두리번거리며 마치 살 물건이 있어서 광장으로 나온 듯 자유롭게 걸어 다니는 소매치기를 발견했다.

놈의 이름은 벤타, 나이는 22세, 소매치기로만 세 번 체포되었다. 잡범이라 할 수 있는데, 엘루마에서 명성이 높은 뮤카멘 백작의 아들 지갑에 손을 댔다가 현상금 수첩에 당당히 얼굴이 올라가게 되었다.

놈을 잡는 대가로 받는 돈은 1천 골드였다. 소매치기라는 범죄에 비하면 상당한 액수였다.

홍길동은 현상금 수첩을 주머니에 찔러 넣고 반대 방향으로 크게 돌았다. 벤타가 혼자 활동하는지, 일행이 있는지 확인하기 위해서였다. 현실에서도 제각기 다른 역할을 가진 팀으로 활동하는 경우가 많다.

광장을 크게 한 바퀴 돌 무렵, 홍길동은 벤타와 눈짓을 주고받는 세 사람을 발견했다. 그중 한 사람은 먹잇감을 판단해서 정하는 '눈깔', 다른 두 사람은 '바람잡이'였다.

'페플도 저기 바깥세상과 참 비슷한 게 많아.'

홍길동은 피식 웃었다.

눈깔은 윤이 자르르 흐르는 자주색 가죽 가방을 든 중년 여자 뒤를 따르며 바람잡이들에게 고갯짓을 했다.

바람잡이 두 사람이 그 여자에게 접근하자, 벤타가 천연덕스럽게 따라붙었다.

바람잡이 중 한 사람이 여자와 살짝 부딪쳤다. 바람잡이가 과하게 미안하다면서 사과를 하는 사이 벤타는 여자 뒤쪽으로 붙어 섰고, 또 다른 바람잡이가 뒤쪽 사람들이 벤타를 보지 못하도록 막았다.

'톱니바퀴처럼 착착 아귀가 맞는데.'

홍길동은 집중 단속 기간이라서 지하철을 샅샅이 훑으며 소매치기를 잡았던 기억을 떠올렸다. 저 정도면 탁월한 팀워크라고 해도 될 것이다.

벤타가 손가락 끝에 붙여 놓은 예리한 칼로 가죽 가방을 자르고 그 안에 있는 지갑을 꺼내는 순간, 홍길동은 벤타와 바람잡이 사이로 바람처럼 스며들었다.

그 보법은 라마간의 시장 자르크에게서 배운 능보로, 좁고 장애물이 많은 곳에서 위력을 발휘하는 기술이었다.

손목이 잡힌 벤타는 놀란 얼굴로 홍길동을 향해 고개를 돌렸다.

"뭐야?"

"고맙다."

홍길동은 발을 들어 아직도 뒤쪽에서 벌어지는 일을 눈치

채지 못한 둔한 중년 여자의 엉덩이를 밀었다. 놀란 여자는 벤타와 바람잡이를 보더니 뒤늦게 잘린 가죽 가방을 발견하고 비명을 지르며 달아났다.

바람잡이 둘과 눈깔이 벤타를 잡고 있는 홍길동을 에워쌌다.

"잔챙이는 꺼져라."

홍길동은 씩 웃으며 말했다.

"죽여."

눈깔이 말했다.

단검을 꺼낸 놈들이 달려들었다.

능보로 첫 번째 공격은 피했지만 뒤쪽에서 파고드는 기세는 제법 매서웠다. 홍길동이 잠시 손을 놓자 벤타는 기다렸다는 듯 사람들 사이로 달아났다.

홍길동은 그놈의 뒷모습을 보며 소매를 걷어 올렸다. 금속 재질의 비늘이 촘촘하게 연결된 갑옷의 일부가 드러났다.

눈깔이 즉시 그 갑옷을 알아봤다.

"……용갑."

"죽고 싶지 않으면 물러서."

홍길동은 진심이었다. 용갑의 위력이 너무 강하기 때문에 사람을 죽일 수도 있었다. 그는 가능하면 누구도 해치지 않고 일을 해결하고 싶었다.

눈깔이 눈짓하자 바람잡이들까지 물러섰다.

홍길동은 웃으며 비연각을 펼쳤다.

단숨에 사람들 머리 위로 뛰어올라 광장 경계까지 달려간 그는 건물 벽을 타고 주황색 지붕으로 올라갔다. 역시 물결처럼 이어진 지붕 저 너머에 놈이 있었다.

홍길동을 발견한 벤타의 눈이 커졌다. 벤타는 몸을 돌려 달아났다.

"헛고생을 할 수는 없지."

홍길동은 10분도 못 되어 벤타를 잡았다.

한번 잡을 때 호되게 다뤄야 다음이 쉬워진다. 주먹 세 방에 무릎으로 명치를 제대로 맞은 벤타는 임자 제대로 만났다는 사실을 깨달았다. 이토록 자신을 쉽게, 빠르게 잡은 사람은 처음이었다.

"……형님."

자연스럽게 '형님'이라는 호칭이 나왔다.

홍길동은 웃음을 터트렸다.

현실이나 페플이나 이놈들의 습속은 꽤나 비슷하다. 상대가 자신보다 강하다는 사실을 인정하는 순간, 스스로 계급을 나누고 아래라는 점을 인정한다.

"웬만하면 귀족 놈들 호주머니는 건드리지 마라."

"알겠습니다, 형님. 근데, 엘루마에서는 형님을 뵌 적이 없는 것 같습니다만."

"어제 도착했다. 그 전엔 마르세르에 있었고."

"아."

수도에서 빛의 도시로 어제 왔다는 말에 벤타는 잠시 틈을 노렸다. 이곳 물정에 어둡다면 달아날 기회가 있을지도 몰랐다.

"대가리 굴리는 소리 들린다."

홍길동이 벤타의 뒤통수를 때렸다.

"……아닙니다, 형님."

"아니긴. 너 같은 놈을 내가 얼마나 많이 잡아서 교도소에 보냈는데."

"교도소요?"

"감옥 말이다."

"전직 경비대원이셨군요, 형님."

"그런 셈이지."

홍길동은 씁쓸하게 웃었다. '전직'이라는 말 때문이었다. 아직은 현직 경찰관이지만 언제 전직이 될지 그도 알 수 없었다.

홍길동은 광장에서 세 블록 떨어진 곳에 위치한 엘루마 중앙경비대로 가서 벤타를 넘기고 현금으로 바꿀 수 있는 수표를 받아서 나왔다. 레벨도 하나 올랐다.

현실과는 달리 이곳 페플은 단순하면서 합리적이다.

아무리 노력해서 범인을 잡아도 현실에서는 이런저런 이유로 승진에서 물먹을 때가 많다. 범죄자를 잡아서 가두는 일에 힘을 쏟을수록 승진에서 멀어지기도 한다. 오히려 뺀질거리며 줄을 잘 서는 인간이 초고속으로 승진하는데, 그럴 때면 술 외엔 답이 없다.

여기 페플은 그렇지 않았다. 잡는 만큼 레벨이 올라간다. 노력한 만큼 그 결과가 주어진다.

홍길동이 광장으로 다시 들어설 무렵, 위에서 소리가 들렸다. 놀랍게도 조금 전 중앙경비대로 넘긴 벤타가 주황색 지붕 끝자락에 서 있었다. 허술한 경비대원들의 틈을 뚫고 달아난 것이다.

"형님, 나중에 또 봅시다."

홍길동은 고개를 흔들었다.

쫓아갈 생각은 조금도 없었다. 저놈에게 현상금이 붙는다면 이야기가 달라지겠지만. 그 사실을 아는지, 벤타는 홍길동을 향해 손을 흔들다가 지붕 너머로 사라졌다.

홍길동은 광장 중앙 분수대 앞으로 걸어갔다.

"고형덕?"

지팡이를 짚은 노인이 물었다.

"그렇습니다만."

홍길동은 자신의 본명을 말한 노인을 살폈다.

페플에서의 외모는 마음대로 바꿀 수 있기 때문에 현실에서의 외모와는 완전히 다르다. 그러나 선택은 전적으로 게이머의 몫이기 때문에 외모에서 그 사람의 마음이 드러날 수밖에 없다.

"자네에게 오블랑을 가르치라는 명령을 받았네. 이쪽으로 따라오게."

홍길동은 그 노인을 따라갔다. 이름은 이미 알고 있었다.

전종환 경사.

실제로는 50대 초반인 저 노인은 페플에 들어온 지 3년째인 베테랑이었다. 중국과 연계된 마약 조직을 일망타진하는 데 결정적인 정보를 빼낸 사람으로 유명했다.

경찰 수뇌부는 1계급 특진과 함께 마약 부서로의 이동을 명령했지만, 저 사람은 끝내 거부하고 페플에 남는 결정을 내렸다. 하마터면 명령 불복종으로 옷을 벗을 뻔했지만 워낙 탁월한 능력 덕분에 아직 경찰 조직의 일원으로 남아 있었다.

시끌벅적한 광장을 벗어나 조용한 골목으로 접어들 무렵, 노인이 물었다.

"사냥도 잘 하지 않는다는 이야기를 들었네."

"굳이 할 필요가 없으니까요."

"지금 레벨은 얼마인가?"

"77입니다."

"몬스터 헌팅도 없이 잘도 그 레벨까지 올렸군. 비결이 뭔가?"

"주로 퀘스트를 수행했습니다. 필요한 물건을 구해 준다거나, 꼬인 문제를 해결한다거나."

"라마간 시장의 마음은 어떻게 훔쳤나?"

"운이 좋았습니다."

홍길동은 자세한 이야기는 하지 않았다.

사실 운이 좋았다는 말 외엔 적당한 표현이 없었다.

처음 자르크를 만났을 때 그가 라마간의 시장이라는 사실을 전혀 몰랐다. 그저 엉뚱하면서도 의외로 지혜로운 노인이라 생각했을 뿐이다.

"시장의 목숨을 구한 게 자네라는 이야기가 있던데."

"낭설입니다."

홍길동은 짧게 답했다. 설명할 필요성도 느끼지 못했다.

결과적으로 시장의 목숨을 구한 셈이지만, 적당한 시간과 장소에 자신이 있었기 때문에 그 기적이 벌어졌다는 게 더 정확한 설명이었다.

"오블랑이 익히기 까다로운, 굉장히 은밀한 스킬이라는 건 알고 있겠지?"

"네."

"잠입을 목적으로 한다고 알려져 있지만, 사실 오블랑의 목적은 암살이라네."

"짐작하고 있었습니다."

"사냥조차 하지 않는 자네가 오블랑을 배울 수 있을지 모르겠군."

그 순간, 노인이 몸을 돌리며 지팡이에 숨겨진 칼을 휘둘렀다. 홍길동은 능보로 두 걸음 뒤로 물러섰지만 입고 있던 옷의 앞섶이 둘로 잘렸다.

안에 있던 용갑이 드러났다. 용갑을 입고 있지 않았다면 칼은 가슴을 훑고 지나갔을 것이다.

"뮤카멘의 용갑이군. 형태나 표면에 난 흔적으로 봐서는 꽤 오래전 물건인 것 같고. 음, 라마간의 시장이 자네에게 준 모양이야."

노인이 중얼거렸다.

홍길동은 그 안목에 깜짝 놀랐지만 겉으로 감정을 드러내진 않았다. 그저 손을 올려 잘린 옷 부분을 만졌다.

"테스트를 하겠네. 이 사람을 죽이게. 그러면 자네는 오블랑을 배우게 될 거야. 허나 실패한다면, 자넨 두 번 다시 나를 보지 못할 걸세."

그 말과 함께 종이 한 장을 남긴 노인은 안개처럼 흐릿해졌다. 이윽고 눈앞에서 사라져 버렸다.

홍길동은 종이를 들어 올렸다. 현상금 수첩의 한 페이지를 뜯은 것처럼 간략한 신상 정보와 얼굴 그림이 나와 있었다.

그때, 퀘스트 창이 떴다.

오블랑 입문 시험

오블랑의 창시자 중 한 사람인 천살성 헤론은 피를 뒤집어쓴 자만이 오블랑에 들어올 자격이 있다고 믿었다. 헤론이 남긴 스킬을 익히려면 누군가의 목숨부터 빼앗아야 한다.

지정된 인물을 지정된 조건하에 죽여라!
그러면 오블랑의 빛나는 스킬을 배울 수 있을 것이다.
조건 : 영웅회가 끝나기 전까지
보상 : 오블랑 입문, 오블랑 옐로링

홍길동은 암살 퀘스트가 마음에 들지 않았지만, 그렇다고 거부할 수는 없었다. 그렇게 마음먹은 홍길동은 암살 대상을 알아보기 위해 서둘렀다.

엘루마 4대던전 중 200레벨 이상이 되어야 입장이 가능한 곤테나크 던전.

던전 입구 양쪽에 서 있는 그라티아 스톤은 파랗게 빛나고 있었다.

던전으로 들어가는 사람들의 복장은 화려했다. 개당 수백만 원에 달하는 갑옷이나 방패, 투구 따위를 몸에 걸쳐야 곤테나크 던전에서 싸워 볼 만했다.

규문은 품에서 꺼낸 팔찌를 레나세르에게 건넸다. 레나세르는 규문을 바라볼 뿐이었다.

"레벨을 일시적으로 높여 주는 포레아의 팔찌야. 이걸 차지 않으면 당신 레벨로는 이 던전에 들어가지 못해."

"그렇다면 해야죠."

레나세르는 규문에게 받은 연녹색의 팔찌를 손목에 찼다. 곧 몸 전체가 가벼워지는 느낌을 받았다.

규문은 레나세르를 쳐다보았다.

'레나세르를 이렇게 다시 만날 줄은 생각도 못 했다. 괄괄한 성격은 여전하지만, 어딘지 모르게 달라지긴 했구나. 몸매는 그때나 지금이나 최고야.'

"뭘 봐요?"

레나세르가 규문을 노려보았다.

"아무것도 아니야."

규문은 아카데미의 교관으로 행동해야 한다는 사실을 알았지만, 쉽지 않았다.

가면을 쓴 채로 가만히 있던 교관이 나섰다.

"들어가지."

그 교관이 통과하자 그라티아 스톤은 은색으로 빛났다. 레벨 500 이상의 초고레벨이라는 뜻이다.

"오호."

그 뒤에 서 있던 소피아가 탄성을 터트렸다. 소피아 이유정은 정식으로 아카데미에 들어온 교육생으로, 이유도 모른 채 힐러의 역할을 맡기 위해 왔다.

규문이 들어서자 그라티아 스톤은 까맣게 반짝거렸다. 400레벨 이상이라는 의미다.

소피아는 흰색이었다. 300 이상의 레벨이었다.

마지막으로 레나세르가 던전 입구로 들어가자 대리석 기둥은 파란색 빛을 뿜었다. 포레아의 팔찌를 차고서도 겨우 200대 초반 레벨이었다.

 던전 플레이 대기소는 금세 통과했다. 파티원을 따로 모집할 필요가 없었기 때문이다.

 일행은 곤테나크 1층으로 접어들었다.

 "우리는 교관이자 감독관일 뿐. 곤테나크 1층부터 3층까지 자네 혼자서 끝내야 하네."

 가면 쓴 교관이 말했다.

 "알겠습니다."

 무심하게 대답하는 레나세르.

 오히려 뒤에 서 있던 소피아가 깜짝 놀랐다.

 '우리가 여기 왔을 때는 교관 외에 세 명이 힘을 합쳤어. 왜 저 여자만 혼자일까?'

 1층이 시작되었다.

 레나세르는 앞으로 걸어 나가며 환각력으로 자신만의 세계를 만들어 냈다.

 곤테나크 1층에 출몰하는 몬스터는 죽음의 마법사 리치, 데스타이거 그리고 곤테나크의 백정이었다. 셋 다 어둠 혹은 죽음의 속성을 가진 몬스터였다. 레나세르는 축축하고 어두컴컴한 던전 대신 밝고 건조한 사막으로 바꾸었다.

 벽을 통과하듯 나온 리치는 내리쬐는 햇살에 생명력이 급

싱크

속도로 줄어들었다. 그래도 레나세르를 죽이기 위해 다가오며 죽음의 안개, 테네파르 인스푸모를 내뿜었다.

레나세르가 손을 뻗자 모래가 소용돌이처럼 위로 올라와 새까만 안개를 밀어낼 뿐 아니라 리치까지 덮어 버렸다. 리치는 그 맹렬한 회전에 몸이 찢겨 죽고 말았다.

데스타이거도, 곤테나크 1층의 터줏대감이라 할 수 있는 백정도 결과는 같았다.

1층을 다 휩쓴 레나세르는 할 말을 잃은 교관 규문에게로 가서 팔찌를 반납했다.

"이젠 필요 없을 것 같네요."

규문은 멍한 얼굴로 포레아의 팔찌를 받을 수밖에 없었다.

곤테나크 던전 2층에서는 다크엘프와 용갑유령이 나타나 레나세르를 공격했다. 둘 다 햇빛 아래에서도 전혀 위축되지 않았다.

레나세르는 주위를 물로 채웠다. 오직 그녀 자신과 교관 둘, 교육생 하나만 커다란 공기 방울 안에 안전하게 있을 뿐이었다.

물에 익숙지 않은 다크엘프는 어설프게 마법을 펼쳤지만 어둠의 화살은 번번이 빗나가고 말았다.

과거 용갑을 착용한 채 전장에서 죽었다가 유령으로 부활한 몬스터 '용갑유령'은 펼친 날개를 지느러미처럼 활용해 비교적 빠르게 움직일 수 있었지만, 거기가 끝이었다.

레나세르가 부른 상어 떼가 용갑유령을 갈기갈기 찢어 버렸다. 특히 용갑이 뜯겨 흩어지자, 그 안에서만 힘을 발휘할 수 있는 유령은 소멸되고 말았다.

2층도 쉽게 돌파한 레나세르가 교관들을 바라보며 어깨를 살짝 올렸다.

"시시하네요."

그 모습에 소피아는 경악을 넘어 공포를 느꼈다.

'당신이 강한 거야.'

교육을 위해 이곳 곤테나크 던전으로 함께 내려온 소피아, 곽정 그리고 드래고니아는 엄청나게 고생했다. 1층을 겨우 끝내고 내려온 2층 초반에서 전멸 위기에 처했다. 곽정이 괴력을 발휘하지 않았다면 거기서 끝나고 말았을 터였다.

"여기까지 하지."

가면 쓴 교관이 말했다. 규문도 고개를 끄덕였다. 3층으로 내려가 봐야 결과는 마찬가지일 테니, 교육 효과는 기대할 수 없다.

환각력은 대단히 희귀한 능력인 만큼 그 효과는 확실했다.

"교관님은 꽤 강해 보이네요."

레나세르가 가면을 써서 표정을 읽을 수 없는 교관을 향해 말했다. 일종의 도발이었다.

규문의 안색이 창백해졌다.

"나와 싸우려면 목을 걸어야 한다."

"농담이에요, 농담. 교관님과 어떻게 싸워요?"

말과 달리 눈빛은 승부욕으로 가득한 레나세르였다.

그 순간, 가면 교관이 앞으로 다가왔다.

레나세르는 웃으며 세계를 자신에게 유리하도록 바꾸었다. 교관을 지하 구덩이에 가둔 것이다. 교관 스스로 꺼내 달라고 부탁하기 전까진 거기 가둘 생각이었다.

그러나 교관은 마치 영화의 캐릭터가 극장 스크린에서 밖으로 튀어나오는 것처럼, 아주 쉽게 환각 세계에서 빠져나왔다.

"페플의 기본 구조에 상극이 포함되어 있음을 잊었나? 아무리 출중한 능력도 완벽하진 않지. 언제나 천적이 있음을 잊지 말게. 오늘 교육은 여기서 끝내기로 하지."

교관은 사라졌다.

충격을 받은 레나세르는 그 자리에 얼어붙었다.

규문과 소피아도 말없이 던전 입구로 돌아갔다.

한참 뒤에야 레나세르는 쇼크에서 벗어났다. 오히려 웃기까지 했다.

"이래야 재미있지."

어둠 속에 놓여 있는 빛바랜 붉은 소파.

그 뒤로 벽을 둘러싼 책꽂이 선반.

늦은 밤이라서 저 멀리 개 짖는 소리가 희미하게 들릴 뿐이다.

밝은 스탠드 불빛 아래 바닥에 앉은 김현은 이근상에게서 빌려 온 《경락과 운기》라는 책을 펼친 채, 그 내용을 들여다보고 있었다.

대현자 파르소겐이 소속된 현자 집단 '호지센'은 아직 엘루마에 도착하지 않았다. 여기저기 수소문을 해 보니, 호지센의 현자들은 둘씩 혹은 셋씩 흩어져 저마다 다른 경로를 통해 빛의 도시로 오고 있었다. 어떤 현자들은 길도 없는 난코스를 택했는데, 바로 길을 만드는 것 자체를 수련으로 여긴 것이다.

누구도 대현자 파르소겐이 어떤 경로로 올지, 언제 엘루마에 도착할지 몰랐다.

시청뿐 아니라 뮤카멘 백작가, 화염의 마탑 플라도르, 물의 마탑 아쿠아, 바람의 마탑 페르제피, 빛의 마탑 투스텔라 등 다양한 마탑의 지탑도 파르소겐의 소재를 파악하기 위해 애쓰고 있었다.

모르는 게 없다고 알려진 파르소겐이 이번 영웅회의 핵심 인물 중 하나라는 사실은 이미 널리 알려져 있었다.

파르소겐이 빛의 도시에 도착할 때까지는 몬즈 마을 학살 사건에 집중하리라 마음먹은 김현은 지금 더 강해지기 위해,

흡결의 묘리를 익히기 위해 책을 읽는 중이었다.

"먼저 단전에 기를 채워라?"

김현은 앉은 자세로 내공을 움직였다.

현재 내공은 몸 전체로 안개나 구름처럼 퍼져 있었다. 무극심법은 말이 심법이지, 실제로는 내공을 체계적으로 익히는 방법과는 거리가 멀었다. 오히려 무극공이라 부르는 게 더 어울릴지도 모른다.

곧 단전이라 불리는 아랫배가 묵직해졌다.

내공이 뜻에 따라 움직이자, 김현은 신이 났다.

"무협 소설의 주인공이 된 느낌이야."

김현은 단전에 모인 내공을 조심스럽게 움직였다. 목표는 소주천이었다.

뱀파이어 특유의 차가운 기운이 단전에서 흘러나왔다. 김현은 그 기운을 회음혈로 유도했다. 회음혈은 성기와 항문 사이에 위치해 있었다.

《경락과 운기》에 나오는 인체 그림을 통해 정확한 회음혈 위치를 파악한 김현은 혼자라는 사실을 아는데도 왠지 모르게 부끄럽고 웃음이 나왔다.

무협 소설을 읽을 때는 회음혈이 이런 곳인지 전혀 몰랐다. 알았다면 회음혈이 나올 때마다 얼굴을 붉혔을 것이다.

회음혈에 도달한 기운은 이제 등 쪽으로 올라갔다. 확실히 내려갈 때보다 올라갈 때가 느렸다. 약간의 저항이 느껴졌지만, 1갑자에 달하는 내공은 가볍게 뚫었다.

미려혈이었다. 내공은 이제 속도를 내기 시작했다.

30분도 안 되어 엉덩이 위쪽에 자리 잡은 명문혈에 이르렀다. 미려혈보다 견고한 장벽이 느껴졌지만, 내공은 거침이 없이 뚫고 올라갔다.

다음은 영대혈이었다.

내공이 영대혈을 건드리는데 따끔따끔한 고통이 느껴졌다.

'포기할 수는 없지.'

김현은 내공에 정신을 집중했다.

내공은 김현의 의지를 받아들여 더 강력한 힘으로 영대혈을 뚫었다. 몸이 흔들렸지만, 그 관통의 순간 느껴지는 쾌감은 이루 말할 수 없었다.

김현은 흥분으로 고함을 내지를 뻔했다. 그랬다가는 잠든 엄마가 깜짝 놀라서 여기로 달려올 것이다. 문을 잠가 놓았으나, 엄마는 필요하다면 문을 부수고라도 들어올 터였다.

내공은 이제 대추혈로 치달았다.

어깨와 등에서 뼈가 제멋대로 덜그럭거렸다. 김현은 그 소리가 오싹하면서도 듣기 좋았다.

1갑자의 내공으로도 대추혈을 뚫기는 어려웠다. 그 내공이 김현 스스로 오랜 시간 동안 몸에 쌓은 힘이 아니었기 때문에 100% 마음대로 움직이기 힘들었다.

대추혈 다음은 백회혈.

백회혈까지 올라가면 독맥은 끝난다.

그 후는 임맥이다.

임맥을 통해 내공이 몸 앞쪽으로 내려가면 회음혈에 이른다. 그렇게 되면 소주천이 성공한다.

'대추혈에서 막히면 백회혈은 꿈도 못 꿔. 이래서는 몬즈마을 사람들을 죽인 놈을 만나도…… 오히려 당할 거야.'

그 생각을 하자, 가슴 가득 분노가 솟구쳤다. 그 강렬한 감정이 내공에 실리자 어마어마한 압력에 의해 대추혈이 순식간에 뚫렸다.

김현은 깜짝 놀랐다.

내공은 백회혈이 있는 정수리까지 거침없이 올라가며 독맥을 완성시켰다.

백회혈에서부터 눈썹 사이의 인당으로 내공이 내려오면서 임맥으로의 흐름이 시작되었다. 상단전이 자리 잡은 인당은 난관이었다.

김현은 몬즈 마을 중앙 공터에 쌓인 시체들을 떠올렸다. 그 광경을 수련에 이용한다는 게 부끄럽지만, 약해서 범인을 놓치거나 응징을 하지 못하는 것보다는 낫다고 생각했다.

타오르는 울분에 인당마저 뚫렸다.

'분노가 이토록 도움이 되다니.'

새로운 발견이었다.

내공은 인중과 천돌을 거쳐 가슴 쪽으로 내려왔다. 그 도

도한 흐름의 내공이 단전을 거쳐 회음혈에 이르는 순간, 소
주천이 완성되었다.

그때, 메시지 창이 떴다.

-스킬 소주천을 익혔습니다.

김현은 입을 벌렸다.

'스킬이라니!'

이 기이한 느낌을 도저히 믿기 힘들었다.

뱀파이어 신관에게서 내공을 얻은 이후, 현실에 있을 때도
그 기운을 몸 내부에서 느낄 수 있었다. 흩어져 있어도 원하
기만 하면 언제든지 끌어다가 사용할 수 있는 무형의 힘이
바로 내공이었다.

한 번의 소주천을 끝낸 지금, 그 내공은 대부분 단전에 머
물러 있지만 일부는 회음혈에서부터 등으로 올라가 명문혈,
대추혈을 거쳐 백회혈에 이르렀다가 몸 앞쪽으로, 즉 인당혈
과 천돌혈을 통과하여 단전으로 스며들었다.

몸 내부에서 느껴지는 힘의 수준이 달라졌다.

허벅지가 터지도록 페달을 힘 있게 밟으면 시속 50킬로미
터 이상으로 달릴 수도 있는 사이클을 타다가 가볍게 액셀을
밟기만 해도 시속 200킬로미터로 질주하는 스포츠카로 옮겨
탄 느낌이었다.

《경락과 운기》에 따르면 꾸준하게 소주천을 수련하는 것
도 필요하지만 한 번 소주천을 할 때 걸리는 시간도 중요했

다. 얼마나 빨리 소주천을 하는지에 따라 그 효능이 달라지는 것이다.

김현은 내공이 독맥과 임맥을 흐르는 속도를 높였다. 그러나 곧 한계가 느껴졌다.

'어떻게 해야 할까?'

좋은 생각이 떠올랐다.

감정!

분노!

김현은 공원에 나타나 사람들을 죽였던 콤포 막스, 콤포 마구스를 떠올렸다.

평소 절대로 하지 않는 행동을 하려니 가슴 한쪽이 두근거렸다. 그래도 해야 한다. 강해지기 위해서라면 아픈 상처라도 헤집어야 한다.

죽은 경찰특공대원들과 공터에 쌓인 몬즈 마을 사람들의 시체를 생생하게 떠올리자 소주천의 속도가 어마어마하게 빨라졌다. 한 시간 가까이 걸리던 소주천이 15분도 채 걸리지 않았다. 시간이 흐를수록 더 빨라졌고, 독맥과 임맥으로 흐르는 내공의 양도 많아졌다.

또 메시지 창이 나타났다.

-소주천의 스킬 레벨이 1 올랐습니다.

김현은 깜짝 놀라면서도 기분이 좋아서 웃음을 터트렸다.

수십 번가량 소주천이 이루어지자, 또 다른 변화가 찾아왔다. 내공의 일부가 다른 곳으로 흐르기 시작한 것이다.

내공은 허리를 감싸는 형태로 천천히 움직이고 있었다.

김현은 《경락과 운기》에서 그와 같은 흐름이 무엇을 의미하는지 찾아보았다. 천무관에서 그 내용을 확정한 《경락과 운기》에는 과연 그 흐름이 나와 있었다.

대맥운기!

기경팔맥 중 하나인 대맥을 통해 기가 움직이는 것이다.

내공은 마치 생명을 얻은 것처럼 저절로 움직였지만, 굉장히 느렸다. 지렁이가 꿈틀거리며 도로를 가로지르는 듯 지켜보면 가만히 그 자리에 있는 느낌이었다.

분노는 대맥운기에도 효과가 있었다. 분노할수록 대맥운기의 속도도 빨라졌다.

이제 내공은 몸 전체를 감싸며 흘렀다. 안개처럼 퍼져 있는 게 아니라, 마치 몸 곳곳으로 퍼져 있으면서도 그 흐름을 놓치지 않는 핏줄처럼 내공이 흐르는 길이 만들어지고 있었다.

단전은 더욱 견고해졌다.

1갑자의 내공이 몸 내부를 복잡하면서도 조화롭게 회전하면서 외부에서 밀려드는 기운과 합쳐졌다. 근본적인 변화는…… 손으로 잡을 수 있는 물건처럼 내공이 실제적으로 느껴진다는 사실이었다.

김현은 형광등 스위치를 향해 손을 뻗었다.

손에서 흘러나온 무형의 기가 스위치를 향해 뭉쳐지며 뻗어 나갔다. 그 기가 스위치에 닿는 순간, 불이 켜졌다.

형체를 유지하는 게 힘이 들어 얼굴이 땀으로 범벅이 되었지만, 김현은 기뻐서 어쩔 줄 몰랐다.

"이제 흡결도 가능할 거야."

《경락과 운기》를 향해 손바닥을 뻗은 김현은 눈을 감았다.

손 근처에 있는 기를 빠르게 팔꿈치 위로 옮겨 일종의 진공상태를 만들자, 책이 살짝 흔들렸다. 그러나 김현의 기대처럼 책이 다가와 손바닥에 붙는 일은 벌어지지 않았다.

"음, 아직은 부족해."

김현은 《경락과 운기》를 참고로 하여 기경팔맥 운기에 돌입했다. 몸 전체를 기의 고속도로로 만들기 위해서였다.

기경팔맥은 주로 몸통에 해당한다면, 12경락은 손과 발에도 뻗어 있었다. 흡결을 제대로 익히고 싶었던 김현은 12경락에 정성을 들였다.

하나를 익히면 몸에 놀랄 만한 변화가 생긴다. 김현은 군 것질에 중독된 아이처럼 수련에 열중했다.

무엇이든 더 잘하고 싶은 게 사람의 심리.

김현은 기경팔맥과 12경락을 한꺼번에 뚫고 싶었다.

어차피 길이 이미 몸 내부에 만들어져 있다면, 내공을 일정 이상의 힘으로 밀어 넣기만 하면 쉽게 그 관문이 뚫려 몸 전체를 자유롭게 움직일 수 있을 것 같았다.

사부 현기명이나 이사형 황철호가 김현의 생각을 알았다

면 입을 쩍 벌리며 놀라서, 뒤통수를 때려서라도 정신을 차리도록 만들었을 것이다. 김현은 무식한 자 특유의 용기로 자신의 아이디어를 실천에 옮겼다.

1갑자라는 어마어마한 양의 내공으로도 기경팔맥, 12경락을 모두 채우기는 어렵다. 김현은 분노라는 감정을 이용하리라 마음먹었다.

공원 사건, 몬즈 마을 학살 사건은 이미 분노의 재료로 사용되었다. 둘 다 생각만 해도 가슴이 뜨거워지는 비극이었지만, 김현에겐 그보다 더 강렬한 기억이 있었다.

이기용.

옥상에서 떨어져 목숨을 끊은 친구.

그 이름을 떠올리기만 했는데도, 앉아 있던 몸이 들썩거렸다. 옥상 난간에 서서 김현을 쳐다보던 마지막 모습을 생각하자 내공은 성난 파도처럼 몸 내부의 경락을 덮쳤다.

그 강렬한 기운이 그동안 제대로 사용되지 않았던, 그래서 여기저기 막힌 힘의 통로를 뚫고 나가자, 김현은 족쇄에서 풀려나는 듯한 해방감을 느꼈다.

무엇이든 원하는 대로 할 수 있을 것 같았다. 영화에서 본 무술 동작도 쉽게 따라 할 수 있을 것 같았다. 무협 만화나 무협 소설에서 묘사되는 무술 초식도 현실적이라면 직접 펼칠 수 있을 것 같았다.

황철호 덕분이었다.

흡결을 마스터하려면 반드시 경락과 혈도를 제대로 익혀야 한다고 황철호는 충고했었다. 몸 내부의 경락이 제대로 열리면 그동안 끈기 있게 수련한 수라부월공, 무극심법, 천무삼권 같은 무공의 위력이 엄청나게 늘어날 것이다.

그때, 가슴과 복부에서 동시에 통증이 느껴졌다.

"윽!"

찢어지는 듯한 아픔은 어깨와 팔에서도 느껴졌다.

내공이 몸 곳곳으로 퍼져 나간 것처럼, 고통도 그물처럼 뻗어 나가며 몸을 덮었다.

아파서 죽을 것만 같았다. 비명을 지르고 싶지만, 그랬다가는 엄마가 놀라서 들어올까 봐 무서웠다. 소리를 내지 않으려고 김현은 엉겁결에 팔을 꽉 물었다.

땀이 쏟아졌다. 팔과 다리가 기괴한 각도로 뒤틀렸고, 우두둑 뼈에서 소리가 났다.

알록달록한 빛무리가 보였다.

정신이 몽롱해졌다.

그 순간, 김현의 머릿속에 단어 하나가 떠올랐다.

주화입마

무협 소설에서 무공을 잘못 익히면 주화입마를 당한다. 그러면 반신불수가 되거나…… 심하면 죽기도 한다.

"자니?"

밖에서 들린 엄마의 목소리.

엄마는 무언가 이상한 낌새를 느끼고 거실을 가로질러 아들의 방 앞으로 온 것이다.

놀라운 일이 벌어졌다. 엄마의 음성을 듣는 순간, 몸 곳곳에서 날뛰며 경락을 공격하던 내공이 온순해진 것이다. 그와 동시에 가벼워서 날아갈 듯하던 몸의 감각도 사라지면서, 모래주머니를 찬 것처럼 팔다리가 무거워졌다.

팔뚝에서 입을 뗀 김현이 겨우 입을 열었다.

"……이제 막 누웠어."

팔에는 물어뜯은 자국이 깊이 남아 있었다. 세 줄기 피가 흘러내렸다.

"어디 아픈 건 아니지?"

"졸려."

"그래. 얼른 자."

"엄마도 잘 자."

김현은 혼신의 힘을 다해서 말했다.

엄마가 멀어지는 인기척이 들렸다.

안도의 한숨을 내쉰 김현은 피를 닦은 후에 신중하게, 천천히 내공을 단전으로 모았다.

안 아픈 곳이 없지만 김현은 이를 악물고 《경락과 운기》를 읽었다. 끝까지 다 읽은 김현은 손바닥으로 뺨을 후려쳤다.

책만 다 읽고 수련을 했어도 그토록 멍청한 짓은 하지 않았을 것이다. 부끄러워서 사부님께도, 이사형에게도 말할 수 없을 만큼 무식한 행동이었다.

엄마 덕분에 경락이 막히거나 크게 상하진 않았다.

"서두르면 안 되는 일이야."

김현은 독맥과 임맥의 타통, 즉 소주천으로 만족했다.

당분간은 소주천 수련에 정성을 쏟고, 천천히 절차를 밟아서 기경팔맥과 12경락을 완전히 뚫을 생각이었다. 그 후에야 대주천에 도전할 수 있을 터였다.

한편으론 아쉬웠다.

기경팔맥, 12경락이 완전히 열렸다면…… 순식간에 내공이 2갑자 이상으로 증가했을 텐데. 《경락과 운기》에 따르면 2갑자를 넘어 3갑자에 이를 가능성도 있었다.

내공이 곧 강함은 아니다. 그러나 내공이 증가하면 그에 비례하여 강해진다.

"오늘 좋은 걸 배웠어."

김현은 소파에 누웠다.

분노라는 감정이 평정심을 잃게 만들 뿐 수련에도, 판단에도 도움이 되지 않는다고 생각했기 때문에 화가 나면 죄책감을 느끼곤 했었다. 그러나 만약 분노라는 감정의 힘을 사용하지 않았다면 소주천도 해내지 못했을 터였다.

분노하는 사람이 그 뜨거운 감정을 부끄러워하거나 무서

워할 필요는 없다. 오히려 분노의 대상이 된 자들이야말로 진정으로 두려워해야 할 감정이니까.

"어?"

김현은 손가락을 들어 올렸다. 기령환이 하얗게 빛나고 있었다. 진기로 꽉 차서 더 이상 주입할 필요가 없는 상태였다.

김현은 고개를 갸웃거렸다. 따로 기령환에 기운을 불어 넣은 적이 없는데.

혹시?

김현은 소주천으로 인해 내공이 반지로 스며들지 않았을까 생각했다.

"확인해 보면 돼."

눈을 감은 김현은 공원의 벤치를 떠올렸다. 이 시간, 공원은 텅 비어 있을 터였다.

몇 초 후, 김현은 공간을 이동하여 벤치에 앉아 있었다.

기령환을 살폈다. 색깔이 흐려졌지만 여전히 밝았다.

"이 정도라면 장거리 이동도 가능하겠다."

김현은 어디로 가 볼까 생각했다.

현섬은 머릿속으로 구체적으로 떠올릴 수 있는 장소라면 어디든 갈 수 있는 공간 이동 스킬이었다. 장소뿐 아니라 사람 역시 마음으로 그릴 수 있다면 그 사람이 있는 곳으로 순식간에 이동할 수 있다.

김현은 울릉도로 끌려가던 박용준을 구한 후에 밥을 먹었던 그 음식점을 떠올렸다. 제육볶음 생각에 군침이 돌았다. 늦은 밤이니 문은 닫혀 있을 테고, 그 앞 주차장은 비어서 아무도 없을 것이다.

잠시 후, 김현은 가로등 불빛만 흐르는 주차장에 나타났다. 맨발이었다. 짜릿한 쾌감을 참지 못하고 소리를 질렀다.

흥분이 가라앉은 건, 텅 빈 기령환을 발견한 후였다. 돌아가려면 반지를 진기로 가득 채워야 한다.

김현은 그 자리에 앉아 내공을 움직여 소주천을 시작했다. 내공의 대부분은 독맥과 임맥을 흘렀지만 그중 일부는 몸 곳곳의 길로 스며들었다.

단전 앞에 둔 손가락의 기령환으로 배꼽 근처에서 기가 흘러나와 스며들기 시작했다. 소주천의 속도가 빨라질수록 기령환이 밝아지는 속도 역시 빨라졌다.

이제까지 무극심법의 축현으로 기령환에 진기를 채웠던 김현은 깜짝 놀란 만큼 즐거웠다.

기령환이 진기로 가득 채워졌다. 김현은 집으로 이동했다.

서늘한 공기가 사라지고, 포근하면서도 따스한 분위기의 방이 나타났다. 김현은 소파에 몸을 던졌다. 터져 나오려는 웃음을 꾹 억누르느라 얼굴이 빨갛게 변했다.

김현은 기분 좋게 눈을 감았다.

딜레마

　박용준은 뚝배기에서 보글보글 끓고 있는 된장찌개의 맛
을 보았다.

　"음, 마음에 들어."

　꽃게 두 마리에서 우러나온 해물 특유의 시원한 맛이 된장
의 둔탁한 맛을 가볍게 이겼다. 그 옆 프라이팬에서는 계란
말이가 노릇노릇 익고 있었다.

　도마에 계란말이를 올려놓고 간격을 맞추어 잘 자른 다음
긴 접시에 옮기니 그럴싸했다. 뚝배기 해물 된장찌개는 그대
로 식탁으로 옮겼다.

　현미를 섞은 밥을 공기에 담아서 낸 후에 박용준은 침실로
가서 노크를 했다.

"밥 먹어."

"응?"

이제 막 잠에서 깬 듯한 목소리였다.

"아침 먹어야지."

"아아암, 알았어."

하품을 하면서 안진후가 대답했다.

박용준은 거실 창가 쪽으로 걸어가 활력으로 가득한 도시를 내려다보았다. 사람들은 저마다 일터로 가느라 바빴고, 자동차들은 신호에 맞추어 도로를 달리고 있었다.

박용준은 외부와 격리된 정신병원에서 나와 이런 광경을 아침마다 볼 수 있다는 사실이 기적처럼 느껴졌다.

그동안 텔레비전에 자기 얼굴이 나오지 않을까 두려웠지만, 다행히 납치나 실종 따위로 사진이 나오는 일은 없었다.

박용준은 대체 일이 어떻게 돌아가는지 알고 싶어서 엄마에게 전화를 걸려다가 몇 번이나 참았다. 괜히 전화를 하면 아버지가 나타날 것만 같았다. 단순한 예감이 아니라, 확신에 가까운 추측이었다.

안진후가 기지개를 켜며 나오다 코를 세워 킁킁거렸다. 식탁으로 간 그의 눈이 휘둥그레졌다.

"꽃, 게, 탕……."

"어때?"

"너 정말…… 대단하다."

안진후는 눈곱도 떼지 않고 앉아서 숟가락으로 해물 찌개의 맛을 보았다. 엄지를 들 수밖에 없는 맛이었다. 디월드 텝스 파이브에서보다 요리 솜씨가 더 나아진 느낌이었다.

박용준은 시간을 들여 만든 음식을 누군가가 맛있게 먹어 준다는 게 얼마나 행복한 일인지 새삼 깨달았다.

"설거지는 내가 할게."

안진후는 커다란 계란말이 하나를 입에 넣고 오물거리며 말했다.

"아니. 내가 할게. 난 여기 공짜로 얹혀살고 있으니까."

"넌 내 친구야."

안진후의 목소리에 힘이 들어갔다.

"······알아."

"그러니까 공짜로 얹혀산다는 말 따위는 하지 마."

"알았어."

맛있게 밥을 먹어 치운 안진후는 종이컵에 커피를 타서 그 중 하나를 박용준에게 내밀었다.

"태희 누나도 좋아하는 커피야."

"고마워. 요즘 태희 누나는 뭐 해? 안 보여서 말이야."

박용준은 물었다.

"나도 몰라. 문자를 해도 자주 씹는 걸 보면 진짜 바쁜 모양이야. 자기 일은 알아서 잘하는 사람이니까 걱정할 필요는 없어. 그보다 오늘도 먼저 접속해. 난 할 일이 있거든."

"알았어."

"오늘 뮤카멘 백작가를 찾아가는 날이지?"

"응."

"될 수 있으면 노바디 옆에 붙어 있어."

"왜?"

"음, 흥분할 가능성이 좀 있어서 그래. 뮤카멘 백작가가 순순히 용갑 소유자 명단을 내주지는 않을 테니까 말이야. 노바디가 사형들 앞에서 난동을 부릴 리는 없지만, 엉뚱한 짓을 할 수도 있어."

"알았어."

박용준은 '흥분할 가능성'이라는 말에는 동의했다.

노바디는 몬즈 마을 사람들을 몰살시킨 살인마가 언급될 때마다 평소와 다른 모습을 보여 주었다. 차분하며 어떤 일이 생겨도 흔들리지 않던 노바디가 침을 튀기며 놈을 잡아서 없애 버리겠다고 호언장담을 하자, 그를 알던 사람들은 적잖이 놀랐다.

콜마도 말로 표현하진 않지만 노바디를 염려하는 게 분명했다. 노바디를 위해 약을 준비했던 것이다. 그 약의 성분은 주로 과한 분노를 가라앉히는 약재였다.

박용준은 뒤처리를 안진후에게 맡기고 페플로 접속했다. 콕핏형 커넥터로 들어가서 버튼을 누르자, 익숙한 섬광이 터졌다.

바마퉁은 창가로 가서 아래를 내려다보았다.

여관 앞 좁은 골목 사이로 뛰어가는 아이들의 정수리가 보였다. 까르르 웃는 소리가 듣기 좋았다.

복도로 나간 그는 스승님의 방 앞에 서서 노크를 했다.

"바마퉁입니다, 스승님."

"들어오너라."

콜마의 목소리가 들렸다.

"밤새 안녕하셨는지요?"

"매일 아침마다 인사하러 오지 않아도 된다. 얼마나 귀찮은 일이냐?"

콜마는 동그란 안경을 바로 쓰며 말했다.

"전혀 귀찮지 않아요. 오히려 기분 좋은걸요."

"넌 참 예의가 바른 아이다."

"식사는 하셨어요?"

"조금 전에 마쳤다."

식사 후에는 습관처럼 오래된 약초 서적을 읽는 콜마.

바마퉁은 그 옆에 앉아 자기 책을 꺼냈다.

침묵 속에 책장 넘기는 소리만 들렸다.

바마퉁은 이 시간이 정말 좋았다. 누군가 마음에 맞는 사람과 같은 공간에서 책을 읽을 수 있다니.

잠시, 이런 사람이 아버지였다면 얼마나 삶이 달라졌을까 생각했다.

복도에서 발소리가 들렸다.

"가쿨라 사사형이군. 뮤카멘 백작가에서 사람이 온 모양이야."

콜마는 책을 접었다.

문을 열고 들어선 사람은 정말로 가쿨라였다. 그가 한 말도 콜마의 추측과 일치했다.

바마퉁은 은연중 드러나는 콜마의 지혜를 볼 때마다 자기도 저렇게 진실을 꿰뚫는 사람이 되고 싶었다.

"가자꾸나."

콜마가 일어섰다. 바마퉁은 그 뒤를 따랐다.

여관에서 큰길로 나오는 골목을 따라 천천히 걷던 바마퉁은 저 앞에 서 있는 마차를 보고는 속으로 놀랐다. 뮤카멘 백작가에서 보낸 마차라고 하기엔 지나치게 낡고 볼품이 없었다.

진짜 문제는 그 마차의 용도였다. 둥근 돛천 재질의 지붕이 올려진 마차는 짐을 옮길 때나 사용되는 짐마차였던 것이다.

겔란드는 짐마차를 보며 씩 웃었다.

"아무래도 우리를 짐짝 취급하는 것 같구나."

"대사형, 돌려보내는 게 어떨까요?"

가쿨라가 딱딱한 어조로 말했다.

"넌 어떻게 생각하느냐?"

겔란드는 가쿨라가 준 목검을 손에 쥔 채 짐마차를 쏘아보는 노바디에게 물었다.

분노를 억누른 노바디가 대답했다.

"여기 셋째 사제가 있었으면 참 좋았을 것 같습니다."

"하하, 론투엘 왕세자께서 짐마차를 타고 갔다면 뮤카멘 백작이 깜짝 놀라 달려 나오는 모습을 볼 수 있을지도 모르지."

콜마가 나섰다.

"네 생각은?"

겔란드가 콜마를 쳐다봤다.

"타고 가죠. 설마 우리가 짐마차를 타고 올 거라고는 생각 못 할 겁니다. 이걸 보낸 이유는 환영하지 않는다는 명백한 의사표시에 불과하니까요."

그렇게 말한 콜마가 먼저 짐마차에 올라탔다.

겔란드, 가쿨라 그리고 노바디가 차례로 짐마차에 오르는데, 아로간타르가 바마퉁 옆으로 다가와서 속삭였다.

"……이사형에게 무슨 일이 있습니까?"

"벨란데르는 좀 늦을 거라고 했어요."

"아."

아로간타르가 안도의 한숨을 내쉬었다. 얼마나 시달렸는지 늦는다는 말 한마디에 마음이 풀린 것이다.

그 얼굴 표정을 본 바마퉁이 말했다.

"벨란데르는 당신을 좋아해요."

"……말도 안 됩니다."

"벨란데르는 싫어하는 사람을 따라다니며 괴롭히지 않아
요. 그 점은 확실해요."

그렇게 말한 바마퉁은 짐마차로 올라가 콜마 옆에 앉았다.

고개를 갸웃거린 아로간타르는 여관으로 돌아갔다. 굳이
따라갈 필요를 느끼지 못한 것이다.

짐마차가 출발했다.

뮤카멘 백작가의 저택은 요새나 다름없는 성이었다.

암갈색 벽돌로 쌓아 올린 담장은 30미터에 육박했고, 성문
위쪽으로 우뚝 솟은 구조물의 꼭대기는 60미터에 이르렀다.
첨탑의 벽에는 도시 곳곳에서 시간을 확인할 수 있도록 대형
시계가 달려 있었다. 그 아래로 난 입구는 절벽에 난 조그만
동굴처럼 어두웠다.

입구 옆에는 용갑을 착용한 보초병 두 사람이 긴 창을 든
채 다가오는 짐마차를 노려보고 있었다.

짐마차를 몰던 마부가 통행증을 내밀었다.

"라마간의 겔란드? 처음 듣는 이름인걸."

보초병은 짐마차에 탄 사람들을 보며 경멸 어린 미소를 지
었다. 겔란드는 아무렇지 않았지만 가쿨라는 허리에 찬 검

자루에 손을 올렸다.

통행증을 꼼꼼히 살핀 보초병이 손을 들며 외쳤다.

"통과!"

짐마차는 그 동굴 같은 입구로 들어섰다.

벽과 천장에는 뮤카멘 백작가를 유명하게 만든 전쟁의 장면이 그려져 있었다. 용갑을 착용한 채 전장에서 활약하는 영웅들 아래에는 시체가 산처럼 쌓여 있었다.

바마퉁은 무기 제작으로 뮤카멘 백작가가 명성을 쌓기 위해서 저처럼 많은 사람들의 목숨이 희생되었구나 생각했다. 그래서인지 뮤카멘 백작의 저택에는 서늘하면서도 기분 나쁜 분위기가 깔려 있었다.

짐마차는 주로 식재료 따위를 내리는 주방 뒷문으로 가서 멈췄다. 음식 쓰레기 썩는 냄새가 코를 찔렀다.

겔란드는 마부를 향해 말했다.

"수고했소."

백작가의 손님을 이곳으로 데려왔다는 사실이 무엇을 의미하는지 잘 알기 때문에, 마부는 차마 고개를 들지 못했다. 마부에게 다가가 뼛속까지 무섭도록, 평생 잊지 못할 기억을 남겨 주려 했던 가쿨라는 혀를 차며 대사형 뒤를 따라서 내렸다.

양파가 담긴 상자가 왼쪽에 쌓여 있고, 오른쪽에는 껍질을 벗긴 닭 수십 마리가 꼬챙이에 걸려 있었으며, 한쪽 옆에서는 커다란 돼지 한 마리를 통째로 굽고 있었다.

칼로 생선의 머리를 쳐서 자르던 남자가 겔란드 일행을 보고는 그 커다란 식칼을 든 채 다가왔다.

"누구쇼?"

"뮤카멘 백작을 뵈러 왔소만."

겔란드의 말에 조리사는 껄껄 웃었다.

소리를 듣고 나온 사람들도 조리사의 설명을 듣고 함께 웃었다.

"대사형."

노바디가 다가섰다.

"살살 해라."

허락하는 겔란드.

노바디는 앞으로 나서며 무극심법의 타각을 펼쳤다.

이제 타각의 방향과 강도를 조절할 수 있는 노바디는 주방에서 일하는 사람들을 피해 양파, 닭, 돼지 등을 향해서 타각의 힘을 뿜었다.

중결의 묘리까지 담긴 타각이 그들을 덮친다면 누구도 살아남지 못할 터였다. 얼마 전에 성공한 소주천 덕분에 타각의 위력은 몇 배나 커진 느낌이었다.

양파가 새하얀 불꽃놀이처럼 여기저기서 펑펑 터졌다.

닭의 날개와 다리가 찢어지며 사방으로 날아다녔다.

생선에서 비늘이 뜯겨 나와 반짝거리며 벽과 천장으로 날아가서 붙었다.

익어 가던 돼지는 조각조각 나뉘며 분리되었다.

웃음이 뚝 끊겼다.

그들은 서로를 쳐다보지도 못하고 몸을 떨었다. 처음 웃었던 조리사가 식칼을 내려놓으며 무릎을 꿇자, 다른 사람들도 그 뒤를 따랐다.

할 말을 잃은 바마퉁은 떨리는 자신의 손끝을 발견했다. 다리도 흔들리고 있었다. 노바디가 강하다는 사실을 잘 안다고 생각했건만, 조금 전 본 힘은 또 다른 차원이었다.

바마퉁은 자신뿐 아니라 겔란드, 가쿨라 심지어 콜마까지 놀랐다는 사실을 알아차렸다. 다들 노바디가 얼마나 강한지 몰랐던 것이다.

그 조리사가 급히 말했다.

"주, 죽을죄를 지었습니다."

"누구 장난입니까?"

노바디가 물었다.

그 질문에 주방에서 일하다가 죽음이 코앞까지 다가오는지도 모르고 웃었던 사람들은 물론 겔란드 일행도 깜짝 놀랐다. 그 사정을 짐작한 사람은 콜마뿐이었다.

바마퉁은 스승님의 표정을 통해 이미 짐작하고 있었음을 확신했지만, 노바디는 어떻게 알았을까 몹시 궁금했다.

"어떻게 그걸……?"

조리사의 눈이 흔들렸다.

"누구냐고 물었습니다."

"공녀께서는 장난기가 많은 분이십니다. 가끔 가주님의 손님께 짐마차를 보내기도 하십니다."

"어디로 가야 하는지 알려 주십시오."

조리사는 목숨이 달린 문제라고 생각했는지, 세 번이나 반복해서 저택 현관으로 가는 길을 설명했다.

노바디가 앞장섰다. 젤란드가 그 옆으로 다가갔다.

"……죄송합니다. 제가 흥분했습니다."

노바디는 고개를 숙였다.

"저들 때문에 화가 난 건 아닐 테고, 그놈 때문이겠지?"

"네."

눈이 이글거리는 노바디.

"분노는 필요한 감정이다. 분노가 없다면 세상엔 정의도 사라져 버릴 테니 말이다. 허나, 분노에 휘둘리기 시작하면 결국 왜 분노했는지조차 잊어버리고 그 감정에 취해 버린다. 세상에서 가장 힘든 일이 '적당히 하는 것'이지만, 분노야말로 가장 적당히 해야 하는 것이다."

"알겠습니다, 대사형."

대답하는 노바디의 눈엔 여전히 분노가 넘실대고 있었다.

바마퉁은 벨란데르의 부탁을 떠올리며 자기가 무엇을 할 수 있을지 곰곰이 생각했다.

조리사의 설명은 옳았다. 겔란드 일행은 쉽게 저택 정문을 찾아갔으나, 거기에는 용갑을 착용한 뮤카멘 기사단이 기다리고 있었다.

기사단을 이끄는 단장 프롱리크 델 뮤카멘이 앞으로 나섰다. 그는 현 백작의 둘째 아들이었다.

"그대들은 신성한 백작가의 저택에서 무력을 사용했소. 나 뮤카멘 기사단의 단장 프롱리크 델 뮤카멘은 그대들 전부를 지하 감옥에 가둘 수 있으나, 은혜를 베풀어 폭력을 행사한 장본인만 구금하겠소. 적법한 절차에 따른 재판도 보장하겠소. 자, 누가 백작가에서 일하는 조리사들에게 폭력을 가했소?"

프롱리크가 힘을 주자 착용한 용갑이 활짝 펼쳐져 거대한 날개가 등 뒤로 돋아났다.

햇살에 반짝이는 검은 날개의 길이는 3미터나 되었다. 날개는 공격 직전의 맹수처럼 겔란드 일행을 노려보고 있었다.

노바디가 앞으로 나서서 따지려는 순간, 바마퉁이 손을 들었다.

"제가 그랬어요."

"그대는 드워프가 아닌가?"

프롱리크의 눈에 의혹이 어렸다.

"드워프에 대한 선입견이 있으시네요."

바마퉁의 등 뒤로 새하얀 날개 추익이 생겨났다.

새하얀 날개는 프롱리크의 금속 날개보다 훨씬 크고 아름다웠다. 게다가 날개를 이루는 깃털의 색깔이 햇살 아래에서 계속 변했다.

프롱리크가 눈살을 찌푸리자, 새까만 금속 날개가 추익을 공격했다.

전갈이 꼬리에 달린 침으로 쏘는 것처럼 대단히 빠른 공격이었지만, 추익은 거대한 손으로 변해 금속 날개를 움켜잡았다. 손에 힘이 들어가자 검은 날개는 조그만 조각으로 부서지며 흩어졌다.

그 조각들은 프롱리크의 몸으로 날아가 용갑의 형태를 이루었지만, 프롱리크는 가문이 심혈을 기울여 제작한 첨단의 용갑조차 상대가 안 되는 저 날개의 정체가 무엇인지 알 수가 없어서 잠자코 있었다.

그러나 그의 눈은 욕망으로 번들거렸다. 저 날개의 정체를 알아낸다면, 저토록 유연하게 변형되는 방식의 비밀을 파헤친다면 용갑의 위력은 한층 더 강해질 것이다.

바마퉁은 추영을 거두었다. 날개는 사라졌지만 추영은 투명해졌을 뿐 여전히 바마퉁을 에워싸고 있었다.

"데려가라."

프롱리크가 명령했다.

기사들에게 둘러싸인 채 잡혀가며 바마퉁은 노바디를 바라보았다. 주먹을 꽉 움켜쥔 노바디는 당장이라도 폭발할 것만 같았다.

다행히 콜마가 그 옆에 서 있었다. 콜마는 사흘이나 굶은 맹수도 진정시킬 수 있는 사람이었다.

바마퉁은 지하 감옥에 갇혔다.

실로 오랜만에 혼자 있는 시간이라 처음엔 어색했지만 곧 적응할 수 있었다. 마음의 떨림도 서서히 가라앉았다.

그 순간 자신이 나설 수 있다고는 상상도 못 했다. 그동안 투명한 상태로 두었던 추영이 그 무시무시한 검은 날개를 가볍게 제압했다는 점도 기분 좋은 일이었다.

스승 콜마에게 상의도 없이 멋대로 나선 일이 마음에 걸렸으나 조금도 후회하지는 않았다.

"나 잘했지?"

바마퉁이 말했다. 추영이 바마퉁 옆에서 수십 마리의 나비가 되어 날아다녔다.

돌계단을 딛고 내려오는 발소리가 들렸다. 추영은 재빨리 투명한 모습으로 돌아갔다.

아름답고 늘씬한 소녀가 견고한 창살 너머에 나타났다. 소녀에서 아가씨로 넘어가는 과정인 듯 가슴이 봉긋 솟아 있었다.

"네가 한 짓 아니잖아."

추측이 아니라 단정이었다.

바마퉁은 스승 콜마처럼 생각하려고 애를 썼다.

아무나 이곳 지하 감옥에 내려올 수는 없다. 또한 저 화려한 옷차림을 보면 보통 사람은 아니다. 그리고 말투에서는 권위가 느껴진다.

'아! 그 공녀가 분명해!'

바마퉁은 스스로 노력해서 무언가를 알아냈다는 사실이 기뻤다. 조금이나마 스승처럼 생각할 수 있게 된 것이다.

"동료를 팔아먹는 이기적인 놈을 위해 왜 나선 거야?"

공녀가 물었다.

"노바디는 그런 사람이 아니야."

바마퉁이 발끈했다.

"자기가 한 짓을 동료가 뒤집어썼는데도 제 살길만 찾아서 가 버린 사람도 친구야? 내가 모르는 사이에 동료라는 단어의 의미가 달라졌어, 혹시? 진짜 그런 거야?"

비꼬는 말에 화가 날 뻔했지만 바마퉁은 평소처럼 느리게 생각했다.

벨란데르가 여기 있었다면 공녀와 같은 방식으로 쏘아붙이며 말다툼을 했을 테고 노바디는 말없이 노려보다가 틈을 노렸을 테지만, 바마퉁은 사고방식 자체가 느긋한 편이었다.

그 덕분에 공녀가 지금 얼마나 즐거워하는지 알 수 있었다. 아까 조리사가 한 말이 생각났다.

"재미있어?"

"……무슨 소리야?"

눈빛이 흔들리는 공녀.

"너 때문에 벌어진 일이잖아."

"무슨 말을 하는지 모르겠네. 난 그저 세상 물정 모르는 멍청한 드워프가 불쌍해서 여기까지 내려왔을 뿐이야. 혹시 그들이 널 구해 줄지도 모른다고 생각한다면 희망은 버려. 여긴 그 어떤 마법이나 무공으로도 들어올 수 없는 곳이니까."

공녀는 짜증스럽게 말했지만 몸을 돌려 가 버리진 않았다.

"왜 짐마차를 보낸 거야?"

바마퉁이 물었다. 진심으로 궁금해서 던진 질문이었다.

"알면서 왜 물어? 재미있을 것 같아서 그랬을 뿐이야."

"그게 왜 재미있어?"

"아까도 재미있었어. 양파가 폭탄처럼 터지고, 닭과 돼지가 그렇게 산산조각이 났잖아. 난 그런 일이 벌어질 거라고는 상상도 못 했어."

공녀는 깔깔 웃었다.

"그게 정말 재미있어?"

"그럼. 넌 재미없어?"

"응. 그다지."

"왜?"

공녀는 이 바보 같은 드워프와 계속 이야기를 나누고 싶어 하는 자기 자신을 이해할 수 없었다.

처음엔 비웃기 위해 내려왔지만 이제는 대화가 조금씩 즐거워지고 있었다. 공녀라는 권위 때문에 설설 기는 것도 아니고 그렇다고 노골적으로 달려드는 것도 아니라서 묘한 느낌을 주었던 것이다. 세상 사람들은 복종과 저항, 둘로 나눌 수 있다는 평소 공녀의 생각이 통하지 않았기 때문인지도 모른다.

"더 재미있는 일이 많으니까."

"거짓말."

"맞아. 거짓말로 들릴 거야. 직접 겪은 일이지만 내가 생각해도 거짓말 같다고 느껴질 때가 많으니까."

바마퉁은 처음 노바디, 벨란데르를 만난 순간을 떠올렸다.

비록 지쳐 있었다고 해도 그 거대한 몬스터 엠모르타 내부로 파고들어 가 재생석을 꺼낸 노바디는 도저히 사람 같지 않았다.

함께 품둠이라는 형벌을 받았을 때도 생각났다. 노바디는 힘을 다해 자신을 설득했었다. 그때 노바디가 쉽게 포기했다면 지금의 바마퉁은 없을 터였다.

심지어 최근에는 아버지의 명령으로 울릉도라는 섬으로 끌려가던 자신을 구해 주었다.

"그 거짓말, 들려줘."

공녀의 눈이 반짝거렸다.

"거짓말이라면서?"

"재미있으면 아빠한테 말해서 풀어 줄게. 약속해."

"좋아."

바마퉁은 어디서부터 이야기를 들려주는 게 좋을까 생각하다가, 엠모르타와의 전투부터 시작했다.

현섬은 발동되지 않았다. 몇 번을 시도해도 결과는 마찬가지였다. 노바디는 도저히 참을 수 없었다.

뮤카멘 백작가에서 잠자코 물러선 이유는 어디에 가두어도 바마퉁을 구할 수 있다는 자신감 때문이었다. 현섬이 무용지물이 될 줄은 상상도 못 했다.

가쿨라에게서 받은 목검을 쥔 채 여관을 나온 노바디는 달리기 시작했다. 오가는 마차들도, 저마다 스타일이 다른 옷을 입고 한껏 뽐내는 사람들도 눈에 들어오지 않았다.

노바디의 머릿속에는 온통 끔찍한 장면뿐이었다. 안진후에게서 빌린 범죄 관련 서적에서 본 고문 방식이 하나하나 떠올랐다.

점점 속도가 빨라졌다.

마차들과 행인들 때문에 답답해진 노바디는 건물 벽을 딛고 지붕으로 올라갔다. 주황색 지붕이 저 멀리까지 이어져 있었고, 그 사이로 좁은 골목이 미로처럼 얽혀 있었다.

뮤카멘 백작가의 첨탑 꼭대기에 걸려 바람에 흔들리는 깃

발을 확인한 노바디는 이전과는 비교도 되지 않을 만큼 빠르게 달렸다.

빠르게 몸 내부를 휘감고 도는 내공 덕분에 몸이 가벼워졌고, 은연중 화결이 적용된 발놀림 때문에 아프리카 영양처럼 빠르면서도 민첩하게 달릴 수 있었다. 건물과 건물 사이도 쉽게 건너뛰었다. 때로는 10미터나 되는 거리도 단숨에 가로지를 수 있었다.

바닥의 그림자를 보고 고개를 든 사람들이 아무것도 보지 못할 만큼 노바디는 빨랐다.

뮤카멘 백작의 저택이 보였다.

높은 담장으로 둘러싸여 있는 데다 담장 위에는 보초병들이 서서 예리한 눈으로 주위를 살피고 있었다. 어디로 가야 은밀히 잠입할 수 있을까 생각하며 저택 뒤쪽으로 이동하는데, 귀에 익은 목소리가 들렸다.

"여기서 뭘 하는 거냐?"

"사사형?"

노바디는 깜짝 놀랐다.

"설마 혼자 저 안으로 들어갈 생각은 아니겠지?"

가쿨라는 뒷짐을 진 채 물었다.

"이대로 가만히 있으면 바마퉁에게 끔찍한 일이 벌어질지도 모릅니다."

"그래서 들어가겠다는 뜻이냐?"

"저 때문에 갇혔습니다."

"맞다. 너 때문에 갇혔지."

"사사형!"

"일을 더 복잡하게 만들지 마라. 아무래도 네겐 정신을 차릴 시간이 필요한 것 같구나. 이 길로 이방인의 세계로 나가거라. 내일까지는 네 얼굴을 이곳 엘루마에서 보지 않기를 바란다. 이 사형의 말을 무시하고 싶다면 얼마든지 마음대로 해라."

가쿨라는 냉정하게 돌아섰다.

멀어지는 가쿨라의 모습을 지켜보던 노바디는 이를 악물며 뮤카멘 백작가의 견고한 성벽을 노려보았다.

사사형의 말을 어길 수는 없다. 게다가 혼자 저 안에 들어가는 일은 스스로 생각해도 어리석었다. 이곳까지 온 이유는, 아무것도 하지 않고 방 안에 있을 수 없었기 때문이다.

"휴우."

바마퉁에게 한 번 더 메시지를 보냈다. 이번에도 답은 오지 않았다.

마방진 때문이리라. 마법 사용을 막아 내는 특별한 마법진이 설치된 곳에 바마퉁이 갇힌 것이다.

노바디는 그 자리에서 접속을 끊었다.

집은 텅 비어 있었다.

엄마는 페플 대안 학교 교육을 받으러 가고 없었다. 교육이 끝나면 재택근무가 시작되겠지만, 그 전까지는 평소 학교에 출근하는 것과 다를 바가 없었다.

뮤카멘 기사들에게 에워싸여 끌려가던 바마퉁이 생각났다. 화가 나서 호흡까지 거칠어졌다.

김현은 냉장고에서 물을 꺼내어 두 잔을 거푸 마셨으나 속은 여전히 뜨거웠다.

붉은 소파에 가만히 앉아 있었다. 점점 부아가 치밀어 올랐다. 여기 가만히 있다가는 가슴이 터져 버릴 것만 같았다.

김현은 밖으로 나갔다.

발길은 공원으로 이어졌다. 공원에 가려는 생각은 없었지만, 철 조각이 자석에 이끌리듯 몸이 저절로 공원에 이른 느낌이었다.

여기서 벌어진 사건이 떠올랐다.

기억은 그리 선명하지 않았다. 느껴지는 고통도 둔중한 아픔에 가까웠다. 현실 시간으로는 한 달도 안 된 사건이지만, 디월드 뎁스 파이브에서 3년을 보낸 김현에겐 감정적으로 너무나 오래전에 벌어진 일이었다.

그렇다고 그 일을 잊은 건 아니었다. 다만 감정보다는 이성과 의지로 사자의 귀환 퀘스트를 수행하고 있을 뿐이었다.

빛의 도시 엘루마로 온 이유 역시 우과와 관련된 정보를 알아내기 위해서였다. 영웅회에 참석할 예정인 대현자 파르소겐을 만나면 우과의 위치를 알게 될 것이다.

오히려 오늘 뮤카멘 백작가에 잡힌 바마퉁 때문에 더 화가 났다. 도저히 참을 수가 없었다.

바마퉁을 떠올릴 때마다 범죄 사건과 이상심리와 관련된 장면들이 연상되었다. 자기로 인해 바마퉁이 그런 고통에 노출된다는 생각만으로도 흥분이 가라앉지 않았다.

핸드폰을 꺼내어 안진후에게 전화를 걸었다. 페플로 접속했는지 신호음만 들렸다.

김현은 문자를 보냈다.

곧 답이 왔다.

— 뮤카멘 백작가에서 벌어진 일은 대충 들었어. 걱정하지 마. 이 문제는 힘이 아니라 지혜로 해결해야 하니까. 그리고 지혜는 이 형님에게 맡기면 돼. 아우는 오늘 하루 편히 쉬도록 해. 그리고 바마퉁을 염려할 필요는 없어. 푼둥형을 받고도 꿋꿋하게 버텨서 이겨 낸 게 바마퉁이야. 놈들은 바마퉁을 막을 수 없어. 그냥 접속을 끊고 나가 버리면 놈들이 뭘 할 수 있겠어?

그 문자를 본 순간 '풋!' 웃음이 입술 사이로 삐져나왔다. 묘하게 마음이 진정되는 느낌을 받았다. 그와 동시에, 자기가 혹시 지나치게 반응을 하고 있는 건 아닐까 생각했다.

그 주방 앞 공터에서의 일도 그렇다.

멀리 떨어진 양파 한두 개를 기로 끌어당긴다거나 닭이 허공에서 춤을 추도록만 만들었어도 충분한 상황이었다. 양파 수백 개를 터트리고 닭 수십 마리를 쪼개는 짓은, 아무리 생각해도 과격한 행동이었다.

조급증은 몬즈 마을에서 시작되었다.

김현도 그 사실을 알고 있었다.

어른, 아이는 물론 임신한 여자까지 도륙한 새끼를 잡기 위해서는 무엇이든 다 하리라 결심한 이후, 생각보다 몸이 빨라졌다. 밤에는 잠을 설쳤다.

안진후에게서 빌린 책들을 탐독한 이후, 그 증상은 더 심해졌다.

몬즈 마을 학살 사건에서 관심을 끊으면, 바로 칼로 자른 것처럼 정리할 수는 없지만 그래도 계속 노력을 한다면 불쑥불쑥 찾아오는 분노와 들끓는 감정으로부터 자유로워질 수 있을 것이다.

그러나 놈을 잡는 데 필요한 격렬한 에너지도 사라질 터였다. 소주천 성공에 분노라는 감정이 기여한 바는 결코 작지 않았다.

"딜레마야."

김현은 한숨을 내쉬었다.

잠시 후, 김현은 공원을 벗어나 천무관으로 향했다. 정문이 아니라 뒷문 쪽으로 걸어갔다. 계관은 비어 있었다.

"땀이나 빼자. 그러면 머리가 맑아지겠지."

도복으로 갈아입은 김현은 수라부월공과 천무삼권 그리고 위력을 줄인 무극심법의 타각과 좌각으로 몸에 쌓인 감정을 털어 냈다.

파란색 도복의 색깔이 감청색으로 변할 만큼 땀을 흠뻑 흘렸다. 적어도 오늘은 그 파괴적인 감정으로부터 벗어난 느낌이지만, 자신할 수는 없었다.

벽에 걸려 있는 목검이 눈에 들어왔다.

김현은 소매로 목덜미를 닦으며 벽으로 가서 목검 하나를 집어 들었다. 가쿨라가 준 그 목검보다는 훨씬 가벼웠다.

목검을 쥔 채 앞으로 내밀었다. 그 자세를 유지하면서 검이 어디든 자유롭게 갈 수 있도록 애를 썼다.

그러나 15분 가까이 시간이 흐르자 몸이 무거워졌고, 따라서 목검 끝이 아래로 처졌다.

"왜 안 될까?"

가쿨라 사사형이 보여 준 광현칠검보의 한정소언은 견고하면서도 여유로웠다.

김현은 가쿨라가 쥐고 있던 검이 마치 살아 있는 것처럼 벌레를 꿰뚫던 순간을 잊을 수 없었다. 검이 그 벌레를 향해 움직인 순간, 벌레 또한 그 검을 향해 날아든 느낌이었다.

"아! 흡결!"

김현은 광현칠검보의 제1초식 한정소언과 흡결의 묘리가

관련이 있다고 확신했다.

흡결의 원리는 힘의 균형 상태에서 갑자기 진공상태로 바꾸는 것이다. 흡결은 상대의 힘을 고스란히 이용하여 상대를 쓰러뜨리는 무술 이치였다. 그렇다면 한정소언은 어떨까?

"목검으로 주변에 균형 상태를 만드는 게 분명해. 그 벌레가 날아들어 균형이 깨지는 순간, 목검은 자연스럽게 벌레를 향해 다가가 꿰뚫는 거고."

김현은 목검을 들어 한정소언을 펼쳤다. 아니, 펼치려 애를 썼다.

한정소언은 원리를 파악했다고 금세 익혀서 펼칠 수 있는 초식이 아니었다. 목검으로 기의 평형 상태를 만드는 방법 자체를 알 수가 없었다.

아직 손바닥으로 흡결을 펼치는 것도 버겁다. 몸 내부를 흐르는 내공을 빠른 속도로 옮기는 수련은 계속하고 있지만, 능숙해지려면 시간이 필요했던 것이다.

"2년…… 아니, 20년이 걸릴지도 모르겠다."

한숨이 흘러나왔다.

가슴이 답답해졌다.

목검을 원래 위치로 갖다 놓은 김현은 인벤토리 창을 열고 거기 넣어 둔 책 중 한 권을 꺼냈다. 언제 어디서든 읽을 수 있도록 안진후에게서 빌린 책들 모두를 인벤토리 창에 넣어 놓았던 것이다.

이제까지 읽었던 책 중에 몰입도는 최고였다.

FBI 수사관이 자신의 경험을 토대로 쓴 책인데, 1960년대 이야기도 나오는 걸 보면 꽤 오래된 책 같았다. 1인칭, 즉 수사관이 일기를 쓰듯 자기 이야기를 써 내려가는 내용이어서 더 가까이 와 닿는 느낌이었다.

초반에는 어떻게 해서 FBI 특별 요원이 되었는지 그 과정이 집중적으로 나왔다. 가벼운 마음으로 그 부분을 다 읽고 나자 끔찍한 이야기가 시작되었다.

묘지에 묻힌 여자 시체의 살가죽을 가져다가 가공해서 가죽옷을 만든 엽기적인 범죄자에 대한 설명은 읽기만 해도 소름이 돋을 만큼 사실적이었다.

그 범죄자와 관련된 자료에는 잘린 머리, 정육점처럼 쇠고리에 걸려 허공에 떠 있는 몸 등 보기만 해도 정상적인 생활이 힘든 사진 같은 것들이 가득 들어 있었다.

책을 절반 가까이 읽었을 무렵, 김현은 고개를 갸웃거렸다.

이토록 끔찍하고 엽기적인 사건을 가감 없이 설명할 뿐 아니라 범죄자의 심리를 폭로하고 있는데, 글 자체는 굉장히 깔끔하고 군더더기가 없었다. 흥분이 전혀 느껴지지 않았다. 마치 차가운 얼음으로 만들어 낸 불꽃 같은 느낌, 즉 불가능이 실현된 것만 같았다.

"어떻게 이럴 수 있지?"

김현은 이해할 수 없었다.

그 잔혹한 살인마들이 저지른 살인 현장을 많이 접하고 경험할수록 내면에 더 많은 분노와 에너지가 모일 텐데, 왜 저 글은 이토록 차갑고 정돈되어 있을까?

처음엔 수사관이 쓴 원고를 출판사 담당자가 매끄럽게 고쳐 썼다고 생각했다. 그러나 아무리 수정 작업이 훌륭하게 이루어져도 내용 자체가 달라질 리는 없다는 생각이 들었다.

이 수사관은 화염으로 뒤덮인 건물 한복판에 선 채 냉수를 마시며 주위를 살피고 있는 것만 같았다.

읽으면 읽을수록 수사관의 사고방식이 드러났다. 그 수사관은 감정이 배제된, 그러면서도 지옥까지 범인을 쫓는 스타일로 숱한 살인 사건, 특히 연쇄살인 같은 중범죄를 해결했다.

책에는 정신이 붕괴된 동료 수사관에 대한 이야기가 나왔다. 참혹한 사건 현장이 주는 중압감을 결국 이기지 못해 자살한 사람도 있었다. 극심한 스트레스 때문에 아내와 이혼을 하고 혼자 쓸쓸히 살아가는 사람도 있었다.

그러나 책을 쓴 그 수사관은 달랐다.

뒷부분에 그 답이 나와 있었다.

우리는 범죄자들과 싸운다.

그들을 잡으려면 그들을 이겨야 한다. 그들을 잘 알아야 그들을 이길 수 있다. 그들을 이해할 수 있어야 그들을 잡을 수

싱크

있다. 그들의 심리를 파악해야 그들의 행동 패턴을 예상하고 앞설 수 있다.

그와 동시에 우리는 우리 자신을 지켜야 한다. 우리 자신과 범죄자 사이에 견고한 벽을 세워야 한다.

벽이 낮거나 무너지면 범죄자들의 세계가 안으로 밀려든다. 그러면 우리의 세계가 위험해지고, 우리는 범죄자를 잡는 대신 자신의 세계를 세우기 위해 애를 쓰며 시간을 보낼 수밖에 없다.

신체적으로 우리는 범죄자보다 강해야 한다.

감정적으로 우리는 범죄자보다 견고해야 한다.

조직적으로 우리는 서로 협력하며 범죄자를 이겨야 한다.

지식적으로 우리는 범죄자를 능가해야 한다.

그래야 우리는 그들을 잡을 수 있다.

김현은 뒤통수를 한 대 맞은 기분이었다.

이제껏 몸을 단련해 왔다. 물리적으로 강해지면 모든 문제가 해결된다고 은연중 믿었던 것이다.

그러나 노련한 수사관은 감정적으로도 견고해야 한다고 말했다. 벽을 세워야 한다고도 주장했다.

의문이 생겼다. 차갑고 냉철한 방식으로 수사를 한다면, 그 에너지는 어디에서 나올까?

답은 몇 페이지 뒤에 있었다.

수사관은 외부에서 힘을 얻어서는 안 된다. 특히 범죄자를 향한 증오와 분노로부터 하루를 살아갈 힘을 뽑아내서는 안 된다. 그건 상대의 힘에 의지하는 행동이며, 자신을 갉아먹는 어리석은 삶의 방식이다.

우리는 내면에 우물을 깊게 파야 한다.

낮이든, 밤이든, 겨울이든, 봄이든, 항상 솟아나는 샘물이 우리 안에 있어야 한다.

세상은 넓다. 범죄자는 많다. 아무리 잡아도 연쇄살인범은 또 나타난다. 그들을 하루아침에 모두 잡을 수는 없다.

조급증은 자신이 반드시 그 사건을 해결해야 한다는 착각에서 시작된다. 조급증은 범죄 현장에서 느껴지는 충격을 원료로 삼게 만든다.

우리는 스스로 질문을 던져야 한다.

왜 범죄자를 잡으려 하는지.

내가 왜 이 일을 선택했는지.

오늘 그 선택은 어떤 의미를 가지고 있는지.

내가 분노를 지배하고 있는지, 분노가 나를 노예로 삼았는지 지금 이 순간 확인하라.

나는 개인적으로 아침마다 마르쿠스 아우렐리우스의 《명상록》을 읽는다. 외부의 감정과 힘에서 벗어나, 내면 깊숙한 곳에서 솟아오르는 힘을 얻기 위해서다. 내면의 균형을 되찾기 위해서다. 고요한 아침에 《명상록》을 읽으면 어제 하루 내가 얼마나 감정에 휘둘렸는지, 얼마나 파괴적으로 시간을 낭비했는지 알 수 있다.

마르쿠스 아우렐리우스가 철학자 황제라고 불리듯, 우리는 철학자 수사관이라고 불려야 한다.

김현은 가슴이 시원해지는 느낌을 받았다.

인벤토리 창을 열어서 《명상록》을 꺼냈다. 한동안 쳐다보지도 않았던 책이었다.

대충 훑는데 한 부분이 눈에 띄었다. 그 부분을 읽자, 마음속에서 단단히 얽힌 매듭 같은 것들이 녹아내리는 듯했다.

비록 저 말이 지금 당장 실현되지 않는다고 해도 수사관처럼 매일 아침 조금씩이라도 읽는다면 하루하루 그런 삶에 가까워질 것이다.

김현은 몸을 일으켰다. 몸을 단련하듯 마음도 단련해야 함을 오늘 처음으로 깨달았다.

깨끗이 씻고 뿌듯한 기분으로 계관을 나서는데, 계관에 소지품을 가지러 온 황철호와 마주쳤다.

"안 그래도 전화하려던 참이었다. 잘됐다. 고기 먹으러 가자. 거절은 안 된다."

김현은 황철호에게 이끌려 천무관 정문으로 향했다.

"얼굴이 좋아졌다."

"경락 공부를 했어요."

"소주천은 성공했고, 기경팔맥과 12경락에 손을 댔다가 피를 봤구나."

"……어떻게 그걸 아세요?"

"나도 그랬으니까. 그래도 피해가 크진 않구나."

황철호는 김현의 눈을 들여다보았다.

"운이 좋았어요."

김현은 속으로 엄마에게 고맙다고 속삭였다.

"이제 흡결이 무엇인지는 알겠지?"

"아직은 어려워요."

"원리는 깨쳤으니, 이젠 지루한 수련만 남았다. 하루하루 묵묵히 수련을 하면 자신도 모르게 경지에 이르게 되니까."

"저……."

"물어볼 게 있으면 얼마든지 물어봐라."

"화를 내면 수련에 안 좋겠죠?"

"보통은 그렇지."

"그냥 갑자기 생각난 거예요."

김현은 깊이 설명하지 않고 얼버무렸다. 왜 화가 났는지 이사형에게 알릴 수 없었기 때문이다.

천무관 정문에 오정목과 이근상이 서 있다가 김현을 보고는 반색했다. 둘 다 웃으며 다가오다가 마지막에서야 황철호를 보고는 어색하게 말했다.

"오셨어요, 사숙."

"평소처럼 해라. 내 앞에서는 그래도 돼. 관장님 앞에서 그랬다가는 큰일 나겠지만."

황철호가 말했다.

"헤헤, 알았어요. 역시 사부님이에요."

오정목이 실실 웃었다.

곱창집에는 사람들이 꽤 많았다. 둥글고 두꺼운 원목 테이블에 둘러앉아 곱창을 구우면서 소주 한잔하는 사람들의 입에서는 이런저런 이야기가 자연스럽게 흘러나왔다.

"전 하도 좋은 곳에 데려가신다고 해서 한우 사 주시는 줄 알았어요."

오정목이 볼멘소리를 했다.

"곱창이 한우보다 영양적으로 열 배는 낫다. 그러니까 불만은 지우고 먹기나 해."

큰소리치는 황철호.

"사숙도 한우가 좋지? 솔직히 말해야 돼. 사부님은, 그러니까 사숙의 둘째 사형은 세상 사람들 모두가 곱창을 최고로 좋아한다고 확신하는 분이시거든."

"곱창도 맛있어."

눈을 부릅뜬 황철호의 기세에 눌려, 김현은 감히 한우 쪽에 손을 들 수는 없었다.

"하하하, 역시 내 사랑스러운 사제야. 곱창보다 좋은 고기 있으면 나와 보라고 해!"

벌써 소주를 몇 잔 한 황철호의 빰이 불그레했다.

호쾌한 사람들이 술을 강요할 때가 자주 있는데, 황철호는 전혀 그러지 않았다. 마시고 싶은 사람들만 마셔야 한다는 게 그의 지론이었다.

"요즘 어때?"

김현이 곱창 굽기에 여념이 없는 이근상에게 물었다.

"나 천무거에 들어갔어. 사부님 덕분에. 사형과 같은 방을 쓰게 됐어. 아무튼, 그 덕분에 새벽부터 밤까지 정말 바빠. 늦게 시작했으니 제대로 따라가려면 일분일초도 아껴서 써야 하니까."

이근상의 눈이 빛났다. 흐리멍덩하면서도 어딘지 모르게 파괴적이던 옛날 시선과는 완전히 달랐다. 잃어버린 길을 드디어 되찾은 사람 같았다.

김현은 이근상을 보면서 박용준을 떠올렸다. 왠지 모르게 닮은 구석이 있는 사람 같았다.

"둘째 사형은 대사형이 미운 적 없었어요?"

김현은 황철호를 쳐다보며 조심스럽게 물었다.

"왜 없어? 지금도 미운걸. 태어날 때부터 잘난 새끼가 노력까지 하는 바람에 도저히 따라갈 수가 없잖아. 토끼와 거북이 이야기 알지? 안 그래도 빠른 토끼니까 중간에 낮잠이라도 좀 자 줘야 이야기가 재미있어지잖아. 대사형은 삶의 재미를 모르는 사람이야. 아, 너도 비슷한 부류야. 아니, 더

못된 타입인 것 같다. 아주 못돼 처먹었어. 타고난 자질에 노력에서도 지지 않을 뿐 아니라 이렇게 마음까지 좋으니, 대놓고 미워할 수가 없잖아. 정목아, 그렇지?"

"말씀 잘하시다가 왜 절 끌고 가요?"

오정목은 곱창 다섯 점을 한꺼번에 입에 넣고 오물거렸다.

"이 녀석에게 질투가 나지 않냐?"

황철호는 장난스럽게 물었다.

"손을 뻗으면 잡힐 것 같아야 욕심이라도 내죠. 우리 막내 사숙은 저 하늘에 떠 있는 별 같아서, 그냥 올려다보고 소원이나 빌 뿐이에요. 최근에 소원 하나가 이루어졌으니, 또 다른 소원을 비는 중이에요."

오정목은 황철호의 제자답게 입담도 좋았다.

"하하하, 소원을 빌어? 좋아. 나도 소원 하나 빌어야겠다. 음, 미스코리아 뺨치는 여자를 만나서 토끼 같은 자식들 낳게 해 주세요."

황철호는 김현을 보며 두 손을 모아서 중얼거렸다. 마치 불상을 앞에 둔 불교 신자처럼 꽤 진지했다.

이근상이 참지 못하고 웃음을 터트렸다.

"조근상!"

황철호가 불렀다.

"사부님, 이근상이에요, 이근상. 벌써 몇 번 말씀드린 줄 아세요? 제 이름도 몇 년이나 기억 못 하시더니."

"그래, 오근상!"

"……됐어요."

오정목이 혀를 찼다.

김현은 떠들썩한 이 분위기가 좋았다.

황철호를 보면 겔란드 대사형이 떠올랐다. 오정목은 젊은 겔란드라고 해도 과언이 아니다. 이근상은 점점 오정목을 닮아 가고 있었다.

"누구 미운 사람이 생긴 거냐?"

황철호가 물었다.

여전히 장난기 어린 말투였으나, 눈빛만은 예리했다. 어린 사제가 미워할 만한 사람이 누군지 궁금해하는 느낌이었다.

김현은 이토록 자유분방하고 때로는 엉뚱한 황철호에게라면 무엇이든 물어볼 수 있을 것 같아서 용기를 냈다.

"꼭 그렇다기보다는, 미워하고 분노하는 힘을 이용할 수 있지 않을까 싶어서요."

"이용할 수 있지."

"정말요?"

"라이터로 담뱃불을 붙일 수 있는 것처럼. 문제는 통제에서 벗어났을 때야. 집을 홀라당 태워 버릴 뿐 아니라 사람까지 잡아먹으니 말이야."

"……어떻게 감정을 컨트롤할 수 있을까요?"

"운칠기삼이라는 말 들어 본 적 있지?"

"네."

"너도 무협 소설 꽤 읽었구나."

"사형도 그러면?"

김현은 자신도 모르게 미소 지었다. 이사형과 대화를 나누면 웃음이 절로 흘러나온다.

"당연하지. 난 김용 팬이다. 만나기 위해 홍콩까지 간 적도 있지. 물론 헛물만 켠 셈이었지만. 아무튼, 그 도도한 이야기의 흐름과 광활한 세계는, 캬~ 이 소주 맛처럼 깊고 짜릿해. 아무튼, 운칠기삼은 아무리 재주가 좋아도, 노력으로 밀어붙여도 열에 일곱은 운으로 결정이 난다는 뜻이야. 난 그 운에 감정이 포함된다고 생각한다. 물론 감정도 노력해서 통제할 수 있지. 문제는 억누르면 다른 곳에서 터진다는 거다. 자연스럽게 감정을 흘려보낼 줄 아는 것도 살아가는 지혜 중 하나니까."

황철호는 근엄하게 설명을 마치고 소주를 입안에 털어 넣었다.

"사부님, 왠지 감정 컨트롤과 운칠기삼은 아무 관련이 없는 것 같은데요."

오정목이 지적했다.

탁.

황철호의 손바닥이 오정목의 뒤통수를 때렸다.

"세상만사 통하지 않는 게 어디 있더냐?"

"······사부님 말씀은 무조건 옳습니다요."

그렇게 말한 오정목은 혀를 쏙 내밀었다. 이근상, 김현은 동시에 웃음을 터트렸다. 황철호도 자기가 한 말이 억지라는 점을 아는지 함께 웃었다.

그때, 낯익은 사람들이 곱창집으로 들어섰다. 천무관 사범들로, 모두 관장 강영준 라인에 속한 사람들이었다. 그중에는 강도진도 끼어 있었다.

오정목과 김현을 바퀴벌레라고 불렀던 부수석 사범 권재덕이 미처 황철호를 보지 못하고 앞으로 나섰다.

"음식점에 또 바퀴벌레들이 있네. 이번엔 스칼렛이 나타나서 도와줄 수도 없는데, 어쩌나?"

소주잔이 권재덕의 이마로 날아가서 깨졌다.

인상을 찡그린 권재덕은 그제야 천천히 일어서는 황철호를 알아보고 할 말을 잃었다.

"사숙, 철없는 것이 실수를 저질렀습니다. 넓은 아량으로 한 번만 용서를 해 주시지요."

수석 사범 박정호가 재빨리 나섰다.

그 뒤로 여러 명의 사범들이 고개를 숙이고 있었다. 강도진도 마찬가지였다.

"내가 여기 없었어도 실수라고 생각하고 자네가 끼어들었을까? 아니면 지난번처럼 성인군자인 척하며 뒤에서 지켜보았을까?"

싱크

박정호는 무시무시한 기세에 저항하느라 대답할 여유가 없었다.

"허허, 사숙이 묻는데도 예의 없게 대답을 하지 않는군."

박정호는 말하고 싶었지만 보이지 않는 힘에 가슴이 짓눌려 목소리가 나오지 않았다.

"이런 싸가지! 말로 해서는 안 되겠군. 따라와."

황철호는 권재덕의 목덜미를 잡고 성큼성큼 곱창집 밖으로 나갔다. 박정호와 사범들이 뒤를 쫓았다.

"우리도 가자."

오정목은 사부님의 지갑에서 꺼낸 카드로 얼른 계산을 하고 김현, 이근상과 함께 밖으로 나갔다.

권재덕은 말 그대로 개처럼 끌려가고 있었다. 아무리 힘을 줘도 소용이 없었다.

1년에 절반 이상은 천무관 본관을 벗어나 전 세계를 돌아다니는 황철호의 실력을 제대로 본 적이 없는 권재덕은 자기가 얼마나 위험한 장난을 쳤는지 깨달았다.

"사숙, 한 번만 용서해 주십시오."

박정호가 나섰다.

"싫다면?"

"저는 사부님께 연락하지 않을 수 없습니다."

박정호는 이미 핸드폰을 들고 있었다. 권재덕을 놓아주지 않으면 강영준에게 전화를 걸겠다는 뜻이다.

"전화해서 이 녀석이 지껄인 말도 전해라. 예의를 중시하는 사형이라면 너희는 오늘로 천무관에서 쫓겨날지도 모르니까."

그 말에 박정호는 몸을 부르르 떨 뿐이었다. 자칫 잘못하면 오늘로 그동안 쌓은 탑이 무너지고 만다.

"한 가지 방법이 있다."

황철호가 속삭이듯 말했다.

"말씀해 주십시오."

"나의 막내 사제이자 너희의 막내 사숙에게 고충이 하나 있다. 바로 대련할 사람이 없다는 거지. 너희가 그 역할을 충실하게 수행한다면, 오늘 일은 그냥 넘어갈 수도 있다."

"하겠습니다!"

박정호는 거절할 처지가 아니었다.

권재덕을 놓아준 황철호가 김현 옆으로 다가왔다.

"감정을 꽉 잡지 말고 부드럽게 풀어 주며 저 녀석들을 상대해 봐라. 분노가 느껴지면 분노하고, 다른 감정이 차오르면 그 감정에 몸을 맡기는 거지. 그러면 아까 그 질문에 대한 답을 적어도 희미하게나마 느낄 수 있을 것이다."

그 말에 김현은 깜짝 놀랐다.

황철호는 그 질문이 김현에게 대단히 중요하다는 사실을 간파했을 뿐만 아니라, 몸으로 경험하도록 만들기 위해 곱창집으로 들어선 사형의 건방진 제자들을 이용한 것이다.

황철호가 보여 준 분노는…… 철저히 계산된, 그 수사관과 비슷한 종류의 감정이었다.

"계곡을 흐르는 급류는 파괴적이지만, 그 자신에게는 파괴적이지 않다. 왜? 굴곡을 거스르지 않으니까. 바위가 앞을 가로막으면 감싸면서 흘러가니까. 대신 급류에 휩쓸린 통나무는 뾰족하게 튀어나온 바위를 거스르다가 부서지고 만다. 기억해라."

"네, 사형."

김현은 이 기회를 놓치고 싶지 않았다.

어디 소속이냐?

계관 중앙으로 나가는 김현 곁에서 황철호가 속삭였다.

"일단은 피해라. 공격은 하지 말고. 화결로 받아넘기지도
마라. 무엇보다 중요한 것은 너 자신의 감정을 억누르지 말
아야 한다는 점이다."

"알겠습니다, 사형."

"넌 눈을 감아도 어느 정도는 볼 수 있지?"

"아, 네."

김현은 당황했다. 청명을 꿰뚫어 볼 거라고는 상상도 못
했다.

"기의 감각이 발달하면 그렇게 된다. 가능하면 맞아 준다
는 생각으로 피해라. 그리고 저 녀석들 주먹은 맞아도 별로

안 아프다. 난 네가 머리가 아니라 가슴을 믿었으면 좋겠다. 네 감정을, 느낌을 신뢰할 수 있다면 몇 대 맞는다고 대수겠느냐?"

황철호는 씩 웃었다. 그 미소는 굉장히 매력적이어서, 순간이나마 황철호가 미남처럼 보였다.

물론 그 착각은 곧 깨졌다. 가까이 다가선 황철호의 입에서 나는 마늘 냄새 때문이었다.

권재덕이 먼저 김현 앞으로 나왔다. 황철호 눈치를 보며 권재덕은 김현을 향해 고개를 숙였지만 아무 말도 하지 않았다.

"권재덕."

박정호가 말했다.

몸을 움찔거린 권재덕은 사형의 눈치를 보다가 김현을 향해 말했다.

"소사숙께 가르침을 구합니다."

김현은 어색하게 고개를 끄덕였다.

대련이 시작되었다.

황철호의 조언을 최대한 지키기 위해 김현은 몸에서 힘을 뺐다. 그리고 평소 상대의 공격 경로에 따라 피하는 방법을 미리 준비하는 것과 달리, 아무 생각도 하지 않았다. 청명으로 권재덕의 동작을 알아내려고 애쓰지도 않았다.

"이러다가 밤새겠다."

황철호였다.

권재덕이 앞으로 나오며 주먹을 뻗었다. 천무삼권의 중위경근이었으나 지나치게 단순했다. 순식간에 세 가지 이상으로 변하는 오정목의 중위경근에 비하면 아이들 장난이었다.

퍽.

가슴에 주먹을 맞은 김현은 뒤로 비틀거리며 물러섰다.

"제대로 해라, 제대로."

황철호는 팔짱을 꼈다.

권재덕은 깜짝 놀라 박정호를 쳐다봤다. 박정호는 계속하라는 눈짓을 보냈다.

김현은 눈앞의 권재덕이 아니라 자기 자신과 싸우고 있음을 깨달았다. 항상 머리로 계산하고 논리적으로, 때로는 경험에 의지하여 싸우는 방식을 버리는 건, 예상 외로 힘든 일이었다.

주먹이 다가오고 있는데도 느낌을 신뢰하는 훈련을 하지 않는다면 실전에서는 아예 시도조차 못 할 것 같았다.

"갑니다, 소사숙."

"얼마든지."

김현은 다가오는 권재덕을 보면서도 가만히 있었다. 이번에도 맞을 각오를 했다.

권재덕이 뻗은 주먹이 가슴 언저리에 이르러 펴졌다. 손바닥은 위로 올라와 턱을 올려쳤다. 천쇄장의 좌우류지의 변형 초식이어서 제대로 피하지 않으면 턱관절이 부서질 수도 있었다.

손바닥이 턱에 닿기 직전, 김현은 피하려는 생각도 하기 전에 몸이 이미 움직이고 있음을 깨달았다.

본능에서 흘러나온 감정이 몸을 움직였기 때문에 김현은 냉철한 눈으로 그 동작의 시작과 끝, 경직된 변화 방식을 살필 수 있었다.

"좋구나!"

황철호가 외쳤다. 그 회피 동작의 의미를 이해한 사람은 황철호뿐이었다.

앞으로 무게중심이 쏠린 권재덕은 천쇄장의 유엽막막을 펼쳤다. 유엽막막은 양쪽 손바닥을 앞으로 내밀어 흡사 수십 장의 나뭇잎으로 시야가 막힌 듯한 느낌을 자아내는 초식이었다. 상대를 혼란에 빠뜨릴 뿐 아니라, 손바닥 하나하나에 힘이 담긴 공격이었다.

김현은 얻어맞아서 꼴사납게 넘어지더라도 의식적으로 피할 생각을 버렸다. 그리고 지켜보았다.

본능과 연결된 감정이 몸을 뒤로, 옆으로, 때로는 앞으로 이끌었다.

김현은 귀 옆을 스치듯 지나가는 권재덕의 장법을 공기 흐름으로 알 수 있었다. 너무나 기뻐서 어떻게 이런 회피 동작이 가능한지 생각하려는 순간, 유엽막막의 마지막 변화가 김현의 어깨를 때렸다.

김현은 왼쪽으로 빙그르르 돌며 마룻바닥에 넘어졌다. 그러나 충격은 그리 크지 않아 금세 일어섰다.

'생각을 하지 말아야 해. 생각하면…… 맞으니까.'

김현은 마음을 가다듬었다.

권재덕은 박정호를 쳐다봤다. 박정호가 무겁게 고개를 끄덕였다.

소사숙 김현이 노관장의 뒤를 이어 계승자가 될지도 모른다는 소문을 모르는 사람은 천무관에 없다. 만약 이 기회를 이용하여 소사숙의 기를 꺾을 수만 있다면 사부님께 큰 도움이 될 것이다.

권재덕은 용보를 펼쳐 김현 앞으로 접근했고, 이어서 천쇄장의 절초 갈류류지를 펼쳤다. 장법이면서도 금나수의 방식을 취한 갈류류지는 제대로 걸리면 어깨와 팔꿈치 등 관절을 부수는 위험한 초식이었다.

김현은 가만히 권재덕이 오른쪽 팔을 잡는 것을 지켜보았다. 몸이 위험을 감지하면 피하리라 믿은 것이다.

"끝이다."

낮게 속삭이는 권재덕의 눈이 번득거렸다.

권재덕은 단숨에 팔을 꺾었지만, 김현은 그 방향으로 몸을 던졌다. 김현이 공중에서 한 바퀴 도는 바람에 권재덕의 갈류류지는 수포로 돌아갔다. 그러나 여전히 팔과 관절을 잡고 있었다.

권재덕은 반대 방향으로 팔을 꺾었다. 김현도 그 방향으로 공중제비를 돌았다. 마치 두 사람이 뜻을 모아 묘기라도 펼치는 것처럼 그 타이밍이 절묘했다.

　아무리 관절을 꺾어서 부수려 해도 그림자처럼 따라붙는 김현 때문에 권재덕은 울상을 지었다.

　박정호가 한숨을 내쉬며 눈짓을 하자, 권재덕은 기다렸다는 듯 물러섰다.

　"……가르침에 감사드립니다."

　다음은 박정호가 나섰다.

　"소사숙, 잘 부탁드립니다."

　"나야말로."

　김현은 앞장서서 바퀴벌레라고 부르면서 도발했던 권재덕보다 뒤에서 잠자코 지켜보던 박정호에게 더 큰 반감을 느꼈다. 이유는 몰랐다. 그 격렬한 감정은 가슴에서 저절로 솟아올랐다.

　그때 귓가에서 작은 목소리가 들렸다.

　—이제 몸이 이끄는 대로 공격도 해라.

　황철호였다.

　김현은 깜짝 놀랐다. 마치 무전기의 이어 마이크를 귀에 꽂은 느낌이었다.

　—극히 짧은 거리에서만 가능한 '천성'이다. 무협 소설에서는 전음이라 부르는 바로 그 기술. 신기하지? 너도 곧 배우게 될

싱크

게다.

황철호가 설명했다.

"갑니다, 소사숙."

박정호는 말을 끝내기도 전에 이미 움직이고 있었다.

앞으로 빠르게 다가온 그는 마룻바닥을 굴렀다. 텅, 소리가 나며 마루가 출렁거렸고 충격파가 앞으로 뻗어 나왔다.

뒤로 물러서던 김현은 깜짝 놀랐다.

'타각이잖아.'

진동이 발목을 타고 무릎 언저리까지 올라오다가 멈췄다. 제대로 된 타각은 아니지만, 놀랄 만큼 위력적이었다.

기습으로 김현의 발을 묶은 박정호는 기회를 엿보다가 왼쪽으로 돌진하며 어깨로 부딪쳤다.

평소 수련하고 생각한 방식으로 손을 들어 화결로 힘의 방향을 바꾸려던 김현은 그 어깨 공격에 화결, 중결은 물론 미세한 흡결까지 포함되어 있음을 뒤늦게 깨달았다.

김현은 뒤로 튕겨 벽으로 굴러가서 처박혔다.

몇 가지 시나리오가 떠올랐다. 저 진지한 얼굴을 묵사발로 만들 수 있는 확실한 방법이었다.

그러나 박정호 뒤쪽에 서 있는 황철호를 본 순간, 생각을 바꿨다. 박정호를 이기는 건 쉽다. 지금 배워야 하는 건, 감정과 느낌의 활용법이다.

"휴우."

심호흡으로 몸에서 힘을 뺐다.

'몇 대 맞아 준다는 생각을 하자. 나는 지금 싸우는 게 아니라, 수련하고 있음을 잊지 말자.'

김현은 두 팔을 늘어뜨리고 눈까지 감았다. 그래 봐야 청명으로 다 볼 수 있지만, 의식적으로 눈을 감는 행위 덕분에 몸을 좀 더 객관적으로 관찰할 수 있었다.

박정호의 눈이 이글이글 불탔다.

실력도 갖추지 못한 소사숙 주제에 눈을 감아?

박정호는 단숨에 뼈를 으스러뜨려 고개를 들지 못하도록 만들 생각이었다.

용보와 표슬을 결합한 절초 투슬이 펼쳐졌다.

김현은 박정호를 보지도, 의식하지도 않았다. 자기 자신을 향해서, 몸을 향해서 주의를 기울였다. 몸 내부에서 어떤 감정이 일어나는지, 어떤 느낌이 몸을 움직이는지 알고 싶었다.

박정호를 향한 분노도, 그 매서운 공격에 의한 두려움도 사라지자, 김현은 내면에서 꿈틀대는 움직임을 느낄 수 있었다.

퍽!

지그재그로 다가와 팔꿈치와 무릎으로 치명적인 공격을 가하던 박정호가 기절한 채 뒤로 날아갔다.

권재덕과 사범들, 뒤쪽에서 지켜보던 강도진은 할 말을 잃었다.

강도진이 정신을 잃고 축 늘어진 박정호 옆으로 달려갔다.

김현은 얼떨떨했다.

머리로 생각을 했다면 반격 대신 회피를 택했을 것이다. 처음 보는 초식이기에 피하면서 그 동작을 파악하는 게 이치에 맞다. 그러나 몸은 기괴한 각도로 자세를 잡고서는 팔꿈치를 뻗고 무릎을 들어 올려 박정호를 날려 버렸다.

한 번도 취한 적이 없는 동작이지만, 스스로 곱씹어도 감탄이 나올 만큼 우아한 되받아치기였다.

그 순간, 메시지 창이 나타났다.

-'직감' 속성이 생성되었습니다. 직감은 논리적 사고를 뛰어넘는 지혜의 일부입니다. 직감 속성이 증가할수록 주위에서 벌어지는 일의 진상을 알아낼 가능성이 높아집니다. 진실한 예감에 귀 기울이면 증가하고, 흥분하여 감정에 휘둘리면 감소합니다.

김현은 깜짝 놀랐다. 현실에서 '힘' 같은 속성 증가를 경험한 적은 있지만, 새로운 속성이 만들어질 줄은 상상도 못 했다.

황철호가 다가가서 박정호의 가슴에 손을 올려서 기를 불어 넣었다. 숨을 거칠게 내쉬며 박정호가 정신을 차린 순간, 박정호의 그림자에서 시꺼먼 물체가 튀어나와 황철호를 덮쳤다.

"젠장!"

황철호는 비단처럼 윤기가 흐르는 그 검은 막에서 벗어나려 애를 썼지만, 역부족이었다.

김현은 바닥을 뒹구는 황철호를 보며 주위를 살폈다. 분명히 현실이며, 페플의 분위기는 느껴지지 않았다. 어떻게 티파 칼리고가 박정호의 그림자에서 튀어나올 수 있을까?

디월드 뎁스 파이브에서 레나세르를 삼킨 티파 칼리고로 인해 고생을 했기에 김현은 지체하지 않고 다가서며 발을 굴렀다.

텅.

타각으로 인해 사방에서 기가 김현에게로 몰려왔지만, 티파 칼리고는 여전히 황철호에게 찰싹 붙어 있었다.

김현은 멍한 눈으로 황철호를 바라보는 사람들을 발견했다. 저들은 곧 진실을 잊게 될 것이다.

"여기선 안 되겠어."

김현은 황철호의 어깨를 잡고 페플로 접속했다.

김현에게서 메시지를 받고 인적이 드문 여관 뒤뜰로 내려간 벨란데르는 공간 이동으로 눈앞에 나타난 두 사람을 볼 수 있었다.

"불."

김현이 말했다.

더 이상의 설명은 필요 없었다.

벨란데르는 당장 불의 정령 슈뢰딩거를 소환했다. 슈뢰딩거는 황철호를 삼키려는 티파 칼리고에게 화염을 퍼부었다.

티파 칼리고가 화상을 입은 황철호에게서 떨어지려는 순간, 김현이 앞으로 나서서 기령환을 내밀며 발을 굴렀다.

타각의 흡입력을 이기지 못한 티파 칼리고는 기령환으로 빨려들었다. 기령환은 검은색으로 변했다.

김현은 인벤토리 창에서 약병을 꺼내어 겨우 숨을 쉬는 황철호에게 먹이고 나머지는 불에 덴 피부에 발랐다. 콜마가 직접 만든 그 약은 효과가 매우 좋았다.

"어떻게 된 거야?"

"갑자기 티파 칼리고가 나타났어."

"……그때 공원처럼?"

"아니. 문은 열리지 않았어. 사람 그림자에 숨어 있었던 것 같아."

"그런 일이 가능해?"

"좀 더 확실히 알아봐야지. 아무튼, 고마워. 너 아니었다면 둘째 사형은 티파 칼리고에게 당했을지도 몰라."

"어서 가. 여기 사형들이 오고 있어."

벨란데르는 타각의 진동을 느낀 겔란드 등이 이곳으로 오고 있다고 확신했다.

"알았어."

김현은 황철호를 데리고 현실로 나갔다.

계관은 비어 있었다.

황철호 옆에 주저앉은 김현은 안도의 한숨을 내쉬었다. 그리고 왜 박정호의 그림자에서 티파 칼리고가 나왔는지 생각했다. 아무래도 박정호에게 이야기를 들어 봐야 할 문제 같았다.

'기억할 수 있다면 가능할 수도 있겠지.'

김현은 박정호에게서 기대할 게 없다고 직감했다.

그때, 황철호가 깨어났다.

불에 옷이 그을리고 타 버린 황철호는 주위를 두리번거렸다. 무슨 일이 벌어졌는지 모르는 눈치였다.

김현은 어떻게 설명을 할까 생각하다가, 안진후가 이름 붙인 '세계의 의지'에 맡기기로 결정했다. 황철호는 스스로 사리에 합당한 설명을 찾아낼 것이다.

어리둥절해하는 황철호와 깔끔한 마룻바닥, 나무 기둥과 천장이 흐릿해졌다. 그와 동시에 우뚝 뻗은 소나무와 벤치, 산책로를 걷는 사람들이 선명해졌다.

김현은 그 공원의 벤치 옆에 나타났고, 고개를 흔들며 벤치에 앉았다.

다행히 아무도 그의 출현을 보지 못한 듯했다. 사람들이 진실을 봐도 금세 잊어버린다는 사실을 알지만, 그래도 김현은 가능하면 사람들 앞에서 현섬을 펼치지 않으려 애썼다.

계관 수련실에서는 복잡하게 얽히는 게 싫어서 현섬으로 이동했을 뿐이다.

"정말이지 오랜만에 이렇게 놀라는구나, 막내야."

바로 뒤에서 들린 목소리.

김현은 몸을 일으키며 천천히 돌아섰다. 거기 왼쪽 귀 언저리 머리카락이 불에 탄 황철호가 서 있었다.

"……어떻게?"

연거푸 기침을 한 황철호가 물었다.

"어디 소속이냐? 모네타? 입고 있는 옷을 봐서는 모네타는 아닌 것 같고. 로고스? 나이를 생각하면 로고스도 힘들 것 같고. 그렇다면 블랙 소속이냐?"

놀란 김현은 페플로 접속했다. 그 여관 뒤뜰에는 아무도 없었다.

김현은 주위를 살폈다. 황철호가 여기까지 쫓아올까 싶어서였다.

그 순간, 공간이 흔들렸다. 그리고 황철호가 나타났다.

"와아, 너 참 재미있는 능력을 가지고 있구나. 현섭도 놀라운데, 이제는 페플로 바로 접속을 해?"

황철호의 얼굴에는 처음 보는 장난감에 푹 빠진 아이 같은 표정이 걸려 있었다. 조금 전 티파 칼리고에게 당해서 죽을 뻔했다는 사실조차 까맣게 잊은 얼굴이었다.

겨우 평정심을 되찾은 김현은 황철호의 말에서 이상한 부분을 발견했다.

황철호도 페플로 커넥터 없이 접속하는 능력이 있는데, 왜 재미있는 능력이라고 말할까? 마치 이런 능력을 처음 보는 것처럼.

'아! 이 사람은 날 따라온 거야. 내가 커넥터 없이 접속했기 때문에 이 사람도 여기로 올 수 있었어. 그렇다면 이 사람의 능력은…… 따라 하는 것일까?'

"맞다. 난 가까이 있는 사람들의 능력을 사용할 수 있지. 계속 사용할 수 있는 건 아니다. 근처에 있거나 그 흔적을 감지할 수 있어야만 가능하니까. 그보다, 여기보다는 공원이 대화를 나누기에 더 낫지 않겠냐?"

"알았어요."

김현은 현실로 나갔다.

황철호가 따라왔다.

"무엇부터 시작할까? 그래, 어디 소속이냐는 말에 대답부터 해야지."

"……아무 소속도 아니에요."

김현은 '소속'이라는 단어가 가진 의미를 깊이 생각했다. 이미 조직이 갖추어져 있다는 뜻이다.

"헛소리."

"모네타, 로고스, 블랙…… 무슨 말인지 모르겠어요."

"오른쪽 손목을 내밀어라. 옷은 걷고."

황철호가 말했다.

김현은 그 어느 때보다 맹렬하게 생각하면서 소매를 걷어

올렸다.

매끈한 팔을 본 황철호의 입에서 신음이 흘러나왔다. 그가 기대했던 아카데미 졸업 표식은 거기 없었다.

"누가 널 각성시킨 거냐?"

"각성이 특별한 능력을 말하는 거라면…… 페플 접속을 시작한 후에 저절로 생겨났어요."

"헛소…… 정말이냐?"

황철호는 표식 없는 팔을 확인했기에 헛소리라고 치부할 수 없었다.

"거짓말할 이유가 없잖아요. 그보다, 사형은 어디 소속이에요? 모네타, 로고스, 블랙은 아닌 것 같은데."

김현은 황철호가 모네타, 로고스, 블랙을 입에 올릴 때 경멸 섞인 감정을 내비쳤음을 잊지 않았다.

"생각을 할 줄 아는구나. 난 현문의 일원이다."

"현문? 처음 들어요."

김현은 모네타, 로고스, 블랙 그리고 현문이 능력자들의 모임이라고 속으로 결론 내렸다.

"사형은 어떻게 각성하셨어요?"

김현은 황철호가 사용한 어휘를 그대로 질문에 응용했다. 진실을 알아내기 위해서였다.

"네가 현문에 들어온다면 알려 주마."

피식 웃은 황철호는 벤치에 앉았다.

김현은 그 옆에, 거리를 두고 앉았다.

"현문이 어떤 곳인지도 모르고 들어갈 수는 없어요."

"음."

황철호는 고개를 끄덕였다. 그 말에 일리가 있음을 인정한 것이다.

어떻게 해야 저 아이를 설득할 수 있을까 생각하던 황철호가 갑자기 고개를 홱 돌려 김현을 노려보았다.

"너 혼자냐?"

"네, 혼잔데요."

김현은 이미 그 질문을 예상하고 있었기에 조금의 흔들림도 없이 대답할 수 있었다. 안진후, 윤태희 그리고 박용준에 대해서는 일언반구 내비칠 생각이 없었다.

"드문 케이스야. 혼자 이 정도로 성장하다니 말이야."

"전 대체 무슨 일인지 모르겠어요."

김현은 설명이 필요했다.

"간단히 설명해 주마. 페플이 등장한 이후, 상식으로 설명할 수 없는 일이 벌어지기 시작했다. 극소수의 사람만 그 사실을 알 수 있는데, 그걸 싱크 현상이라고 한다. 싱크 현상으로 각성한 사람들에게는 특별한 능력이 생기는데, 자연스럽게 그 능력을 페플에서도, 현실에서도 사용하기 시작했다. 어떤 사람들은 돈을 위해서, 어떤 사람들은 지식을 위해서, 또 어떤 사람들은 범죄를 저지르려고 능력을 이용했지. 돈을 목적으로 하는 능력자들이 모인 길드를 모네타라 부른다. 지식은 로고스, 범죄는 블랙. 여기까지는 이해할 수 있겠지?"

"네."

김현은 귀를 쫑긋 세워 한마디도 놓치지 않으려 애를 썼다.

"그 외에도 프리벨리지라는 길드가 있다. 고약한 놈들인데, 그놈들의 목적은 권력이야. 특권층 특유의 마인드로 똘똘 뭉친 놈들이라서 그런지 잘 나타나진 않아."

"현문은요?"

김현이 물었다.

"현문이 탄생한 배경은 혼란 때문이야. 너 5년 전에 있었던 ○○아파트 붕괴 사고 기억하지?"

"아, 네. 수백 명이 죽었잖아요."

"그건 사고가 아니었다. 프리벨리지, 모네타, 로고스 그리고 블랙이 충돌하는 바람에 아파트가 충격파를 이기지 못하고 무너진 거야."

김현은 아무 말도 못 했다.

공원에서의 사건은 사소하게 느껴질 만큼 그 사고는 사람들을 충격에 빠뜨렸다. 설계 회사, 시공사, 감독 기관 등 다수의 사람들이 그 일로 인해 재판을 받고 일부는 감옥에 갇혔다. 그 사고의 진실이 따로 있었다니.

"8년 전에도 그런 재앙이 일어났다. 현문은 각성자들이 함부로 날뛰지 못하게 막기 위해서 탄생한 조직이야. 각성자들의 행동을 통제하기 위해 결성된 자경단이라고 해도 좋아. 우리 현문은 경찰처럼 치안 유지의 임무를 맡은 거다."

김현은 현문에 들어가고 싶다고, 들여보내 달라고 말할 뻔했다.

그러나 열여덟 살이라고 믿기지 않을 만큼 오랜 시간을 내면에 축적한 김현은 몇 마디 말에 중요한 결정을 할 만큼 충동적이진 않았다. 이 중요한 정보를 안진후에게 알려, 그 반응을 확인하고 시간을 들여서 천천히 결정해도 늦지 않을 것이다.

"천무관이 곧 현문인가요?"

"아니다. 천무관에서 각성한 사람은 둘뿐이야. 내가 알기로는 그래. 오늘로 셋이 된 거고."

"전 상상도 못 했어요."

김현은 나머지 한 명이 누군지 물어보려다 말았다.

"나를 믿고 현문에 들어올 수는 없을까?"

황철호가 넌지시 물었다.

"시간이 필요해요."

"음, 지혜롭구나. 그 어떤 테스트보다 정확하고 확실한 게 바로 시간의 테스트지."

"제가 결정을 내릴 때까지, 절 만났다는 이야기를 다른 사람들에게 하지 말아 주세요."

"그 이유는?"

"제 생각이지만, 현문에 소속된 사람들 모두가 사형처럼 생각하지는 않을 것 같아서요."

"……어떻게 알았냐?"

황철호의 표정이 어두워졌다.

"천무관도 그러니까요. 게다가 박정호 수석 사범의 그림자에서는 티파 칼리고가 튀어나왔잖아요."

김현은 박정호, 권재덕 그리고 강도진을 떠올렸다.

"박정호에 대한 일은…… 내가 알아보마. 좋아, 약속하마. 대신 너도 내 부탁을 들어줬으면 하는데."

"말씀하세요."

"난 네가 사부님의 뒤를 이어 계승자가 되었으면 좋겠다."

"이유는요?"

김현은 황철호 흉내를 냈다.

"현문의 힘으로는 다른 길드들 사이의 충돌을 막기 어렵다. 현문 자체는 강하지만 다른 길드들도 그에 못지않으니까. 난 천무관을 현문으로 만들 생각이다. 그렇게 하려면 사람들을 각성시키는 방법을 알아내야겠지. 지금 그 방법을 찾으려고 노력 중이고, 조금씩 실마리가 보이기 시작했다. 문제는 강영준 대사형이야. 이대로 시간이 흐르면 현재 천무관을 운영하는 관장이 천무도의 계승자가 될 거다. 그러면 아마도 날 천무관 밖으로 내치겠지. 대사형이 말려도 난 나갈수밖에 없다. 왜냐하면 그게 천무관의 법도니까. 같은 이유로 노관장님의 두 사형들 역시 특별히 계승자가 초대하지 않으면 천무관으로 돌아올 수 없어. 계승자 다툼을 막기 위해 만들어진 전통을 내가 어길 수는 없지."

"둘째 사형이 계승자가 되면 되잖아요."

"안타깝게도 나보단 대사형의 재능이 더 뛰어나. 아무리 수련을 해도 그 간격을 좁힐 수는 없다."

"방법이 있어요."

김현이 속삭였다.

"방법?"

"티메후르라는 구슬이 있어요."

"알고 있다. 드래곤이 만든 구슬이라서 용옥이라고도 불리지. 그 구슬을 사용하면 극단적으로 시간이 느려지는 세계로 내려갈 수 있다는 것도 안다."

"어, 알고 계셨어요? 그럼, 티메후르를 이용하여 수련을 하면 되잖아요. 제가 천부선공을 지금 수준으로 익힌 건, 바로 그 세계로 내려가서 수련을 했기 때문이에요."

"……얼마나 오래 있었냐?"

"음, 처음 갔을 때는 13년 있었고, 두 번째는 대략 3년 가까이 있었던 것 같아요."

황철호는 아무 말도 못 했다.

티메후르는 돈보다 중요한 시간을 늘려 주는 아이템으로 이미 오래전부터 알려져 있었지만, 함부로 사용할 물건이 아니라는 사실 또한 잘 알려져 있었다.

한두 달, 목숨을 건다면 서너 달은 버틸 수 있겠지만, 그 이상은 무리였다. 욕심을 내어 깊은 세계에 머물다가 정신이상으로 자살하거나 주위 사람들을 죽이는 살인마가 된 경우가 빈번했다. 게다가 서너 달 만에 돌아온 사람들도 정신과 육체의 불일치로 고생을 하기 때문에 회복기를 고려하면 시간 절약의 효과가 없었다.

합쳐서 16년이라니!

이런 경우는 들어 본 적이 없었다.

어쩌면 김현이 가진 능력 때문일지도 모른다는 생각이 들었다. 현실에서 곧바로 커넥터 없이 페플로 접속하는 능력 때문에 16년이나 만계에서 버틸 수 있었는지도 모른다.

황철호는 궁금해하는 김현에게 티메후르의 단점을 알려 주었다.

김현의 눈이 커지고 얼굴이 하얗게 질렸다. 그토록 위험한 물건인 줄은 상상도 못 했다. 김현은 자기가 나서서 디월드 뎁스 파이브의 세계로 데려간 윤태희, 박용준 그리고 안진후가 무사히 돌아온 게 기적임을 새삼 깨달았다.

"너라면 사부님께 인정을 받아서 계승자가 될 수 있을 거다. 그러면 넌 당장 관장 자리를 맡을 수는 없겠지만 경험을 쌓으면 대사형을 대신하며 천무관의 꼭대기에 서게 될 거다. 그렇게 되면 대사형은 자연스럽게 천무관을 떠나야겠지. 그 후에 나는 너와 함께 천무관을 현문으로, 세상을 지키는 파수꾼 집단으로 바꿀 수 있을 거다. 어떠냐?"

황철호에게서 뜨거운 기운이 뿜어져 나왔다. 꿈을 가슴에 품고 살아온 사내 특유의 기세는 폭발한 화산처럼 강렬했다.

김현은 공원에서 벌어진 그 사건의 재발을 막기 위해 노력한 자신과 황철호가 비슷하다고 생각했다. 황철호에게도 되돌리고 싶은, 그러나 되돌릴 수 없는 아픈 기억이 있을 것 같았다. 그 일을 생각만 해도 쉴 수 없는, 도저히 달아날 수 없는 죄책감이 저 넓은 가슴 안쪽에 숨어 있을 것만 같았다.

그렇다고 해도 천무관은 부담스러울 만큼 규모가 큰 곳이었다.

"대사형이라는 분을 각성시키면 되지 않을까요?"

"대사형은 각성해선 안 돼."

황철호에게서 씁쓸한 패배감이 흘러나왔다.

"왜요?"

"대사형이 각성하면 오히려 현문을 무너뜨릴 거다. 너도 직접 싸워 본 대사형의 아들인 강도진에게서 무언가 느꼈을 텐데."

"……알 것 같아요."

김현은 패하고도 속으로는 앙심을 품은 듯하던 강도진의 얼굴을 떠올렸다.

"셋째도 안 돼. 셋째는…… 블랙 소속이니까."

"네? 블랙은 범죄자 길드라면서요?"

김현은 사부님이 각성자일 가능성이 높다고 내심 생각했었다.

"사부님은 모르고 계신다. 대사형도 모르고."

황철호는 지나치게 많은 이야기를 고등학생 나이에 불과한 막내 사제에게 들려주었다는 사실을 뒤늦게 깨달았다.

현재 열여덟 살에 16년을 더하면 서른네 살이 된다. 그 정도면 인생 경험을 어느 정도 했다고 볼 수 있을 것이다. 이렇게 술술 이야기가 흘러나온 건, 30대 중반의 남자가 보여 줄 수 있는 이해의 눈빛 덕분이었다.

"사형."

"듣고 있다."

"전 천무관처럼 거대한 곳을 책임질 능력이 없어요. 솔직히, 책임지고 싶지도 않아요. 하지만 사형을 도울 수는 있을 것 같아요."

"어떻게?"

"제가 사형에게 시간을 드릴 수 있으니까요."

"시간?"

"티메후르."

"티메후르로 뭘 어떻게…… 아! 설마?"

"제가 사형과 함께 내려가겠어요. 사형은 제 능력을 흉내 낼 수 있으니까 저와 함께 있으면 티메후르의 후유증이 사형을 덮칠 일은 없을 거예요."

"그런 방법이 있었구나."

황철호는 고개를 끄덕였다.

김현은 몇 번 만나지 않았지만 황철호가 어떤 사람인지 알 것 같았다. 과연 오정목의 사부다운 인물이었다. 거칠고 때로는 제멋대로지만 그 중심은 한결같았다. 황철호가 몸을 담은 현문이라는 곳도 꽤 괜찮을 것 같았다.

그렇다고 현문 소속이 될 생각은 조금도 없었다.

이야기를 다 들은 안진후는 아무 말도 못 했다. 감당하기 힘들 만큼 충격적이며, 정보량도 많았다. 천천히 그 내용을 곱씹어 소화하는 데 거의 한 시간이 걸렸다.

그동안 김현은 페플로 들어가 무극심법 제3문 파워를 수련했다. 제2문 쌍각은 타이탄의 숲 한복판에서 돌파했던 것이다. 파워는 일정한 영역을 몸으로 채우는, 즉 분신을 만드는 기술이었다.

안진후가 보낸 문자가 메시지 창으로 떴다. 김현은 즉시 현실로, 안진후의 거실로 나왔다.

화장실로 가서 옷에 묻은 흙먼지를 털고 나온 김현은 소파에 앉아 미동도 없는 안진후를 바라보았다.

안진후가 고개를 들었다.

"굉장하다."

김현은 그저 눈으로만 웃었다.

"우리 외에도 능력자들이 있을 거라고 생각했지만, 그렇게 조직적으로 구분되어 있을 줄은 전혀 몰랐어. 돈을 추구하는 모네타, 지식을 찾는 로고스, 범죄를 위해 모인 블랙 그리고 권력을 원하는 프리벨리지. 너무 대단해서 가슴이 뛸 정도야."

안진후는 침이 튀는 것도 모르고 말했다.

"신뢰, 가능하다고 생각해?"

김현이 물었다.

"아니."

망설임 없는 대답.

"나도 같은 생각이야. 하지만 시간을 두고 지켜볼 필요는 있을 것 같아."

"조심해. 사기꾼 중에는 순박한 인상을 가진 사람들이 많으니까."

"알았어."

김현은 안진후를 안심시킨 후, 현섬으로 아파트 자신의 방으로 이동했다.

소파에 누워 천장을 올려다보았다. 잠이 오지 않았다.

좁고 울퉁불퉁한 통로를 걷다가 갑자기 크고 복잡한 세계로 나와 버린 느낌이었다. 모네타, 로고스, 블랙, 프리벨리지 그리고 현문까지. 이름을 하나하나 머릿속에 집어넣어 기억하는 것도 일이었다.

각 길드에 소속된 사람들은 모두 각성자, 즉 저마다 다른 능력을 가진 사람들일 것이다. 그런 길드가 다섯이나 있다. 어쩌면 더 많은 길드들이 있을 것이다.

시작은 참으로 왜소했다.

엄마가 가져온 페플 커넥터 덕분에 가상현실 세계로 들어섰고, 거기서 겔란드 대사형을 비롯해 칠건파 사형들을 만나게 되었다.

그때부터 변화는 시작되었다.

안진후, 윤태희, 박용준을 알게 되었다.

천무관에서는 현기명 노관장, 황철호 부관장, 홍유정, 오정목, 이근상 그리고 강도진 등 다양한 사람들을 겪었다.

친구 하나 없이 4년을 지내 왔건만, 불과 몇 달 만에 머리가 복잡해질 만큼 많은 사람들을 만나고, 그들 중 일부와는 가족처럼 끈끈한 관계가 생길 줄 상상이나 할 수 있었을까?

뒤로 물러설 수는 없다.

앞으로 나아가야 한다.

김현은 만족스럽게 웃으며 눈을 감았다.

타크란은 뱀파이어 특유의 이동 스킬 '데스 워킹'으로 죽은 몬스터 무라크의 사체를 뚫고 밖으로 나왔다.

데스 워킹 역시 현섬처럼 먼 거리를 단숨에 이동할 수 있지만, 이제 막 생명이 떠난 '신선한 몸'이 필요하다는 것과 이동 후에 몸이 더러워진다는 사실이 단점이었다. 장점은 현섬처럼 막대한 기운이 필요하지 않다는 것 정도였다.

시선이 느껴졌다. 땅에 떨어진 아이템을 줍던 이방인들이 할 말을 잃고 타크란을 보고 있었다.

무라크는 몸에 갑옷 같은 껍질을 두른 중형 몬스터로, 세와타트 산맥 일대에서 주로 출몰했다. 파티를 이뤄야만 잡을 수 있는 몬스터이기 때문에 얻을 수 있는 아이템도 꽤 좋아서 인기 만점이었다.

"안녕하신가."

타크란이 씩 웃자 송곳니가 드러났다.

"배, 뱀파이어다! 탱커 앞으로!"

마법사가 소리쳤다.

방패를 움켜쥔 전사가 튀어나와 타크란을 향해 달려왔다.

타크란이 뻗은 손에서 검은 안개 테네파르 인스푸모가 뿜어져 나와 그 전사를 덮었다. 전사는 거기서 빠져나올 수 없었다.

"도와줘!"

뒤쪽에 있던 신관이 신성 마법을 펼치려는 순간, 바로 옆에 타크란이 나타났다.

타크란은 그 여신관의 목을 잡고 들어 올렸다.

바둥거리는 여신관.

마법사가 1서클 바람 마법인 '바람의 화살'을 다섯 개나 만들어 타크란에게 쏘았다.

타크란은 웃으며 옆으로 피했다.

어떻게든 뱀파이어에게서 벗어나려고 여신관은 버둥거렸으나 소용이 없었다.

"소환, 다크울프."

타크란이 속삭이자 그의 뒤로 소환진이 생성되었고, 곧 암흑의 섬광이 터지며 일곱 마리의 다크울프가 나타났다. 웬만한 소만큼 덩치가 큰 늑대들이 마법사를 에워싸더니 죽여 버렸다.

그다음은 겨우 테네파르 인스푸모에서 빠져나온 전사였다. 전사의 저항도 소용없었다.

'그래 봐야 다시 살아나겠지. 재수 없는 이방인들.'

타크란은 고개를 돌려 여신관을 바라보았다.

"이동 후라서 배가 고팠는데, 고마워."

여신관은 로그아웃하려 했으나, 전투 중인 데다 잡힌 상태여서 불가능했다.

싱크

타크란은 여신관의 새하얀 목을 물었다. 여신관은 금세 뻣뻣해졌다. 타크란이 죽은 이방인을 던지자, 그 몸은 곧 흐릿해지더니 사라졌다.

다크울프 한 마리만 남기고 나머지는 모두 돌려보냈다. 마력이 계속 소비되기 때문이다.

타크란은 늑대의 등에 올라탔다.

"가자."

주인의 마음을 알아차린 늑대는 산기슭으로 달렸다.

괴물의 아가리 같은 동굴이 보였다. 늑대는 그 동굴 너머 어둠으로 거침없이 질주했다.

타크란이 뿜어내는 테네파르 인스푸모의 기운을 감지한 지하 몬스터들은 아예 멀리 피해 버렸다. 어둠의 제왕이라 불리는 뱀파이어는 그들에게도 공포스러운 존재였다.

타크란은 늑대의 등에 앉은 자세로 주머니에서 편지를 꺼냈다. 동생이 마지막으로 보낸 편지였다.

흥분이 묻어나는 내용.

타크란은 칼리페 혼자 드워프의 도시 투월령으로 내려보내는 계획을 처음부터 반대했었다. 칼리페는 오빠의 질투라고 여겼지만, 타크란은 아직 판단력이 여물지 않은 여동생이기 때문에 오히려 위험을 자초할 수도 있다고 생각했다.

이 편지를 보낸 후, 칼리페는 더 이상 연락을 하지 않았다.

몇 가지 가능성을 생각해 볼 수 있다.

뱀파이어라는 정체가 들켜 지하 감옥에 갇혀 있을지도 모른다. 분노한 드워프들에 의해 산 채로 불태워졌을 가능성도 무시할 수는 없다. 호기심 많은 칼리페가 지하로 흘러든 이방인들에게 당할 확률은 매우 희박하지만, 살다 보면 생각도 못 한 일이 실제로 벌어지기도 한다.

타크란은 눈을 감았다. 투월령에 도착할 때까지 마음을 가라앉히며 힘을 모으기 위해서였다.

몇 시간이 흘렀을까?

악취가 코를 찔렀다. 드워프 특유의 땀 냄새에는 금속 향이 섞여 있다.

눈을 뜬 타크란은 고생한 다크울프에게 손가락을 물어뜯어서 짜낸 자신의 피를 몇 방울 먹인 후에 돌려보냈다.

가까운 곳에서 소리가 들렸다.

타크란은 갱도 보수 작업을 하는 드워프들을 배후에서 덮쳤다.

세 놈을 죽였다. 한 놈은 한쪽 팔만 가볍게 끊었다. 벌벌 떠는 그 드워프는 타크란의 정체를 알고는 더욱 무서워했다.

"알고 싶은 게 있어서 말이야."

"나, 나는 아무것도 모릅니다."

"그래? 아쉽네."

타크란은 손을 뻗어 드워프의 가슴에서 심장을 꺼냈다. 이곳에는 드워프가 많다. 하나쯤 더 죽여도 뭐라고 할 사람은

싱크

없다.

다음에 찾아낸 드워프는 입이 가벼웠다.

"……그 신관은 죽었습니다."

"죽어?"

타크란의 눈에 힘이 들어갔다. 하마터면 이 겁쟁이 드워프를 찢어 죽일 뻔했다.

"이, 이방인이 죽였습니다!"

드워프가 외쳤다.

"이방인?"

"노바디라는 이방인입니다."

"이방인이 칼리페를 죽였다는 말이군. 안타까운 일이 벌어지고 말았어. 그래도 이곳에 온 목적을 잊어선 곤란해. 너, 추영이 무엇인지 알고 있나?"

"추, 추영의 소유자도 그 노바디라는 이방인과 함께 투월령을 떠나 저 위로, 지상으로 올라갔습니다."

"오호."

타크란의 입가에 옅은 미소가 어렸다.

그 순간, 타크란은 날카로운 손톱을 드워프의 머리에 박았다. 드워프 특유의 단단한 두개골이 부서지며 안쪽이 박살이 났다.

소환한 다크울프들이 드워프 시체를 먹어 치우는 동안, 타크란은 테네파르 인스푸모를 허공에서 단단한 구슬 모양으로 뭉쳤다. 거기에 어둠의 마법을 펼치자, 표면이 흔들리면서 늙은 뱀파이어가 나왔다.

"칼리페는…… 죽었습니다."

—추영은?

타크란의 눈에 힘이 들어갔다. 저런 자의 명령을 받아 이곳에 내려왔다가 죽은 여동생이 불쌍했다.

"칼리페를 죽인 이방인과 함께 있습니다."

—추격하여 회수하라.

"알겠습니다."

연결은 끊겼다.

타크란은 분노를 죽이기 위해 숨을 몰아쉬었다. 저런 자들이 지배층에 득시글거리니 시간이 흐를수록 뱀파이어 일족의 영향력이 줄어드는 것이다.

"지금은 참는다."

타크란은 뼈까지 부러뜨려 먹고 있는 다크울프를 바라보았다. 살이 통통 오른 녀석만 남기고 다른 놈들은 모조리 돌려보냈다.

다크울프는 다가오는 타크란을 보고는 몸을 떨었다.

"이제는 익숙해질 때도 되지 않았느냐? 하긴, 죽음은 절대 익숙해질 수 없지. 이방인이 아닌 이상에야."

타크란은 다크울프를 죽이고 배를 가른 후, 그 안으로 들어갔다.

잠시 후, 타크란은 세와타트 남부에 위치한 마을 세쿨의 공동묘지에 나타났다. 바로 그날 묻힌 시체를 뚫고 밖으로 나온 것이다.

묘지기는 피로 범벅인 타크란을 보고는 기절했다.

교섭인

체리는 장미를 다듬고 있었다. 이제 막 봉오리가 나와, 예쁜 장미를 피우려면 관리가 필요한 시점이었다.

체리가 손에 든 가위는 특별했다. 용갑을 만들고 남은 금속을 가져다가 직접 설계하고 거푸집을 뜨고, 녹인 금속을 부어 만든 부품으로 완성품을 조립했던 것이다.

그 예리한 가위로 장미의 가지 중 일부를 쳐 내는 체리의 손동작은 대단히 유연하고 우아했다.

"공녀님!"

집사 베레쿤이 저택 현관에서 나와 뒤쪽 정원으로 달려오고 있었다. 워낙 겁이 많고 소심해서 돌다리도 몇 번은 두들겨야 건널 사람이었다.

체리는 못 들은 척하고 작업에 집중했다.

자연스럽게 지하 감옥에서 어젯밤 늦게, 거의 새벽까지 들은 이야기가 생각났다.

그 멍청한 드워프의 입에서 흘러나온 이야기는 놀랄 만했다. 전부 사실일 리는 없지만, 일부만이라도 진실이라면 노바다라는 이방인은 실로 대단한 인물일 것이다.

"그럴 리가 없어."

체리는 웃자란 가지 하나를 싹둑 잘랐다.

베레쿤이 체리 옆으로 와서 헐떡거렸다.

"공녀님, 큰일 났습니다."

"하루라도 큰일 나지 않으면 지나갈 수 없지, 너는?"

"오늘 가주님께 면회 신청을 한 사람 중에 왕세자 저하의 대사형이 있답니다."

"왕세자? 론투엘 오라버니?"

체리는 어릴 때 수도 마르세르의 궁에서 반년 가까이 지냈고, 당시에 론투엘과 죽이 맞아 이런저런 사고를 치고 다녔다. 체리의 기억 속 론투엘은 어떻게 해야 하루를 재미있게 보낼 수 있는지 잘 아는 멋진 오라버니였다.

"그렇습니다. 론투엘 저하의 대사형이 오늘 저택으로 오십니다."

"대사형? 론투엘 오라버니는 따로 스승이나 사부를 정하지 않고, 왕궁에서 뛰어난 사람들에게 이것저것 배운 걸로 아는데."

"최근 셀레스카르 님의 제자가 되었답니다."

"우와! 그게 정말이야?"

레드 드래곤 헤라와도 친분을 쌓은 엘프 셀레스카르의 명성은 룬트란 왕국 전역에 알려져 있었다.

"문제는 그게 아닙니다. 오늘 오시는 그 대사형이…… 어제 공녀님께서 장난을 치시는 바람에 가주님을 뵙지도 못하고 쫓겨난 그 사람이랍니다."

"뭐?"

"집사장이 혹시나 해서 수도 마르세르의 왕궁 시종장과 이야기를 나누었고, 기사단장님이 수도에 계신 첫째 도련님에게 수정구로 연락하셨습니다. 그리고 최종적으로 가주님께서 직접 론투엘 왕세자 저하를 통해 확인을 하셨습니다."

"……그 대사형의 이름이 뭐야?"

체리는 일이 걷잡을 수 없도록 커진다는 사실을 깨달았다.

"노바디라고 들었습니다."

"노바디라는 이방인이 셀레스카르의 수제자다?"

"그렇습니다."

"난 못 믿어. 아니, 안 믿어. 셀레스카르 님이 이방인을 제자로 삼아? 그것도 수제자로? 그럴 리가 없잖아."

"공녀님! 그러면 론투엘 왕세자 저하께서 거짓말이라도 하신다고 생각하십니까?"

"음, 장난을 치는 거야. 분명해. 론투엘 오라버니는 나 못지않게 악동이거든."

체리는 가위로 나뭇가지를 자르다가 그 뾰족한 날에 베이고 말았다.

피부가 갈라진 곳에서 피가 뚝뚝 떨어졌다. 놀란 집사 베레쿤이 다가왔으나 체리는 약을 바르고 붕대를 꺼내어 감았다. 그 동작이 대단히 빠르고 효율적이었다.

조용한 곳에 앉아서 자수를 놓기보다는 용갑이 제작되는 야방으로 가서 구경하거나, 때로는 직접 풀무를 움직이고 벌겋게 달아오른 금속을 망치로 두드렸다. 그래서 항상 붕대나 약을 지니고 다녔던 것이다.

체리는 가위를 집사에게 건네고 성큼성큼 저택으로 걸었다. 점점 속도가 빨라졌다. 문을 통과할 즈음에는 달리고 있었다.

1층 로비의 기둥 옆에 둘째 오빠가 서 있었다.

"가문을 위기에 빠뜨리고도 즐겁게 정원이나 돌보는 우리 막내가 어딜 그리 바삐 가시나? 혼처라도 결정됐나 봐. 지금 같아서는 네 손목을 잡고 밖으로 나가서 처음 보는 남자 아무에게라도 줘 버리고 싶다. 대체 왜 그딴 장난을 친 거냐?"

"흥, 오빠는 내가 무슨 짓을 하는지 다 알고도 말리지 않았잖아. 오히려 함께 깔깔 웃으며 즐길 때도 있었잖아."

"헛소리!"

프롱리크가 분노했다.

"내게 모든 책임을 떠넘기려나 본데, 그렇게 쉽진 않을 거야."

"그런 말을 지껄이기만 해 봐."

"뭘 어떻게 할 건데? 그새 내 약점이라도 잡았어? 곧 이곳을 떠나 낯선 가문으로 팔려 가야 한다는 것 말고 다른 약점을 찾아낸 거야? 그게 아니라면 날 건드리지 않는 게 좋을걸. 기분 나쁘면 옛날 일까지 확 불어 버릴지도 모르니까. 오빠가 한 말을 토씨 하나까지 빼놓지 않고 읊을 수 있어, 나는."

"너, 그 기억력을 자랑스러워하는 것 같은데, 두고 보자."

프롱리크는 체리를 노려보다 저택 밖으로 가 버렸다.

멍청한 둘째 오빠를 무시하고 3층으로 즉시 올라가 방으로 들어선 체리는 화장대 왼쪽 세 번째 서랍 안쪽 숨겨진 공간에서 수정구를 꺼냈다.

"장난일 거야."

체리는 수정구를 쥐고 론투엘을 떠올렸다. 곧 수정구가 세차게 떨렸다.

─바보.

수정구 표면에 나타난 론투엘이 말했다.

"멍청이."

체리가 웃으며 답했다.

어릴 때 서로를 그런 식으로 불렀다. 물론 기겁을 할 어른들이 없을 때만.

─예뻐졌구나. 숙녀가 다 됐어. 하하, 난 네가 직접 연락할 거라고 생각했다. 무엇보다 그게 사실인지 궁금하겠지?

"대체 무슨 생각으로 그런 장난을 친 거야? 셀레스카르 님에게 이방인 제자라니?"

─나도 한때는 너처럼 생각했는데. 지금은 아니야.

"진짜라는 말은 아니지?"

체리는 조심스럽게 물었다.

─너, 대사형에게 실수했구나, 그렇지?

"······아냐."

─하하, 했네, 했어.

론투엘은 눈치가 빨랐다.

"노바디라는 사람에 대해서 알려 줘."

체리는 심각했다.

자신의 장난으로 어제 일이 벌어진 건 부정할 수 없는 일이었다. 아무리 몰랐다고 해도 왕세자의 대사형이자 셀레스카르의 수제자를 그런 식으로 대접했다는 사실이 알려지면 뮤카멘 백작가의 명성은 땅에 떨어지고 말 터였다.

또한 론투엘은 그저 깔깔 웃겠지만, 왕궁은 이번 일을 예민하게 받아들일 가능성이 높았다.

뮤카멘 백작이 왕세자, 즉 국왕 전하의 권위에 정면으로 도전했다고 생각하는 사람들이 떠들기 시작하면 조그만 장난이 어마어마한 결과로 이어질지도 모른다. 평소 뮤카멘 백작가의 힘을 시기하던 일부 귀족들이 가세한다면, 국왕은 예방 차원에서 가혹한 결정을 내릴지도 모른다.

론투엘도 정치적 문제가 어떤 식으로 파장을 일으켜 생각도 못 한 일이 벌어지는지 잘 알기 때문에, 노바디에 대해 아는 내용을 최대한 체리에게 털어놓았다.

"……노바디라는 이방인이 오라버니를 구했다고? 그것도 죽음의 기사들에게 잡혀간 오라버니를?"

─그건 비밀이야. 아버지가 아시면 곤란하니까. 대규모 토벌단이 구성될지도 몰라.

"사실이라는 거네."

─한 가지만 말할게. 누구든 노바디 대사형을 건드리면, 내가 가만히 안 있어. 무슨 뜻인지 알지?

론투엘의 목소리에 권위가 묻어났다. 어릴 때 함께 뒹굴고 놀았던 오라버니로서 한 말이 아니라, 룬트란 왕국의 왕세자로서 공식적으로 한 말이었다.

체리는 몇 년 만에 본 론투엘이 완전히 달라져 있다는 사실에 깜짝 놀랐다. 누가 봐도 왕세자라고 할 만큼 힘이 느껴졌다.

딱딱하게 굳은 체리의 표정에 론투엘이 씩 웃었다.

─내 생각에, 넌 당한 거야.

"당해?"

－왜 어제 백작가로 찾아갔을 때, 아니 그 전에 대사형이 나와의 관계를 밝히지 않았을까?

"아!"

체리는 입을 벌렸다.

노바디가 왕세자의 대사형이라는 말을 미리 들었다면 그런 실수, 무례를 범하지 않았을 것이다.

－대사형 스타일은 아니야. 같이 간 일행 중에 동그란 안경을 쓴 중년 남자가 있을 텐데, 이름은 콜마야. 아마도 그 사람이 계획을 세웠을 거야. 사실, 내가 국왕이라면 콜마를 총리나 왕궁의 재정 담당자로 세울지도 몰라. 그만큼 똑똑한 사람이거든. 약초 전문가지만 모르는 게 없는 사람이니까.

그 말에 체리는 어제 백작가로 찾아왔던 사람들 중 하나를 기억해 냈다. 평정을 잃지 않는 표정이 인상적이었다.

"오라버니는 그 이유를 알아?"

－몰라. 다만, 추측은 할 수 있지. 아마도 원하는 게 있을 거야. 그냥 찾아가면 절대 내놓지 않겠지만, 이런 식으로 상대의 약점을 잡아 버리면 거절할 수 없잖아.

"무슨 뜻인지 알겠어."

체리의 눈이 차갑게 가라앉았다.

뮤카멘 백작가에서 무엇을 원할까? 뻔했다. 콜마라는 작자는 엄청나게 비싼 용갑을 공짜로 얻기 위해 그런 음모를 꾸민 것이다.

싱크

－아니, 넌 몰라. 용갑이 목적은 아니니까.

"오라버니가 그걸 어떻게 알아?"

－같이 지냈으니까. 돈이나 물건을 얻으려고 그런 계획을 꾸밀 사람들은 아니야.

"사람 속은 모르는 거잖아."

－그건 그래. 그보다, 진짜로 위험한 사람은 따로 있어. 벨란데르라는 엘프인데, 조심하는 게 좋아.

"엘프는 없었어."

체리가 말했다.

－아무튼, 조심해. 찍히면 꽤 힘들어질 거야. 난 가 봐야겠다. 회의가 있어서. 아, 맞다! 현재 겔란드는 몬즈 마을의 학살 사건을 조사하고 있어. 그와 관련된 문제로 뮤카멘 백작가를 찾아갔을 가능성이 높아.

"몬즈 마을 학살 사건? 들어 본 적 없어."

－기베렌 재배로 유명한 그 마을 사람들이 하룻밤 사이에 다 죽었어. 스콰와 메룸에서도 같은 사건이 벌어졌어.

"그게 정말이야?"

－지금 참석해야 하는 회의도 그 때문에 열리는 거야. 간다. 나중에 또 보자.

연결이 끊겼다.

체리는 머릿속이 복잡했다.

어제 드워프 바마퉁으로부터 들은 이야기에 론투엘 왕세

자의 이야기를 합치니, 그 내용은 웬만한 음유시인의 노래보다 재미있으면서도 파격적이었다.

"어제 주방 쪽에서 난동을 부린 그 노바디가 론투엘 오라버니의 대사형이라는 사실은 확인됐어. 휴우, 내가 일을 벌였으니…… 내가 수습하는 수밖에 없겠어."

체리는 몇 가지 방법을 생각하고 확률을 검토한 후에 옷방으로 향했다.

갈색의 긴 머리를 말아 올려서 마부 특유의 평퍼짐한 모자 속으로 감추고 낡았으나 깨끗한 셔츠에 가죽조끼를 껴입었지만, 체리는 혹시 들킬까 싶어서 조마조마했다.

마차를 여관으로 이어지는 골목길 앞에 세워 둔 지 10분이 넘어가고 있었다. 체리는 힐끔 골목길 안쪽을 살폈다.

'온다.'

노바디가 혼자 걸어오고 있었다.

체리는 동그란 안경을 낀 콜마라는 사람을 찾았지만, 아무도 노바디를 따라오지 않았다. 론투엘이 위험하다던 엘프도 보이지 않았다.

노바디가 마차에 올라탔다.

"가는 길에 술집을 들르고 싶은데, 괜찮겠습니까?"

"알겠습니다."

체리는 최대한 거칠고 무겁게 말했다.

마차 모는 일은 쉬웠다. 워낙 호기심이 많아 엘루마에서 굴러다니는 마차의 종류는 다 몰아 봤다. 한때는 '미친 소공녀'라 불릴 만큼 마차로 엘루마의 밤거리를 질주했었다.

모퉁이를 돌거나 다른 마차가 교차로를 지나갈 때까지 멈춰야 할 때, 일부러 고개를 돌려 노바디를 살폈다.

노바디는 등받이에 기댄 채 반쯤 눈을 감고 있었다. 아주 편한 자세 같았다.

마차가 멈췄다.

"여기가 술집입니다만."

"잠시 기다리세요."

마차에서 내린 노바디가 아침부터 문을 연 술집으로 들어가자, 체리는 고개를 갸웃거렸다. 드워프 바마퉁에게서도, 왕세자 론투엘에게서도 노바디가 술꾼이라는 소리는 듣지 못했다.

노바디는 양손에 술 항아리를 하나씩 들고 돌아와 마차에 탔다.

체리는 물어보려다 참았다. 말을 많이 하면 들킬 위험이 늘어나기 때문이다.

육중한 담벼락이 눈에 들어왔다. 시계탑은 입구 위 하늘로 솟구쳐 도시 어디에서도 볼 수 있었다.

"주방 쪽으로 갑시다."

노바디가 말했다.

"아, 네."

체리는 어제의 굴욕을 잊지 못한 노바디가 거기 가서 아무 잘못도 없는 사람들을 괴롭히거나 죽이지 않을까 생각했다. 할 수만 있다면 뮤카멘 기사단을 주방으로 부르고 싶었다.

마차가 섰다.

노바디는 술 항아리를 하나씩 들고 내려서 양파를 다듬는 사람들에게로 걸어갔다.

"다, 당신은?"

사람들이 깜짝 놀라 뒤로 물러섰다.

노바디는 그들 앞에 술 항아리를 내려놓았다.

"어제는 실례가 많았습니다. 당신들한테 화를 낼 문제가 아니었는데, 제가 실수했습니다."

사람들은 서로를 바라보았다. 섣불리 반응했다가 어제 같은 일이 벌어지지 않을까 염려한 것이다.

그중 한 사람이 눈살 찌푸린 체리를 알아보았다. 손을 들어 체리를 가리킨 그가 말을 하기 직전, 체리가 그를 노려보며 고개를 저었다.

"할 말 있습니까?"

노바디가 그 사람에게 물었다.

"……아닙니다. 술, 잘 마시겠습니다. 그리고 어젠 우리도

잘못했습니다. 이곳을 찾아오신 손님을 보고 웃지 말았어야
했으니까요."

식칼을 손에 든 그 사람은 노바디에게 말하면서 체리를 쳐
다보고 있었다.

고개를 끄덕인 노바디는 거듭 사과한 후에 마차로 돌아왔
다.

체리는 마차를 돌려 저택 정문으로 향하다가 모퉁이에서
마차를 세웠다. 마부석에서 내린 체리는 마차로 올라가 여전
히 차분한 노바디 맞은편에 앉았다.

"어제 일은 모두 내 책임이에요."

"누구신지……?"

"난 체리언 델 뮤카멘이에요."

"공녀님이시군요."

노바디가 피식 웃었다.

"아무튼, 내가 시작한 장난이니까 일이 더 커지기 전에 우
리끼리 수습을 했으면 좋겠어요."

체리는 주절주절 늘어놓는 대신, 핵심을 찔렀다.

"좋습니다."

"콜마라는 분의 계획이죠?"

"……똑똑하신 분이네요. 저는 오늘 아침에야 육사형에게
서 그 이야기를 듣고 깜짝 놀랐습니다만."

눈빛이 흔들렸지만 노바디의 입가의 미소는 그대로였다.

"무엇을 원하세요? 용갑이 탐나서 이런 계획을 꾸민 건 아닌 듯한데."

"용갑을 구입한 이방인의 명단을 보고 싶습니다."

"이유를 물어봐도 될까요?"

"용갑을 착용한 어떤 이방인이 한 마을 사람들을 몰살했기 때문입니다."

"아."

체리는 퍼즐이 맞춰진 느낌을 받았다. 왜 이 사람들이 두 번이나 나누어 백작가로 찾아왔는지도 알 수 있었다.

그냥 와서 사정을 얘기했다면 아무리 조사에 필요하다고 해도 명단을 보여 주지 않았을 것이다. 명단이 유출되면 용갑 구입자들이 거세게 불평을 터트릴 테고, 앞으로 용갑을 구입하는 사람들의 수는 급격히 감소할 터였다.

외부의 압력, 특히 왕세자와 관련된 압력에 의해 어쩔 수 없이 명단을 공개했다면 사람들도 어느 정도 이해할 것이다. 콜마라는 사람의 계획은 뮤카멘 백작가에도 그리 손해가 되지 않는 절묘한 계책이었다.

그러나 콜마라는 사람도 백작가를 이끄는 가주의 성품에 대해서는 고려하지 못한 모양이었다.

"명단, 보여 주시겠습니까?"

"조건이 있어요."

"말씀하세요."

"나를 교섭인으로 세워 주세요."

그 조건은 예상 밖이었다. 노바디는 이 맹랑한 공녀가 그런 제안을 할 줄은 상상도 못 했다.

그때, 메시지 창이 떴다.

교섭인

체리언 델 뮤카멘은 백작가의 영애입니다. 그녀를 신뢰하여 교섭을 맡길 겁니까? 아니면 직접 교섭에 나설 겁니까? 둘 중 하나를 선택하십시오.

창 아래쪽에는 얼굴 두 개가 나타나 있었다. 오른쪽은 노바디의 인형 같은 얼굴, 왼쪽은 공녀의 매혹적인 얼굴이었다.

'실렉션'이었다.

페플에는 스토리라인의 분기점이 존재하는데, 퀘스트와는 다른 방식이었다. 실렉션은 바로 그 분기점으로, 선택에 따라 캐릭터는 완전히 다른 스토리로 넘어가게 된다.

노바디는 실렉션이 무엇인지 알고 있었다. 다만, 처음 보는 창이라서 신기했을 뿐이다.

결정을 내린 노바디는 실렉션 창을 내리고 공녀를 바라보았다.

"재미있군요."

"아버지, 그러니까 뮤카멘 백작가의 가주께 그 이야기를 하면 명단을 보지 못할 거예요. 용갑을 비롯해 다양한 무구

의 제작과 판매는 가문의 근간이니까요. 명단이 외부로 유출
될 수 있다는 가능성만으로도 가문이 흔들릴 수 있어요. 론
투엘 왕세자 저하와의 개인 친분이 도움이 될 수도 있지만,
아버지라면 거액의 돈을 들여 이번 일을 무마할지언정 명단
을 보여 주진 않을 거예요. 그게 논리적이고, 합리적이며, 경
제적인 결정이니까요."

"만약에 공녀를 교섭인으로 세운다면 어떻게 됩니까?"

"뮤카멘 백작가의 가주를 세상에서 가장 잘 아는 사람이
교섭인이 된다면 당연히 그 교섭은 성공하겠죠. 저는 아버지
의 약점을 아주 잘 아는 딸이니까요."

"왜 나서서 우리를 돕는 겁니까?"

"저는 저 자신을 도울 뿐이에요. 더 이상은 말씀 못 드려
요. 결정하세요. 제게 맡기실지, 아니면 저택으로 가서 직접
능구렁이 같은 뮤카멘의 가주를 만나실지?"

체리는 조마조마했다. 노바디가 직접 가주를 만나겠다고
선택해야 정상임을 그녀는 잘 알았다.

어느 누가 협상 대상의 딸에게 전권을 맡길까?

이런 제안을 한 이유는 바마퉁과 론투엘에게서 들은 이야
기 속 노바디라면 다른 선택을 할지도 모른다는 예감 때문이
었다.

"나도 조건이 있습니다."

"조건요?"

"지금 당장 바마퉁을 풀어 준다면 당신을 교섭인으로 인정하겠습니다."

"좋아요."

체리는 마차를 몰아 지하 감옥의 입구로 향했다.

공녀라는 신분은 지하 감옥 안으로 자유롭게 들어갈 수 있는 특권을 뜻했다. 그 덕분에 노바디 역시 체리와 함께 좁고 축축한 계단을 딛고 지하 깊숙한 곳까지 내려갈 수 있었다.

"바마퉁에게 당신 이야기를 들었어요."

"그렇습니까?"

"바마퉁이 아무 말 하지 않았나요?"

"감옥에 갇혔지만 아무렇지도 않다는 이야기만 들었습니다."

"과묵한 드워프네요."

체리는 씩 웃었다.

바마퉁에게 침묵을 요구한 건 바로 그녀 자신이었다. 그래야 노바디를 제대로 보고 판단할 수 있으리라 생각했기 때문이다.

간수 몇 명이 노바디를 제지하려다 체리를 보고 옆으로 물러섰다. 노바디는 뮤카멘 백작가에서 공녀의 영향력이 상당히 크다는 사실을 몸으로 느낄 수 있었다.

노바디를 본 바마퉁이 몸을 일으켰다. 노바디는 앞으로 다가갔다.

"이야기는 나중에 해도 돼요. 간수가 기사단장에게 보고했을 테니, 곧 여기로 내려올 테니까요. 마방진을 잠시 껐어요. 그러니 얼마든지 이곳을 빠져나갈 수 있을 거예요."

직접 만든 만능열쇠로 감옥 문을 열면서 체리가 말했다.

노바디는 감옥 밖으로 나온 바마퉁의 어깨에 손을 올리며 체리를 바라보았다.

"좋은 결과를 기대하겠습니다."

"걱정 마세요."

체리가 대답한 순간, 노바디는 바마퉁과 함께 사라졌다. 현섬으로 이동한 것이다.

그때, 기사단장 프롱리크가 휘하의 기사들과 간수들을 이끌고 내려왔다.

프롱리크는 열린 감옥 문으로 들어갔다.

바마퉁은 보이지 않았다. 노바디도 마찬가지였다.

"체리언, 너!"

"아빠는?"

"네가 멋대로 친 장난을 수습하느라 동분서주하고 계신다."

"아빠를 만나야겠어."

"또 무슨 짓을 저지르려고?"

"왕세자 저하의 대사형이자 셀레스카르의 수제자인 노바디 님이 나를 공식적인 교섭인으로 임명하셨거든. 만약 믿기 어렵다면 직접 확인해 봐. 그분은 여관에 계실 테니까."

"뭐?"

"그리고 난 체리야. 체리언이라는 이름을 얼마나 싫어하는지 오빠도 잘 알잖아."

그렇게 말한 체리는 기사들 사이를 뚫고 위로 올라갔다.

푹신한 벨벳 소파가 둥글게 놓인 그 방의 용도는 가벼운 차를 마시는 것이었다.

뮤카멘 백작은 등을 뒤로 붙인 채 새와 야생화가 그려진 찻잔을 들고 향이 좋은 차를 한 모금 마셨다.

맞은편 소파에는 이미 결혼 적령기에 이른 딸이 앉아 있었다. 벌써부터 딸의 혼처를 놓고 여러 가문들이 경쟁을 하는 중이었다. 백작은 지나치게 똑똑해서 자주 사고를 치는 딸을 올해 안에 적당한 가문으로 시집보낼 생각이었다.

"네가 교섭인이라면서?"

"그렇습니다, 가주님."

"가주님? 교섭인으로 대화를 하겠다는 거로구나. 좋다. 그쪽의 요구 조건은 무엇이냐?"

백작은 찻잔을 내려놓고, 그 옆에 놓인 쿠키를 하나 들어 가볍게 끝 부분을 뜯어 먹었다.

"두 가지입니다. 첫 번째로, 셀레스카르 님의 수제자인 노바디 님께서 용갑을 요구하셨습니다."

"용갑 하나 얻자고 그런 계획을 세웠다? 왠지 믿기 어려운데."

백작은 손을 배에 올리며 깍지를 꼈다. 어떠한 의견도 받아들일 수 있다는 관대한 자세였다.

"평범한 용갑이라면 그런 생각을 할 수 있지요."

"설마."

"가주님의 지혜는 역시 놀라워요."

"그가 용현갑의 존재를 어떻게 알았지?"

"그건 교섭인인 저로서는 대답할 수 없는 질문이에요."

체리는 수줍은 듯 웃었지만 속으로는 당황한 아버지를 보며 대답했다.

'노바디는 용현갑이 무엇인지 몰라요, 아빠.'

"내줄 수 없다면?"

백작은 순식간에 평정을 되찾았다.

"교섭인으로서 주고받는 게 뮤카멘 백작가에도 이익이라고 말씀드리고 싶습니다."

"주는 게 있으면 받는 것도 있다?"

"현재 용갑은 룬트란 왕국에서만 판매되고 있어요. 뛰어난 방어력과 내구성, 마법 능력에도 불구하고 엘프, 뱀파이어, 드워프뿐 아니라 라모넬린 공국, 레나르카 왕국 그리고 중명 제국도 용갑을 구입하지 않아요. 왜 그럴까요?"

"그야 룬트란 왕국의 귀족 가문에서 생산한 마법 갑옷을 신뢰할 수 없기 때문이지."

"만약 셀레스카르 님처럼 명망이 높은 분이 나서서 용갑의 안전, 즉 뮤카멘 백작가가 용갑에 장난을 치지 않았다는 사실을 공개적으로 인정하면 어떤 일이 벌어질까요?"

체리는 비장의 카드를 보여 주는 도박사처럼 활짝 웃었다.

"……판매량이 몇 곱절이나 뛰겠지. 어쩌면 열 배 이상이 될지도 모르겠군."

백작의 눈이 탐욕과 야망으로 번들거렸다.

아무리 평정심을 유지하려고 해도 그는 뮤카멘 가문을 이끄는 사람이었다. 자신의 대에 이르러 규모가 커지고 영향력이 확대된다면 조상을 뵐 면목이 설 터였다.

"셀레스카르 님의 수제자인 노바디 님이 공개적으로 용현갑을 착용하면 사람들은 셀레스카르 님이 용갑을 인정했다고 생각할 테고, 그러면 앞을 다투어 용갑을 구입하겠지요. 특히 엘프들이 적극적으로 움직일 거예요. 녹색날개 엘프, 잿빛깃털 엘프, 황금잎사귀 엘프 등 다양한 엘프들이 나서겠죠. 그러면 자연스럽게 엘프의 힘을 의식하는 드워프도, 엘프와는 원수지간인 뱀파이어도 용갑 구입에 돈을 쏟아부을 거예요."

"음, 옳은 지적이다. 두 번째 요구 조건은?"

"안타깝게도…… 쉽게 들어주기 힘든 조건이에요."

체리는 최대한 슬픈 표정을 지었다.

"말해 봐라."

"노바디 님은…… 저를 요구하셨어요."

"너를?"

"용현갑의 안정성을 확인할 때까지 저를 볼모로 삼으시려는 거죠. 말도 안 되는 조건이지만, 비교적 합리적인 요구인 것 같아요."

그 말에 백작은 검지와 엄지를 펴서 그 사이로 턱을 어루만졌다. 복잡한 계산이 필요한 결정을 고심할 때 나오는 버릇이었다.

체리는 아버지가 딸을 볼모로 요구한 이 조건을 진지하게 검토하고 있다는 사실이 기가 막혔지만, 바로 같은 이유로 지긋지긋한 공녀로서의 삶에서 벗어날 수 있는 절호의 기회라고 생각했다.

노바디에게 볼모로 잡혀간다면 적어도 아버지가 원하는 가문의 머저리 같은 놈에게 시집가지 않아도 될 테니까.

검지로 턱을 한번 긁고, 다음에는 엄지로 긁는다. 어릴 때부터 자주 본 아버지의 모습이었다.

"볼모 기간은?"

백작이 물었다.

"1년이에요."

체리는 기간에 대해서도 이미 생각해 두었다.

5년은 지나치게 길다. 그렇다고 석 달은 너무 빨리 지나간다. 1년이 적당하다. 그리고 기한이 되면 적당한 핑계로 또 1년이라는 시간을 벌면 된다.

그런 식으로 결혼 적령기를 넘길 계획이었다.

일단 나이가 들면 아버지도 시집가라고 압력을 넣지 못할 것이다. 그 누구도 그녀를 신붓감으로 여기지 않을 테니까.

"그가 왜 너를 교섭인으로 삼았을까?"

체리는 이 질문에 대한 답도 미리 준비해 두었다.

"저도 물어봤어요."

"대답은 뭐였느냐?"

"부성애를 자극하려면 제가 교섭인으로 나서야 한다고 했어요."

"마지막 질문이다. 넌 왜 교섭인으로 나섰느냐? 거절했다면 노바디라는 사람도 강요할 수는 없을 텐데."

"가문을 사랑하니까요."

그 말을 내뱉는 순간, 눈물이 핑 돌았다.

체리는 자기가 태어나고 자란 이 땅과 도시, 저택을 얼마나 사랑하는지 깨달았다. 할 수만 있다면 이런 짓을 하면서까지 달아날 생각은 없었다. 그러나 귀족가의 딸은 자기 마음대로 살 수가 없다. 그게 현실이었다.

체리가 말을 이었다.

"저 때문에 벌어진 일이잖아요. 제가 어제 장난만 치지 않았다면 뮤카멘 백작가가 이런 수모를 당할 필요는 없었을 거예요. 그러니까 전 가만히 있을 수 없어요."

백작은 식은 차를 한 모금 마셨다. 그리고 고개를 들어 어느새 다 커 버린 듯한 딸을 바라보았다.

"네가 사내였다면 얼마나 좋았을까."

오랜만에 보는 부드러운 아버지의 눈빛이었다. 수만 명의 목숨을 책임지는 가문을 유지하고 앞으로 이끄느라 항상 복잡한 계획과 고민으로 바쁜 가주의 시선이 아니었다.

아들이 둘이나 있지만 둘 다 변변찮은 인물임을 잘 알기에 누구보다 똑똑하고 가주로서의 자질을 타고난 막내딸을 아끼지만, 전통과 율법이라는 보이지 않는 틀을 벗어나 저 영특한 딸에게 가문을 맡길 수는 없었다. 그랬다가는 가문이 풍비박산이 날 터였다.

차라리 어리석은 두 아들이 서둘러 결혼해서 낳은 손자들 중 하나에게 기대를 거는 게 나을 것이다. 그 때문에 백작은 특별히 건강에 신경을 쓰고 있었다.

첫째는 아내와 함께 수도에 머물며 뮤카멘 백작가의 영향력 확대를 위해 애를 쓴다지만, 실상은 돈이나 펑펑 쓰며 놀고 있었다. 다행히 그 녀석은 작년 말에 아들을 낳았다.

둘째는 뮤카멘 기사단장으로 임무를 수행 중이지만 진실은 또 달랐다. 단장이라는 권력을 휘둘러 부를 축적할 뿐 아니라, 어릴 때 어울렸던 건달들을 자격시험도 거치지 않고

싱크

기사단으로 끌어들이기까지 했다.

"아빠."

체리는 아버지의 속마음을 엿본 느낌이었다.

"조건을 모두 받아들이겠다고 전해라."

백작은 몸을 일으켜 밖으로 나갔다.

뒤도 돌아보지 않았다.

여관방 창가에 서서 들어오는 바람을 맞으며 생각에 잠긴 벨란데르의 긴 머리카락이 멋지게 휘날렸다.

"대체 왜 그런 짓을 한 거야?"

벨란데르가 고개를 돌려 노바디를 쳐다봤다.

의자에 앉아 노바디를 응시하는 바마퉁도 왜 뮤카멘 백작가의 공녀에게 그 일을 맡겼는지 궁금해하는 눈치였다.

"넌 이해 못 할 거야."

노바디가 말했다.

"이야, 그 말 참 오랜만에 듣는다. 이해 못 할 거라고? 시도는 해 봐야지. 인내심으로 유명하신 우리 노바디 선생님, 한번 이야기는 해 보세요. 그래야 이해 못 할지, 할 수 있을지 알 수 있잖아요."

기가 막힌 벨란데르가 고개를 흔들며 말했다.

피식 웃은 노바디가 이유를 밝혔다.

"절박한 눈빛이었어."

"절박해? 눈빛이?"

벨란데르는 허리에 두 손을 올리고 고개를 들어 천장을 올려다봤다. 고함이라도 내지르면 이 답답함이 사라질까 생각했지만, 자존심 때문에 그 충동을 억눌렀다.

"아, 난 이해할 수 있을 것 같아."

바마퉁이 끼어들었다.

"뭐?"

고개를 휙 돌려 바마퉁을 노려보는 벨란데르.

바마퉁은 벨란데르를 못 본 척했다. 그 무시무시한 눈과 마주치면 오금이 저려 의자에서 굴러떨어질지도 모른다.

"눈빛이 애절해서 그 제안을 받아들였다고? 아, 이것 참. 혹시 공녀가 예뻤어?"

"응, 아주 예뻤어. 탤런트 뺨칠 만큼이었거든."

바마퉁이 꿈꾸는 듯한 눈으로 답했다.

"아하, 이제 알았다. 우리 우직하기로 명성이 자자하신 노바디 선생님께서 미인계에 당하셨구만. 진실은 그런 거였어."

벨란데르는 겨우 찾아낸 답을 철석같이 믿었다. 절박한 눈빛이라는 설명보다는 여자의 미모에 빠져 엉겁결에 허락했다는 게 더 이해하기 쉬웠던 것이다.

노바디는 어깨를 으쓱 올렸다. 어떤 식으로 생각하든 맘대로 하라는 제스처였다.

노크 소리에 이어 문이 열렸다. 복도에는 콜마가 서 있었다.

"노바디, 나와 봐야겠다."

"네, 육사형."

밖으로 나간 노바디를 본 콜마가 손가락으로 계단 아래를 가리켰다.

1층에서 올라온 계단이 꺾어지는 계단참에 체리가 서 있었다. 공녀답게 화려한 복장이었다. 체리는 단숨에 위로 올라와 노바디 앞에 서서 정중하게 고개를 숙였다.

"들어가서 이야기를 해도 될까요?"

"물론."

노바디는 콜마를 쳐다봤다. 고개를 끄덕인 콜마는 벨란데르, 바마퉁을 향해 눈짓했다. 눈치 빠른 벨란데르가 느린 바마퉁을 데리고 밖으로 나왔다.

방에는 노바디와 체리 둘만 남았고, 문은 굳게 닫혔다.

"자, 말씀하십시오."

노바디가 말했다.

"교섭 결과를 알려 드리기 전에, 질문 하나 해도 될까요?"

"얼마든지요."

"왜 절 교섭인으로 받아들였는지 알고 싶어요."

"이미 결정한 일인데, 꼭 알아야 합니까?"

"전 알아야겠어요."

의지가 담긴 대답이었다.

"조금 전에도 제 친구가 왜 백작가의 공녀에게 그 일을 맡겼냐면서 제게 따졌습니다. 그래서 이렇게 대답했습니다. 눈빛이 절박해 보여서 제안을 받아들였다구요."

"……눈빛이 절박해서?"

체리는 입술을 깨물었다. 수치심으로 볼이 달아올랐다. 속마음을 들킨 기분이었다.

"또 하나, 바마퉁이 당신을 신뢰했기 때문입니다. 바마퉁은 당신에게 내 이야기를 했다는 말을 아직도 안 했습니다. 그건 당신을 믿기 때문이겠죠."

노바디에겐 세 번째 이유가 있었지만 눈앞의 공녀에게 밝힐 수는 없었다.

머리의 판단이 아니라 가슴에서 솟아 흐르는 순수한 감정을 고려했다는 이야기를 한다면 공녀는 노바디가 농담을 한다고 오해하거나 다른 방향으로 착각할 터였다.

황철호 덕분에 감정의 위력을 깊이 맛본 노바디는 평소에도 감정이 자연스럽게 흐르도록 신경을 썼다. 장애물을 미리 만들지 않다 보니 노바디는 훨씬 더 편해졌고, 때로는 이유도 없이 어떤 행동을 하기도 했다.

"아주 중요한 일을 사소한 이유로 결정해 버리다니, 제 생각보다는 경박한 사람 같네요."

체리는 차갑게 쏘아붙였다.

"왜 화가 난 겁니까? 경박한 사람이라서 당신의 제안을 받아들였다면, 오히려 기뻐해야 하는 것 아닌가요?"

노바디의 말에 체리는 입을 다물고 말았다.

"자, 지나간 일보다는 지금 이 순간에 집중하죠. 결과는 어떻게 됐습니까?"

"뮤카멘 백작가는 노바디 님께 용값을 제공하기로 결정했습니다."

체리는 노바디의 얼굴에서 분노가 솟아오르기를 기다렸다. 그러나 노바디의 얼굴에는 전혀 변화가 없었다.

"그게 전부입니까?"

"네."

체리는 거짓말을 해서라도 이 사람의 가면을 벗기고 싶었다. 어제 주방 앞에서 본 그 얼굴을 다시 봐야 직성이 풀릴 것 같았다. 어렵게 아버지에게서 긍정적인 결과를 끌어내 놓고서는 대체 왜 이런 짓을 하는지 스스로도 알 수 없었다.

"명단 공개는 없는 겁니까?"

"그렇습니다."

체리는 끝까지 밀어붙였다.

"알겠습니다."

노바디는 고개를 끄덕였다.

"왜 화를 내지 않죠?"

"사실, 처음부터 이 계획을 알았다면 난 반대했을 겁니다. 상대가 거절할 게 분명하다고 해서 이쪽이 인맥을 이용해 함정을 파도 된다는 법은 없으니까요. 아마도 그 때문에 콜마 육사형이 제게는 아무 말도 하지 않은 것 같습니다."

"……그래서요?"

"어쩌면 내키지 않는 상황을 당신에게 떠넘긴 건지도 모릅니다. 당신에겐 당신 나름대로 교섭인이 되어야 할 이유가 있겠지만요."

"그렇다고 해서 당신이 내게 완전히 속았다는 현실이 달라지진 않잖아요."

체리는 마치 자신이 노바디에게 제발 화를 내라고 애원하는 것 같아서, 이 상황이 마음에 들지 않았다.

"당신은 날 속일 수 없습니다."

"……뭐라구요?"

체리는 잘못 들었다고 생각했다.

"어쩌면 이번 경험 때문에 다음에는 사소한 이유로 남에게 중요한 일을 맡기지 않을지도 모르지만, 난 당신에게 속지 않았습니다. 당신을 판단한 나 자신에게 속았을 수는 있겠지요. 그래도 난 내 결정을 후회하지 않습니다. 그럴 만한 이유가 있었으니까요."

"그러면 명단은요?"

"명단을 입수할 수 없다면, 다른 방식으로 문제를 해결하면 됩니다. 이렇게 직접 찾아와 알려 주셔서 감사합니다. 배웅은 못 할 것 같습니다. 공녀님."

노바디는 문으로 걸어갔다.

손끝이 짜릿했다. 이 기분을 말로 설명할 수가 없었다.

공녀에게 교섭을 맡기고 바마퉁과 함께 여관으로 돌아오면서 이성적으로 생각하려는 자기 자신과 싸워야 했다.

벨란데르뿐 아니라 겔란드, 가쿨라, 콜마 사형들은 노바디를 이해하지 못할 터였다. 바마퉁은 평소처럼 침묵을 지키겠지만, 아로간타르 역시 노바디를 여자 앞에서 어쩔 줄 모르는 남자로 생각하는 눈치였다.

노바디는 그 선택의 이유를 설명할 수 없었다. 그럼에도 마치 롤러코스터를 타는 기분이었다.

앞으로 무슨 일이 벌어질지 예상할 수 없었다. 공녀가 아버지를 위해 교섭을 엉망으로 만들 수도 있다. 아니면 상상도 못 한 결과를 가져올 수도 있다.

이제 결과가 나왔다.

다른 사람들의 우려대로, 피는 진했다. 딸은 아버지 편에 섰다. 함정은 노바디의 어설픈 판단 때문에 실패하고 말았다. 몬즈 마을의 살인마를 알아낼 절호의 기회는 사라졌다.

그런데 왜 아직이라는, 끝이 아니라는 직감이 가슴을 가득 채우고 있을까?

왜 마음은 흥분으로 두근거릴까?

왜 입안은 긴장과 설렘으로 바짝 말랐을까?

"당신이 이겼어요."

체리는 의자에 주저앉았다.

이런 사람은 처음이었다.

바마퉁과 론투엘의 이야기로는 이 사람의 그릇을 가늠할 수 없다. 영웅회에 참석하기로 예정된 대현자 파르소겐처럼 그 속을 헤아릴 수 없는 사람이 저기 서 있었다. 완전히 압도당한 느낌이었다.

"무슨 뜻입니까?"

"긴 이야기니까 앉아서 들어요."

노바디가 의자를 가져와서 앉자, 체리는 아버지와의 담판 결과를 알려 주었다.

노바디의 눈이 커지며 환한 빛이 흘러나왔다. 마치 이런 결과를 예상한 사람처럼 놀라기는커녕 흐뭇한 미소를 지었다.

"……알고 있었어요?"

"전혀. 공녀께 처음 듣는 겁니다."

"왜 안 놀라요?"

"충분히 놀라고 있습니다. 그런데 가주께 명단 이야기는 아예 안 했네요."

"할 필요가 없으니까요. 여기에 그 명단이 다 들어가 있어요. 가문의 재정 상태는 물론 구입자 명단까지 모두 기억하고 있으니까요."

싱크

체리는 자기 머리를 손가락으로 가볍게 두드렸다.

"아!"

노바디는 입을 벌린 채 다물 줄 몰랐다.

그 강렬한 느낌은 옳았다.

항상, 모든 일에 감정을 좇아가서는 안 되지만, 이 기이한 직감은 믿을 만했다. 머리를 짜내어 만든 계획으로는 절대 입수할 수 없었던 그 명단을 기이한 방식으로 얻은 셈이었다.

거기에 용갑까지 보너스로 받았다.

그때, 창이 떴다.

-직감이 5 증가했습니다.

노바디는 활짝 웃었다.

다음 순간, 창이 하나 더 나타났다.

퀘스트 NPC

체리언 델 뮤카멘이 페플 시간으로 1년 동안 퀘스트 NPC로 등록됩니다. 퀘스트 창을 통하여 NPC의 상태를 확인할 수 있습니다.

노바디는 퀘스트 창을 띄웠다. 거기에는 체리언 델 뮤카멘의 레벨, 직업 등이 나와 있었다.

캐릭터 이름 : 체리언 델 뮤카멘
직업 : 금속공학자

"앞으로 1년은 볼모가 되어 당신을 따라다닐 수밖에 없어요. 그 이유가 궁금하지 않나요?"

"지금은 궁금하지 않습니다. 지금은…… 이 순간을 만끽하고 싶을 뿐입니다."

노바디는 활짝 웃으며 복도로 나갔다.

다들 문에 귀를 대고 안에서 오가는 대화를 엿듣고 있었는지 급히 물러서다가 넘어지고 말았다.

"험험, 나는 공녀께서 왜 볼모를 자청하셨는지 궁금합니다."

콜마가 몸을 일으키며 물었다.

"음, 1년 뒤 볼모 기간이 끝날 때 알려 드릴게요."

체리는 싱긋 웃으며 답했다.

처음 입어 보는 갑옷을 시험하는 사람들로 여관 뒤뜰은 붐볐다.

노바디의 막내 사제라는 이유로 용갑을 선물받은 아로간 타르는 팔을 이리저리 움직였다.

분명히 금속 재질의 갑옷이 팔뚝을 덮고 있지만 부드럽게 관절을 구부릴 수 있었다. 가슴도 마찬가지였다. 약간 무겁다는 느낌 외에는 굉장히 자연스러웠다.

"용갑은 뮤카멘 백작가가 자랑하는 무구예요. 크기 조절도 자유로운 편이라서 이렇게 키가 작아도 착용이 가능해요."

체리는 드워프 바마퉁을 가리켰다. 바마퉁 역시 다른 사람들처럼 용갑을 입고 있었다.

뮤카멘 백작은 용현갑 외에도 겔란드 일행의 수에 맞추어 용갑을 선물로 보내왔다. 체리도 예상치 못해 깜짝 놀란 일이었는데, 용갑을 가져온 기사단장 프롱리크는 뚱한 얼굴로 일관하다가 가 버렸다. 앞으로 오랫동안 못 볼 여동생에겐 눈길도 주지 않았다.

체리는 유독 낡고 검은빛을 띠는 갑옷을 들고 노바디 앞으로 걸어갔다. 노바디는 푸르스름한 빛을 띠는 룬덴 세트를 옷 안에 착용하고 있었다.

"그런 쓰레기는 이제 버려요."

체리가 말했다.

노바디는 룬덴 세트를 건넸던 레나세르가 이 자리에 있었다면 체리와 한바탕했을지도 모른다고 생각했다.

룬덴 세트를 인벤토리 창으로 넣은 그는 체리에게서 용현갑을 받았다. 옷 위에 그대로 입자, 스르륵 수면 아래로 가라앉는 악어의 피부처럼 용현갑은 옷 아래로 사라졌다.

체리가 단검으로 팔을 찌르자 용현갑은 저절로 나타나 단검을 밀어냈다.

"타슬란과 비슷하네."

뒤로 물러나 있던 벨란데르가 툭 내뱉었다.

타슬란은 레나세르가 라마간 시장의 손녀 엘루스에게 선물로 준 갑옷이었다.

"펠라록이 딸을 위해 만든 그 허접한 갑옷과 뮤카멘 백작가의 역사와 지혜가 집약된 용현갑을 비교해서는 안 되죠."

체리가 조근조근 따졌다.

"글쎄."

벨란데르는 어깨를 으쓱 올렸다.

그 뜻은 명백했다. 체리가 뮤카멘 백작가 소속이니 그렇게 생각할 수밖에 없음을 이해한다는 의미였다.

"왜 용갑을 착용 안 하세요?"

"난 마법사야."

"……아, 몰랐어요."

체리는 마력을 증폭시킬 뿐 아니라 마법을 펼칠 수 있도록 도와주는 지팡이를 들지 않은 마법사를 본 적이 없었다. 마법에 도움을 주는 반지나 목걸이도 보이지 않았다.

아무리 이방인 마법사 중에는 독특한 스타일을 가진 사람이 있다고 해도, 마법사 특유의 장비가 하나도 없다니.

"마법사처럼 보이지 않는다는 뜻? 인정해. 난 보통의 서클 마법사가 아니거든."

벨란데르의 목소리와 태도에서 특유의 자부심이 묻어났다.

"서클 마법사가 아니라니요? 그게 무슨 뜻이죠?"

체리는 눈살을 찌푸렸다. 그녀가 알기로 인간은 물론 엘프, 드워프의 마법 모두 서클을 기반으로 한다. 뱀파이어 종족만이 서클을 무시하는 마법을 펼칠 뿐이다.

"깊이 알려고 하지 마."

씩 웃는 벨란데르.

"제가 여기 있는 게 불편하신가 봐요."

체리가 포문을 열었다.

"똑똑해. 내 기분도 다 알고. 천재인가 봐?"

벨란데르가 씩 웃으며 비꼬자, 시선을 교환한 노바디와 바마퉁이 조심스럽게 뒤뜰을 벗어나 여관으로 들어갔다.

눈치 빠른 콜마는 겔란드, 가쿨라를 데리고 노바디 뒤를 따랐고, 함께 생활하면서 어떻게 움직여야 하는지 조금씩 배운 아로간타르 역시 발소리도 내지 않고 사라졌다.

뒤뜰에는 기가 센 두 사람만 남았다.

체리는 벨란데르를 보며 론투엘 왕세자가 한 말을 떠올렸다. 저 엘프가 가장 무섭다더니, 거짓말은 아닌 듯했다.

"왜 불편하시죠?"

"아무도 모르는 것 같지?"

"뭘 말하는 거죠?"

"시집가기 싫어서 내 친구에게 들러붙은 거잖아."

그 말에 얼굴로 열이 몰려들었고, 두 뺨은 이미 빨갛게 물들었다. 이토록 노골적으로 진실을 듣게 될 줄은 몰랐다.

"마, 말도 안 돼요."

"올해 안에는 결혼할 거라는 소문이 파다하던데."

"소문일 뿐이에요. 상대도 정해지지 않았고요."

체리는 흥분하지 않으려고 애를 썼지만, 노력할수록 목소리와 표정으로 진실이 드러났다.

"뭐, 상관없어. 어차피 일이 이렇게 됐으니, 진실은 중요하지 않으니까. 문제는 앞으로야. 내가 지켜보고 있다는 걸 잊지 말았으면 해. 당신에게 또 다른 목적이 있거나, 중간에 새로운 목적이 생기면 난 반드시 알아낼 테니까."

벨란데르는 검지와 중지를 펴 자기 눈을 가리킨 다음, 손을 돌려 체리를 가리켰다.

"명심할게요."

체리는 론투엘의 안목이 정확함을 몸으로 느꼈다.

노바디라는 사람은 그 끝이 어디인지 모를 만큼 광활하다면, 눈앞의 엘프 이방인은 뾰족해서 모든 거짓을 꿰뚫을 것처럼 예리했다.

"당분간은 불편해도 참아. 난 상대를 믿는 데 시간이 좀 걸리는 편이라서. 그게 싫으면 떠나도 좋고."

"참을게요."

체리는 당신이 아무리 괴롭혀도 프롱리크나 수도에 있는 첫째 오빠만큼은 아니라고 속으로 생각했다.

그때, 벨란데르가 파이어 미사일을 만들며 불의 정령 슈뢰딩거를 소환했다. 3미터에 달하는 불의 미사일은 하늘 높이 솟구치며 사라졌고, 이글거리는 불의 정령 슈뢰딩거는 놀란 체리 주변을 어슬렁거렸다.

체리는 할 말을 잃었다. 이토록 탁월한 화염 마법사일 줄이야. 서클로 따지면 2서클 마스터, 어쩌면 그 이상의 실력자일지도 모른다.

"당신은 볼모야. 인질인 거지. 노예처럼 부려 먹지는 않겠지만, 당신의 위치가 어디인지는 잊지 마."

"내 위치가 어디죠?"

발목 언저리에서 느껴지는 열기에 겁이 났지만, 체리는 당당하게 물었다.

"음, 당신은 노바디의 시중을 들어야 하는 사람이야."

체리가 그렇게 물어볼 줄 몰랐던 벨란데르는 입에서 나오는 대로 대답했다.

"알았어요. 그렇게 할게요. 더 할 말씀 없으시면 올라갈게요."

고개를 숙인 체리는 여관으로 들어갔다.

혼자 남은 벨란데르는 어깨를 들썩이며 웃었다.

하녀 취급을 할 생각은 전혀 없었다. 체리가 묻지 않았다면 시중 따위를 입에 올리진 않았을 것이다.

벨란데르는 계단에 검붉은 발자국을 남기는 슈뢰딩거를 바라봤다.

"아무래도 나 때문에 노바디가 곤란해할 것 같다."

─오빠, 왠지 기뻐하는 것 같아요.

"물론 기쁘지. 웬만한 일로 노바디의 눈빛이 흔들리겠어? 앞으로 재미있을 거야."

벨란데르는 기지개를 켜며 여관으로 들어섰다.

규검

　용병 길드 엘루마 지소는 테페오 광장 서쪽에 자리 잡은 시청 뒤쪽 골목 언저리에 있었다. 낡고 퇴락한 건물 앞에 선 드래고니아는 한숨을 푹푹 쉬었다.

　건물 입구 옆에 의자를 놓고 앉아서 들어오는 사람들을 하나하나 확인하는 사내 앞으로 간 드래고니아는 용병패를 꺼내어 보여 주었다. 한때 전장을 누볐지만 이제는 나이가 들어 집 지키는 개에게나 어울리는 일에 익숙해진 늙은 용병이 담배를 입에 문 채로 중얼거렸다.

　"들어가게."

　드래고니아는 혀를 차며 안으로 들어섰다.

　의외로 꽤 사람이 많았다.

왼쪽 벽에는 꽤 많은 종이가 여기저기 붙어 있었다. 용병을 모집하는 용병대의 공고거나, 용병을 고용하기 원하는 사람들의 조건이 적힌 의뢰서였다. 게이머로 보이는 용병들은 그 벽 앞에 서서 어떤 퀘스트를 수행할지 고민하고 있었다.

"브레크 용병대에 들어갈 수 있으면 정말 좋을 텐데. 퀘스트도 좋은 걸로 얻을 수 있고, 운 좋으면 어마어마한 아이템도 받을 테니까."

용병의 길로 들어선 지 얼마 안 된 듯한 게이머가 한 말이었다.

드래고니아도 그 벽 앞에 섰다.

옛날 생각이 차올랐다. 한때는 룬트란 왕국의 수도 마르세르의 용병 길드에서 어떻게든 좋은 조건의 퀘스트를 차지하려고 치열하게 경쟁을 하는 용병이었다.

물론 목표는 브레크 용병대였다.

물론 마음속 진정한 목표는…… 브레크 용병대의 꼭대기, 바로 용병대장이었다. 마룬타 대륙 10대 게이머 중 하나인 프로스를 꺾어야 오를 수 있는 자리!

그 꿈은 이제 빛바랜 사진처럼 기억의 한쪽 구석에 버려져 있었다.

"어?"

드래고니아는 눈을 의심했다.

손으로 눈을 비빈 후에 다시 벽에 꽂힌 종이 한 장을 쳐다보았다. 웃음이 삐져나왔다.

드래고니아는 손을 뻗어 그 의뢰서를 뜯어 창구로 가져갔다.

"이 일, 하고 싶습니다."

"자네가? 하급 용병이나 하는 일인데."

창구에 앉은 사내는 드래고니아가 착용한 갑옷, 허리에 꽂은 무기 등을 살피며 물었다.

"오랜만에 용병 길드에 왔으니, 분위기라도 익히려구요."

"그렇다면야. 허나, 보상은 기대하지 말게."

"알겠습니다."

드래고니아가 대답하는 순간, 퀘스트 창이 떴다.

서류 전달하기

○○지구 ○○여관에 묵는 전직 용병 겔란드에게 서류를 전달하십시오. 용병이라면 마땅히 신뢰라는 덕목을 갖추어야 합니다. 이 의뢰는 보상은 적지만 용병 특유의 신뢰를 높일 수 있는 절호의 기회입니다.

보상 : 10골드

조건 : 용병패 소지자

드래고니아는 두툼한 서류가 든 가죽 가방을 받아 들고 용병 길드 밖으로 나왔다.

마차를 탈 생각은 없었다. 천천히 걷던 그는 용갑 쿠레가의 날개를 펴서 건물 옥상으로 날아올랐다. 초보자 몇 명이 그 모습을 보며 탄성을 터트렸다.

드래고니아는 옥상 난간에 걸터앉아 가죽 가방의 입구를 열었다. 안에는 두꺼운 보고서가 들어 있었다.

"몬즈 마을 학살 사건 보고서?"

보고서에 나온 몬즈 마을의 위치, 학살 사건이 일어난 시기를 확인한 드래고니아는 깔깔 웃었다. 바로 자기가 학살 사건의 원흉이었다. 그제야 젤란드라는 NPC가 거금을 들여 용병 길드에 그 사건 조사를 의뢰했다는 사실을 깨달았다.

이런 우연이 있다니.

아카데미에서 받은 암살 명령 때문에 젤란드를 만나러 갈 계획이었다. 용병 길드 엘루마 지소에 들른 이유는 용병이었던 젤란드에 대한 정보를 알아내기 위해서였다.

드래고니아는 하늘이 자신을 도와준다고 생각했다.

"젤란드? 어디서 들어 본 이름인데."

고개를 갸웃거린 드래고니아는 보고서를 대충 훑은 후에 다시 가죽 가방 안에 넣고 입구를 닫았다.

"아, 맞다! 타임어택 퀘스트!"

드래고니아는 그제야 왜 젤란드라는 이름이 친숙한지 기억해 냈다. 물론 룬트란 왕국에 젤란드라는 이름을 가진 NPC가 하나뿐일 리는 없지만, 왠지 모르게 그 녀석일 것 같았다.

드래고니아는 인벤토리 창을 열어 구석에 처박혀 있던 가면을 꺼내어 썼다.

용병 중에는 얼굴을 가리는 사람이 많았다. 눈에 보이지 않는 죽음의 신에게서 얼굴을 가리기 위해서였다. 어디 있을지 모르는 죽음의 신에게 얼굴을 보여 주면 전장에서 죽임을 당한다는 미신이 용병들 사이에 퍼져 있었다.

"그 새끼를 속이려면 준비를 해야겠지?"

용갑 쿠레가와 단검 라파, 젤루를 인벤토리 창에 집어넣은 드래고니아는 다시 용병 길드 쪽으로 움직였다.

"꼭 만나 뵙고 싶었습니다."

가죽 가방을 건넨 드래고니아는 흥분한 표정으로 겔란드를 바라보았다.

"무슨 말인가?"

겔란드는 가방에서 조사 보고서를 꺼내며 낯선 용병을 살폈다.

"저는 스코덴 용병학교 787기입니다. 교관님으로부터 겔란드 용병님에 대한 이야기를 자주 들었습니다."

"교관? 혹시 카두크 그 새끼 말인가?"

"맞습니다. 하도 굴려서 '굴리는 개잡놈'이라는 별명이 붙은 카두크 교관님이…… 아, 죄송합니다. 잠시 말이 헛나왔습니다."

드래고니아는 용병 길드 입구에 앉아 있던 그 늙은 용병으로부터 겔란드와 카두크에 대한 정보를 알아냈다.

용병은 이상한 족속이다. 친해지면 서로를 별명으로 부르는데, 정상적인 사람이라면 눈살을 찌푸릴 만한 별명이 대부분이었다. 용병들 사이에서 한창 활동할 때의 겔란드는 '광견병 겔란드', 또는 '개또라이 겔란드' 등으로 불렸다.

드래고니아는 일부러 별명을 말했다. 별명을 공유하면 신뢰도 공유된다는 사실을 잘 알았던 것이다.

겔란드의 반응은 드래고니아의 예상 그대로였다.

"하하하, 그 새끼 여전하네."

겔란드는 호탕하게 웃었다.

카두크를 훈련시켜 악랄한 교관으로 만든 게 바로 자신이었다. 훌륭한 교관일수록 훈련생으로부터 욕을 더 많이 먹는다.

"카두크 교관님은 입버릇처럼 겔란드 용병님에 대해 말씀하셨습니다. 그래서 언젠가 겔란드 용병님을 뵙고 싶었는데, 이렇게 기회가 주어져서 행운이라고 생각합니다."

"자네 이름은?"

"드라쿤입니다."

드래고니아는 이름을 살짝 변형시켰다.

"음, 드래곤과 발음이 비슷하군."

"사실, 드래곤처럼 강하고 두려움을 주는 용병이 되고 싶어서 그런 이름을 지었습니다."

"포부가 크군. 좋아, 마음에 들어. 자네, 급한 일이 없다면 나를 도와주는 건 어떤가?"

겔란드의 질문을 듣는 순간, 드래고니아는 퀘스트 창을 볼 수 있었다.

'바라던 바야, 이 머저리 NPC 새끼야.'

드래고니아는 즉시 수락했다.

"오히려 제게 영광입니다. 무엇이든 시켜만 주십시오."

"이 편지를 마탑 길드에 갖다 주게. 접수만 시키면 되는 일이니, 어렵지 않을 걸세."

"알겠습니다."

드래고니아는 편지를 들고 여관 밖으로 나왔다.

시그나 대신전 뒤쪽에 자리 잡은 마탑 길드 입구에서 드래고니아는 편지를 뜯어 내용을 읽었다. 공식적인 수신인은 룬트란 왕국의 근위기사단 단장 덴토마였다.

마탑 길드는 우체국과 다를 바 없는 역할을 맡은 곳이었다. 비교적 싼값에 편지를 먼 곳까지, 굉장히 빨리 보낼 수 있는 건 바로 마탑 길드가 보유한 수정구 때문이었다.

"음, 두 건이 더 있다는 거구나? 동기가 다섯이니 그중 둘은 실패했다는 거네. 나머지 두 사람은 누굴까? 아, 한 명 더 있어. 뒤늦게 아카데미로 들어온 여자."

드래고니아는 '셀레스카르'라는 이름을 본 순간, 눈살을 찌푸렸다.

셀레스카르는 거물이다. 웬만해서는 건드려선 안 된다.

"……드래곤과 관련이 있으니까."

드래곤 헤라로 인해 10대 길드 중 하나로 평가받던 이카루스가 무너졌다.

그 전투 장면을 직접 보았던 드래고니아는 이 페플 세계 최강의 생물이 얼마나 강한지 몸으로 느낄 수 있었다.

두렵지는 않다. 다만, 셀레스카르가 움직인다면 일이 커질 가능성이 있다는 점은 잊어선 곤란하다.

편지 아래쪽에 용갑 구입 명단을 확보했다는 내용이 나왔다. 몬즈 마을 학살자는 그 명단 중 한 사람이라는 추측도 있었다. 드래고니아는 속이 뜨끔했다.

"대단해. 어떻게 한 거지? 뮤카멘 백작가가 명단을 쉽게 내주진 않았을 텐데."

보이지 않는 그물이 조여들고 있었다.

드래고니아는 신이 났다. 아카데미 특유의 꽉 짜인 일정에서 받은 스트레스가 다 날아가는 기분이었다.

어떤 게임이든 너무 쉬우면 재미가 사라진다. 딱 이 정도가 좋다.

"헤헤, 가 볼까?"

마탑 길드에 편지를 접수한 드래고니아는 여관으로 돌아

갔다. 겔란드 옆에서 일거수일투족을 살피기 위해서였다.

적을 알고 나를 안다면 절대 질 수가 없는 법이다.

드래고니아는 겔란드와 함께 여관에 묵고 있는 사람들을
금세 파악했다.

위험한 인물은 단연 콜마라는 작자였다. 부드럽게 웃을 뿐
말수가 적은 그는 모든 것을 보는 사람이었다. 단 하나도 놓
치는 법이 없었다.

그다음은 벨란데르였다.

콜마가 망원경이라면 벨란데르는 현미경이었다.

스코덴 용병학교에 대해서 과할 정도로 조사해서 미리 외
워 두지 않았다면 들통이 날 뻔했다. 그만큼 벨란데르의 질
문은 깊고 예리했다.

뮤카멘 백작의 딸이 왜 겔란드 일행과 함께 있는지 모르겠
지만, 체리 역시 보통 NPC는 아니었다.

바마퉁은 겔란드만큼이나 쉽게 속일 수 있는 드워프였다.
열등감이 있는지, 조그만 칭찬에도 반응이 컸다.

노바디는 좀 괴상한 게이머였다.

드래고니아는 노바디가 유명해진 이유와 그 과정을 찾아
보았다. 어이가 없었다. 노바디처럼 운 좋은 게이머도 세상

엔 다시없을 터였다. NPC를 속여서 좋은 아이템을 얻었다.

드래고니아는 노바디의 전략을 어느 정도 눈치챘다.

페플엔 갖가지 스킬이 존재한다. 그중에는 상대의 마음을 사로잡아 자기 뜻대로 움직이게 만드는 '유혹' 스킬도 있었다. 어떤 게이머는 유혹을 스킬 레벨 100까지 올려, 수백 마리의 몬스터를 노예로 삼아 군대를 일으켜 유명해졌다.

'저 새끼도 그런 놈이겠지.'

드래고니아는 노바디를 살폈다.

손가락에 평범한 반지 하나를 꼈을 뿐, 아이템이 엉망진창이었다. 옷은 살짝 잡기도 해도 찢어질 만큼 낡았고 가죽 신발도 상태는 비슷했다. 페플을 시작한 지 보름 정도만 지나도 저 녀석보다는 괜찮은 아이템을 맞출 수 있다.

평소엔 마을에 놀러 나온 시골 촌뜨기 같았다.

드래고니아는 은연중 노바디가 겔란드 일행의 중심이라는 사실을 느낄 때마다 속이 부글부글 끓어올랐다. 자격이 안 되는 자가 유혹 같은 쓰레기 스킬을 사용하여 겔란드처럼 순진한 사람을 속인다는 게 영 마음에 들지 않았다.

무시하고 싶지만, 노바디가 눈에 띌 때마다 자신도 모르게 눈이 갔다. 시간이 극단적으로 느리게 흐르는 세상 만계에서 본 사람이 떠올랐던 것이다.

손가락에는 평범해 보이는 반지 하나만 끼고 입고 있는 옷도 신고 있는 구두도 허접하기 짝이 없는 노바디가 수십 미

싱크

터나 되는 거인을 단숨에 쓰러뜨린 그 사람일 리 없지만, 너무 닮아서인지 자꾸 생각이 났다.

'저 새끼는 무시하자.'

이 사람들이 모두 몬즈 마을 학살 사건의 진실을 파헤치려 애를 쓴다는 사실을 알게 된 드래고니아는 슬그머니 웃을 때가 많았다.

살인마가 바로 옆에 있다는 사실을 상상이나 할 수 있을까? 그 생각을 할 때마다 짜릿한 쾌감에 몸이 떨렸다.

젤란드가 맡기는 퀘스트, 즉 임무는 조금씩 그 난이도가 높아졌다.

드래고니아는 젤란드는 물론 일행 모두에게 점수를 따기 위해 최선을 다했다. 그동안 페플에서 쌓아 올린 인맥을 총동원하여 시청 담당자를 만나기도 했고, 곧 열릴 영웅회 참석자 명단을 확보하기도 했다.

드래고니아는 누구를 죽여야 하는지 아직 몰랐다. 그저 여관 이름과 여기 머무는 젤란드라는 사람이 암살 대상과 관련이 있다는 사실을 알고 있을 뿐이었다. 곧 구체적인 암살 명령이 전달될 예정이었다.

젤란드가 타깃이라면 암살은 그리 어렵지 않을 것이다. 사람을 쉽게 믿는 만큼 쉽게 속일 수 있을 터였다.

가장 어려운 대상은 벨란데르였다. 지혜와 힘을 동시에 갖춘 사람 같았다.

겔란드가 다가왔다.

"드라쿤, 브레크 용병대가 머무는 호텔에 다녀와야겠다. 이걸 제7백인대 백인대장 무원에게 전하면 된다."

"알겠습니다."

편지와 조그만 약병을 받아 든 드래고니아는 여관을 나서자마자 편지를 뜯어 내용을 읽었다. 약속 시간과 장소, 그뿐이었다.

드래고니아는 늘어지게 하품을 했다. 이런 편지나 배달해야 하다니.

'그냥 다 죽여 버릴까?'

드래고니아는 좋은 생각이라고 여겼지만, 명령도 없이 마음대로 움직였다가 일을 그르칠 경우를 고려한다면 지금은 움직일 때가 아니라는 결론에 이르렀다.

"브레크 용병대에나 가 볼까. 운이 좋으면 프로스 용병대장을 만날 수도 있겠지?"

드래고니아는 씩 웃었다.

노바디는 시청에 들렀다.

호지센 현자들 몇 명이 엘루마에 도착했다는 소식을 시청 홀에 있는 사람에게서 들었지만, 대현자 파르소겐에 대한 이야기는 없었다.

사람들은 저마다 다른 목적을 위해 홀로 들어와 있었다.

"투르카 던전에 함께 가실 레벨 80대 용병 구해요!"

"엘루마 던전! 레벨 150대 시그나 신관 오세요! 아이템 몰아 드립니다!"

"곤테나크 던전에 도전하실 레벨 230 이상 데븐 성기사 구합니다!"

대부분 던전 플레이를 위해 필요한 사람을 구하려고 소리를 지르고 있었다.

빛의 도시 엘루마에는 네 개의 던전이 있는데, 게이머들은 파티를 이루어 던전 플레이를 즐겼다. 던전은 짜릿하고 위험한 만큼 나오는 아이템의 질이 달랐다.

좋은 장비로 몸을 두른 게이머는 인기가 많았다. 서로 그 게이머를 데려가려고 경쟁이 붙기까지 했다.

노바디는 그 반대였다. 누구도 관심을 주지 않았다.

노바디 역시 던전 플레이에 무심했기에 시청을 빠져나와 호지센 현자들에 대한 정보를 얻기 위해 용병 길드, 마탑 플라도르, 마탑 아쿠아 등을 들렀다.

테페오 광장을 에워싸듯 자리 잡은 마탑에서도 대현자 파르소겐에 대한 소문은 들리지 않았다. 파르소겐은 아직 엘루마에 도착하지 않은 것이다.

여관으로 돌아온 노바디는 뒤뜰로 향했다. 이 공허한 마음을 달랠 수 있는 건 수련뿐이었다.

사사형 가쿨라가 준 목검을 꺼내어 들었다. 묵직한 목검은 오래 쥘수록 무거워진다.

뒤뜰은 조용했다. 가끔 나뭇가지에 앉은 새가 노래를 불렀는데, 꽤 듣기 좋았다.

목검을 쥐고 서 있는 노바디의 몸속에서 내공이 움직였다.

단전에서 회음혈을 거쳐 등으로 올라간 기운은 백회혈, 즉 정수리까지 올랐다가 다시 인당혈을 거쳐 단전까지 내려왔다.

바로 소주천이었다.

검술 수련을 하면서도 소주천이 가능하다는 건, 노바디에게 놀라운 발견이었다.

노바디는 목검의 끝을 바라보았다.

광현칠검보의 한정소언, 그 원리는 어느 정도 깨쳤다. 문제는 주위 공간을 어떻게 균형 상태로 만들 수 있느냐, 바로 그 부분이었다. 일단 균형을 이루어야 벌레 같은 것이 침입했을 때 검이 저절로 움직일 것이다.

독맥과 임맥으로 자유롭게 흐르는 내공은 언제라도 빼내어 기검의 형태로 만들 수 있다. 아직 목검을 대체할 만큼 강하지 않고 오랫동안 유지하기도 힘들지만, 내공에 형체를 부여할 수 있다는 점은 굉장한 발전이었다.

한정소언에 흡결을 제대로 접목하려면, 반경 3미터의 공간을 내공으로 완전히 채워 평형 상태를 만들어야 한다.

아무리 머리를 짜내도 내공을 몸 외부로 뽑아내어 공간 자체를 채울 수가 없었다. 어림잡아도 10갑자는 되어야 가능한 경지였다.

"수련하는 겁니까?"

용병 드라쿤이 다가왔다.

노바디는 이유도 없이 드라쿤이 싫었다. 근거가 없는 감정이라서 숨겼지만, 좋아할 이유 또한 없기 때문에 데면데면한 거리를 유지했다.

"네."

"검술인가 보죠?"

"네."

노바디는 드라쿤이 겔란드 대사형을 돕고 있다는 사실을 떠올렸지만, 이번에도 친절한 말은 나오지 않았다.

"잠시 봐도 될까요?"

"얼마든지."

노바디는 아예 눈을 감았다.

시각은 눈꺼풀을 내려 막을 수 있지만, 청명의 감각은 꺼버릴 수도 없었다. 노바디는 나무에 기댄 채 팔짱을 끼고 이쪽을 쳐다보는 드라쿤을 느낄 수 있었다.

'날 깔보는구나.'

짜증이 확 솟구쳤다. 그 감정 때문인지 독맥, 임맥으로 흐르는 내공이 훨씬 빨라지며 강해졌다.

"윽!"

내공이 백회혈을 치는 바람에 두통이 몰려왔다.

"괜찮습니까?"

활짝 웃으면서 걱정하는 척하는 드라쿤.

"……네."

노바디는 눈을 뜨지 않았다. 직접 눈으로 보면 드라쿤을 날려 버릴지도 몰랐다.

"저도 검술을 익혔는데, 제가 좀 알려 드릴까요?"

드라쿤이 말했다.

노바디는 천천히 눈을 떴다. 드라쿤의 입에서 어떤 이야기가 나올지 궁금했다.

"지금 레벨이 얼맙니까?"

노바디는 캐릭터 창을 열어서 레벨을 확인했다. 진짜 오랜만에 연 캐릭터 창이었다.

"34인데요."

드라쿤은 할 말을 잃었지만, 곧 정신을 차리고 다른 질문을 던졌다.

"……직업은 선택했겠죠?"

"선택 안 했습니다."

"보통 레벨 20만 되어도 전사나 마법 수련사 같은 직업을 선택할 수 있을 텐데요. 혹시 성기사나 헌터, 용병 십부장 등

고급 직업으로 바로 가려고 레벨을 올리는 중입니까?"

"직업을 꼭 선택해야 하나요?"

노바디는 솔직한 마음을 드러냈지만, 드라쿤의 눈에는 경악과 의심이 담겨 있었다.

"재미있는 분이네요."

"드라쿤 님은 직업이 무엇인가요?"

"전 마검사입니다."

"강하겠네요."

"그래 봐야 혼자서는 아무것도 할 수 없죠. 곤테나크 던전을 돌파하려면 든든한 동료가 있어야 하니까요."

내용과 달리 눈은 오만함으로 번들거렸다.

"검술, 보여 줄 수 있습니까?"

잘난 척하는 말투가 듣기 싫었던 노바디는 시범을 요청했다.

"그러죠."

드라쿤은 브로드소드를 뽑으며 앞으로 나왔고, 노바디는 뒤로 물러나 공간을 만들어 주었다.

드라쿤이 펼친 검술은 '플레임 드레이크 댄싱'이었다.

광현칠검보가 중명 제국에서 시작된 무공이라면 플레임 드레이크 댄싱은 룬트란 전통의 무술로, 힘을 위주로 하면서 장검, 방패, 갑옷을 중시하는 기사단 특유의 검술이었다.

검 자루를 두 손으로 꽉 잡은 드라쿤이 브로드소드를 휘두르자 검에서 불꽃이 흘러나와 공간을 채웠다.

노바디는 진짜 검술이 아님을 금세 파악했다.

'스킬이야, 원하면 언제든 자동적으로 펼쳐지는. 난 저런 식으로 검술을 익히지 않아.'

그래도 드라쿤의 시범에서 눈을 떼지는 않았다. 최소한의 예의라고 생각했다.

"어?"

노바디의 눈이 커졌다.

검술 자체는 힘을 앞세워 투박했지만, 브로드소드에서 흘러나오는 화염만은 굉장히 위력적이었다. 게다가 불꽃은 살아 있는 것처럼 검 면에서 흘러나왔다가 빠르게 되돌아가곤 했는데, 그 움직임이 민첩하면서도 예리했다.

'밀물과 썰물 같아.'

그때, 드라쿤이 브로드소드를 앞으로 뻗었다.

검에서 흘러나온 불꽃이 반경 2미터의 공간을 가득 채우자 드라쿤을 볼 수 없었다. 목소리만 들렸다.

"플레임 그레이트 실딩입니다. 노바디 님, 한번 공격해 보세요."

"위험해 보이는데요."

"플레임 그레이트 실딩은 단순한 방어 스킬이 아닙니다. 침입을 받으면 반격하는 스킬이죠. 다행스럽게도 공격의 강도에 따라서 반격합니다. 그러니 걱정하지 않아도 됩니다."

드라쿤이 말했다. 넌 약하니 아무리 공격해도 다칠 일은 없다는 뜻이었다.

화가 난 노바디는 그 감정을 그대로 실어 앞으로 발을 굴렀다. 타각이었다.

퍽!

흙과 모래 알갱이들이 공중으로 떠올랐다.

타각의 위력에 플레임 그레이트 실딩이 절반이나 날아갔고, 검을 든 드라쿤의 모습이 드러났다.

드라쿤은 입을 쩍 벌린 채 주위를 살피고 있었다. 노바디가 아니라 다른 사람이 공격했다고 착각한 것이다. 그의 눈은 겔란드나 가쿨라, 혹은 벨란데르를 찾고 있었다.

되살아난 플레임 그레이트 실딩이 돌풍처럼 뻗어 나오며 노바디를 덮쳤다.

노바디는 그 자리에서 죽었다.

드라쿤은 노바디를 죽였음에도 입맛이 썼다. 플레임 그레이트 실딩이 반격했다는 뜻은 그 엄청난 공격을 가한 사람이 노바디라는 의미였다.

'저 녀석에 대해 좀 더 알아봐야겠다.'

잠시 후 노바디는 부활했다.

레벨이 낮을수록 죽음으로 인한 페널티는 작고 그 가능성도 희박했다. 레벨이 올라가면 고생해서 구한 아이템을 잃어버릴 가능성도 높아진다.

"미안합니다. 제 컨트롤 미스로 플레임 그레이트 실딩이 제멋대로 노바디 님을 공격했습니다."

"뭐, 그럴 수도 있지요."

노바디는 가볍게 고개를 숙인 뒤, 뜰 구석으로 가서 목검을 들었다. 입술을 깨물며 노바디를 쏘아본 드라쿤은 젤란드를 만나기 위해 여관으로 들어갔다.

노바디는 조금 전 그 장면을 떠올렸다.

플레임 그레이트 실딩은 공간을 화염으로 채워 방어하는 스킬이다. 타각은 그 화염 방패 스킬을 반이나 없앨 만큼 강력한 공격이었다.

노바디가 주목한 부분은 타각 역시 플레임 그레이트 실딩처럼 공간을 차지하는 스킬이라는 사실이었다. 만약 플레임 그레이트 실딩을 타각으로 공격하지 않았다면 전혀 모르고 넘어갔을 터였다.

'드라쿤 덕분이야.'

노바디는 왠지 드라쿤이 이 생각을 알면 기뻐하기는커녕 얼굴을 찡그릴 것만 같았다.

목검을 든 채로 가볍게 타각을 펼쳤다.

강렬한 기가 동심원을 그리며 퍼져 나갔다. 솟구치는 나뭇잎이나 흙먼지가 그 증거였다.

'타각을 펼치되 기를 일정한 거리 내에 묶어 둘 수는 없을까? 그건 힘들어. 타각은 공격 기술이라서 계속 뻗어 나가기

만 할 뿐이······ 아!'

노바디는 입을 벌렸다.

왜 좌각을 잊고 있었을까?

무극심법 제2문의 이름은 쌍각. 즉, 타각과 좌각을 모두 포함한다. 타각이 공격 스킬이라면 좌각은 방어에 가깝다. 셀레스카르는 타각으로 나무의 생명력을 빼앗고, 좌각으로 생명력을 공급하는 시범을 보였었다.

만약 타각과 좌각을 동시에 펼친다면?

균형이 이루어지지 않을까?

노바디는 그 아이디어를 실행하기 위해 목검을 든 채 양쪽 발뒤꿈치를 들어 올렸다. 발가락으로 몸을 지탱한 것이다.

왼발은 좌각을 펼쳤고, 오른발은 타각의 방식으로 굴렸다.

결과는 실패였다.

둘 다 타각이었다.

다만 왼발은 위력이 약했고, 오른발에서 흘러나온 기격은 나무를 세차게 흔들 만큼 강하다는 점만 달랐다.

노바디는 목검을 인벤토리에 넣고 왼발 좌각 수련에 돌입했다. 워낙 오랫동안 무극심법을 익혔기 때문에 오래지 않아 한 발 좌각에 능숙해졌다.

다음은 오른발 타각이었다. 타각의 경우, 몇 번의 연습으로도 충분했다.

"휴우."

노바디는 손바닥을 비볐다.

타이밍이 중요했다. 타각을 먼저 펼치면 안 된다. 좌각이 앞서도 균형은 이루어지지 않는다. 타각과 좌각의 위력이 서로를 무너뜨리지 않을 만큼 적당한 비율이어야 한다. 그래야 평형 상태가 되면서 일정 공간을 가득 채울 것이다.

날이 졌다.

별이 떠올랐다.

달빛이 구름에 가렸다가 가끔 나타났다.

새벽이 되어 다시 해가 뜰 무렵, 노바디는 처음으로 타각과 좌각의 균형에 성공했다.

눈으로 볼 수는 없지만, 몸으로…… 감각으로 느낄 수 있는 기가 반경 3미터를 가득 채우고 있었다.

기뻐서 입을 벌린 순간, 그 균형은 깨졌다. 공간을 채웠던 기는 사방으로 흩어졌다.

"하하하."

허무하면서도 짜릿한 기분.

노바디는 목검을 꺼내어 손에 쥔 채, 타각과 좌각을 동시에 펼쳤다.

몇 번은 미묘하게 힘이 어긋나 버려 실패했다.

타각과 좌각의 위력이 같아진 순간, 공간을 채우는 기를 느낄 수 있었다. 노바디는 목검을 든 채 그 공간과 목검을 하나로 일치시켰다. 흡결의 묘리를 적용한 것이다.

이제 누구든, 무엇이든 이 공간으로 침범하면 목검은 저절로 움직여 공격할 것이다.

그때, 7시 방향에서 무엇인가가 공간으로 들어섰다. 노바디는 팔과 어깨에 힘을 줄 필요가 없었다. 목검이 먼저 움직이며 노바디를 이끌었다.

공간을 빠르게 가로지르며 뻗어 나간 목검.

가쿨라는 재빨리 글림소드를 뽑아 노바디의 목검을 옆으로 밀어내려 했으나, 글림소드가 둘로 부러졌다. 화들짝 놀란 가쿨라는 공중으로 몸을 띄워 뒤로 회전하며 물러섰다.

부러진 검 조각이 회전하다가 나무에 박혔다.

"사사형?"

깜짝 놀란 노바디는 목검을 내렸다.

할 말을 잃은 가쿨라는 곧 웃음을 터트렸다. 이보다 더 재미있는 일은 없는 것처럼 껄껄 웃었다.

"괜찮으십니까?"

"넌 네가 뭘 했는지 전혀 모르는구나. 한정소언, 다시 펼쳐 봐라."

가쿨라는 노바디에게 공간을 내주며 말했다.

고개를 끄덕인 노바디는 눈을 감으며 목검을 들어 올렸다. 아직 타각, 좌각을 동시에 펼치려면 온전히 정신을 집중해야만 했다.

"휴우."

마음을 가다듬은 노바디가 뒤꿈치를 붙인 채로 두 발을 동시에 굴렀다. 대자연의 기가 공간을 채웠다.

"목검을 봐라."

가쿨라가 말했다.

노바디는 목검을 바라보았다.

그 순간, 가쿨라가 반만 남은 글림소드를 던졌다.

글림소드가 공간 안으로 들어오자, 목검은 기다렸다는 듯 최단 경로로 움직였다. 몸은 그 뒤를 따랐다.

목검이 글림소드를 반으로 자르는 순간, 노바디는 목검에 어린 푸르스름한 빛을 볼 수 있었다.

검기일까?

아니다. 검기는 이미 본 적이 있다. 이토록 위력적이진 않았다. 마치 좌각, 타각으로 채워 놓은 공간의 기를 목검이 흡수한 느낌이었다.

메시지 창이 나타났다.

-스킬 규검을 익히셨습니다. 한정소언이 새로운 초식 정이생음으로 바뀌었습니다.

-레벨이 올랐습니다.

"규검이다."

가쿨라였다.

"처음 듣습니다."

"나도 직접 보는 건 처음이다. 규검은 대단한 고급 기술로 알려져 있다. 공간 자체를 자신의 기로 채운 다음 검이 스스로 그 기를 흡수하여 적을 공격하도록 만드는 방식이라서 웬만한 검사는 꿈도 꾸지 못한다. 유검을 익히라고 한정소언을 보여 주었더니, 규검에 이르렀구나."

가쿨라는 동생의 성취에 기뻐하는 형처럼 기분 좋게 웃고 있었다.

"유검은 무엇입니까?"

"몸에서 힘을 뺄 뿐 아니라 검에서도 힘을 빼는 것이다. 검을 본능에 맡기면 검 스스로 적을 향해 움직인다. 굉장한 집중력이 필요하기 때문에 실전에선 사용하기 어렵다는 게 단점이다. 그래서 광현칠검보의 첫 초식에서나 가능한 게 유검이다."

"아!"

황철호를 통해서 감정에 몸을 맡기는 상태를 경험했던 노바디는 금세 유검의 경지를 이해할 수 있었다.

"유검처럼 규검에도 단점이 있다."

"움직이지 않을 때만 쓸 수 있을 것 같습니다."

"맞다."

"어떻게 하면 규검을 움직이면서도 사용할 수 있을까요?"

노바디는 더 강해지고 싶었다.

"기를 자유자재로 다룰 수 있으면 가능하겠지. 어떤 상황에서도 기가 네 주위를 가득 채울 수 있도록 만들 수만 있다면, 근접전에서 검으로 널 이길 사람은 대륙을 통틀어 몇 명 안 될 게다."

가쿨라는 아낌없이 막내를 칭찬했다.

여느 이방인과는 접근법 자체가 달랐다. 한정소언을 기계적으로 반복하여 능숙해졌다면 오랜 시간이 지난 후 결국 유검의 초입에 이를 수는 있겠지만, 결코 규검의 경지에 오를 수는 없을 터였다.

보통은 도끼에 익숙해지면 그 버릇 때문에 검을 불편하게 여긴다. 도끼가 호쾌하다면 검은 섬세하면서도 복잡하기 때문이다.

"이제 좀 쉬어라."

그렇게 말한 가쿨라는 이 소식을 콜마 육사제에게 전하기 위해 여관으로 발길을 돌렸다.

노바디는 뿌듯한 만족감을 느끼며 접속을 끊었다.

겔란드는 안경을 벗어 테이블에 내려놓았다. 평소엔 끼지 않지만 읽어야 할 편지나 보고서가 많을 때면, 콜마 덕분에 마련한 안경이 꽤나 요긴했다. 테이블에는 각지에서 온 편지, 보고서가 짚단처럼 수북이 쌓여 있었다.

다시 안경을 낀 겔란드는 수도 마르세르는 물론 죽음의 도시 문두크, 바위 도시 람코 그리고 이곳 빛의 도시 엘루마에서 활약하는 용병, 현상금 헌터는 물론 국경에서 왕국을 위해 적을 감시하는 변경의 군인에게서 온 편지를 한 번 더 읽었다.

국경 지역에서 온 편지에는 불길한 이야기가 많았다.

라모넬린 공국에서 벌어진 롱햄 공성전의 결과로 인해 룬트란 왕국의 평화도 끝이 났다는 편지를 보낸 사람은 국경수비대 장교였다.

레나르카 왕국은 쿠데타가 일어나 국왕이 목숨을 잃어 내전이 벌어질지도 모르는 상태였다.

중명 제국이 보유한 위협적인 중갑기마대가 서서히 남쪽으로 내려오고 있다는 소식도 있었다.

룬트란 왕국 내부에도 문제가 많았다.

죽음의 도시 문두크를 지배하는 뱀파이어 일족 루비로스의 분위기가 심상찮았다.

문두크 인근 지역에서 전투를 벌이던 용병은 거대한 골렘을 보았다고 편지에 적었다. 그 용병에 따르면, 검붉은 골렘은 5층 건물에 육박할 만큼 컸다고 한다.

룬트란 왕국 북동쪽에 자리 잡은 트레스트 산맥 일대에서는 타이탄이 출몰한다는 보고도 있었다. 타이탄은 마법 생물 골렘만큼 거대한 몬스터였다.

마룬타 대륙을 멸망 직전으로 몰아간 두 번의 몬스터 대전

당시, 수천에 달하는 타이탄이 군대처럼 진형을 이루어 파도같이 밀려와 성벽과 도시를 무너뜨렸다. 역사에 관심을 가진 사람이라면 타이탄이라는 이름만 들어도 몬스터 대전을 떠올릴 터였다.

"휴우."

겔란드는 한숨을 내쉬며 쥐고 있던 편지를 테이블에 내려놓았다.

사부님의 실종으로 시작된 의문은 룬트란 왕국 전체를 포함하는 거대한 고민으로 발전했다. 명망 높은 사람들의 실종은 재앙의 신호처럼 느껴졌다.

뱀파이어 일족 루비로스가 사부님을 비롯해 그 뛰어난 인물들을 납치했을까? 그들에게 그만한 능력이 있을까? 뱀파이어 수백 명이 에워싸도 사부님이라면 이기지는 못해도 몸 하나쯤 피하는 일은 쉬웠을 텐데.

눈 안쪽이 콕콕 쑤시듯 아팠다. 그 고통이 느껴지자 덩달아 가슴에서도 통증이 올라왔다. 겔란드의 입가에 미소가 어렸다. 기쁘다기보다는 애잔한 표정이었다.

"레나세르."

겔란드는 펜던트를 꺼내어 뚜껑을 열었다.

안에는 레나세르가 그려져 있었다.

이방인 화가에게 무려 100골드나 주고 구입한 펜던트 속 레나세르는 조금씩 움직였다. 이 아름다운 엘프를 보지 못한지 몇 년은 된 듯한 느낌이다.

노바디와 벨란데르에게 얼핏 지나가는 말투로 레나세르를 언급해도 소용이 없었다. 이방인 레나세르는 자기 세상에 몰두할 필요가 생긴 모양이었다.

'남자가 생겼는지도 모르지.'

심술이 난 겔란드가 펜던트를 던져 버리려는 순간, 문 두드리는 소리가 들렸다.

"대사형, 콜마입니다."

"들어와."

겔란드는 급히 펜던트를 주머니로 찔러 넣었다.

콜마가 들어왔다.

"소식, 못 들었죠?"

"무슨 소식?"

"노바디가 규검을 익혔답니다."

"……설마."

겔란드는 고개를 흔들었다.

도끼를 쓰는 사람으로서 검사의 경지에 대해서 겔란드는 잘 알고 있었다. 검문 스로칸에서도 규검에 이른 사람은 열 명이 채 되지 않을 테고, 그레아트나 콘빅토르에는 아예 존재하지 않을 가능성도 높았다.

게다가 노바디는 이방인이다. 조급하고 쉬운 방법으로 강해지는 데 익숙한 이방인이 규검을 익힌 적은 지금까지 한 번도 없었다.

"가쿨라 사사형이 직접 봤답니다."

"……가쿨라가?"

자존심 강한 가쿨라가 보고 인정했다면 사실일 것이다.

"정말 대단하지 않습니까? 셀레스카르 님의 제자가 된 것도 놀라운데, 이제는 규검에 이르렀다니 말입니다."

"녀석이 어디까지 갈지 정말 기대가 되는군."

젤란드의 얼굴이 밝아졌다.

"대사형, 요즘 얼굴이 많이 상했습니다."

"할 일이 있으니까."

"절 동생으로 여긴다면, 그 일 제게도 나누어 주십시오. 바마퉁에게 약초를 가르치는 일은 한두 시간이면 됩니다."

콜마는 진지했다. 그제야 젤란드는 육사제가 이 시간에 찾아온 게 노바디 때문이 아님을 깨달았다.

"후회할 텐데?"

"이런 일로 후회한다면 애초에 칠건파의 일원이 되지도 않았을 겁니다, 대사형."

"좋아."

젤란드는 테이블에 있는 편지, 보고서를 모조리 긁어모아 콜마에게 안겼다. 콜마는 당황했다.

"대사형?"

"이걸 다 읽어. 그리고 그 명석한 두뇌로 내게 조언을 해

줘. 해 줄 수 있지?"

"……물론입니다."

콜마는 편지 하나도 떨어뜨리지 않으려 애를 쓰며 복도로 나갔다.

젤란드는 하품을 하며 침대로 걸어갔다.

요란하게 문을 두드리는 소리. 젤란드가 입을 열기도 전에 누군가 방으로 들어왔다.

"자네는?"

"실례지만, 여쭐 게 있습니다."

아로간타르였다.

"좋아."

젤란드는 테이블 쪽으로 가서 앉았다. 콧대 높은 엘프 아로간타르가 직접 찾아오다니. 왠지 그 이유가 궁금해서 잠이 오지 않을 것 같았다.

"어떻게 노바디가…… 아니, 노바디 대사형이 규검을 익힐 수 있습니까?"

아로간타르가 잔뜩 흥분하여 찾아온 이유는 바로 노바디 때문이었다.

"자네, 직접 본 모양이군."

"……지금도 믿고 싶지 않지만, 제 눈을 의심할 수 없기 때문에 찾아온 겁니다. 젤란드 님은 누구보다 노바디를, 아니 노바디 대사형을 잘 안다고 들었습니다."

"뮤카멘 백작가에서 보지 않았나? 주방에서 말이야."

"전 거기 가지 않았습니다. 여관에 남았으니까요."

"아, 그랬군."

"정말 노바디 대사형이 강합니까? 솔직하게 말씀해 주십시오."

아로간타르의 눈이 이글거렸다.

젤란드는 눈앞의 젊은 엘프가 원하는 답을 잘 알았다. 노바디는 사실 아무것도 아니라고, 겉만 번지르르한 껍데기에 불과하다는 이야기를 저 엘프는 듣고 싶은 것이다.

"자네는 이미 알고 있어, 노바디가 얼마나 강한지."

"……."

아로간타르의 얼굴이 일그러졌다.

"노바디의 실력을 보고도 알아차리지 못할 만큼 눈이 어둡지는 않다고 보는데."

"……도저히 믿기 힘듭니다."

"자넨 무인으로서 실격이군. 자신의 눈을 믿지 못하면 대체 뭘 어떻게 할 수 있단 말인가?"

그 힐난에 아로간타르의 눈이 커졌다.

"노바디를 제대로 보려면 자존심을 내려놓아야 할 게야. 이방인은 건방지고 오만하며 이기적인 존재라는 편견에 사로잡혀 있으면, 자넨 노바디로부터 아무것도 얻지 못할 걸세."

젤란드는 말로 아로간타르의 마음을 깊이 찔렀다. 이 벽을 넘지 못하면 더 이상 성장하지 못할 터였다. 겔란드가 보기에 아로간타르의 자질은 놀랄 만큼 뛰어났다.

"겔란드 님이 저라면 어떻게 하실 겁니까?"

"자존심 팍 꺾고, 대사형을 찾아가서 무극심법을 가르쳐 달라고 조르겠지."

"무, 무극심법을요?"

흔들리는 눈빛.

"난 노바디를 잘 알아. 그 녀석은 무공을 아주 좋아해. 반쯤 미쳤다고 해도 틀린 말은 아닐걸. 자네가 진심을 다해 수련하겠다는 마음을 보여 준다면 노바디는 틀림없이 자네에게 기회를 줄 걸세."

"하지만 사부님께 허락도 받지 않고 전수해 줄까요?"

"그 점이 걱정이라면 그냥 지금처럼 노바디를 무시하면서 지내게나."

아로간타르는 어깨를 축 늘어뜨린 채 밖으로 나갔다.

맹렬한 기세를 뿜지만 마음은 엘프답지 않게 여리고 순진한 아로간타르가 앞으로 어떻게 행동할까?

겔란드는 그 생각을 하며 침대로 가서 잠을 청했다.

저녁을 늦게 먹고 여관 밖으로 나온 겔란드는 골목 입구에서 낯익은 사람을 발견했다.

"오랜만이군요."

"잘 지냈나?"

커다란 도를 등에 멘 무인이 다가왔다.

"도호단주께서 이곳엔 무슨 일로 오셨습니까?"

"술이나 한잔하면서 이야기해도 되겠지?"

"따라오십시오."

겔란드는 술을 좋아하는 가쿨라가 알아낸 곳으로 도호단
주 위강을 데려갔다.

꽃향기가 은은히 스며 있는 독주를 몇 잔 마신 후에야 위
강이 입을 열었다.

"소문주께서 여기 엘루마에 와 계시네."

겔란드는 깜짝 놀랐지만 드러내진 않았다.

"그게 저와 무슨 상관입니까? 전 태천문 사람이 아닙니다."

"그렇긴 하지만, 노장로께서 자네에게 수라부월공을 전수
했다는 사실조차 부정할 수는 없네."

겔란드는 가만히 위강을 바라보았다.

50대 초반의 도객.

청강도 하나만으로도 능히 대륙을 질주할 수 있는 사내.

왜 찾아왔을까?

아직은 답을 찾을 수가 없다. 좀 더 이야기를 들어 봐야 이
유를 알아낼 수 있을 터였다.

"노장로께서 실종되신 지금, 무인은 물론 마법사, 현자를 비롯해 드워프, 엘프, 심지어 뱀파이어까지 모이는 영웅회는 반드시 열려야 하네."

"……영웅회를 막으려는 자들이 있군요."

"바젠 후작."

"바젠 후작이라면 뮤카멘 백작과 더불어 엘루마의 실력자 아닙니까?"

"맞네."

"영웅회로 인해 무수한 사람들이 엘루마로 모여들면 그에 게도 좋을 텐데요."

"직접 봐야 이해하기 쉽겠지. 따라오게나."

위강은 술잔을 비운 뒤 일어섰다.

겔란드는 사람들로 붐비는 던전 입구를 바라보았다.

던전 내부로 들어가려는 이방인들.

그 이방인들에게 물건을 팔아서 돈을 벌려는 사람들.

"무엇이 보이나?"

위강이 물었다.

"뭘 봐야 합니까?"

마차를 타고 한참을 달린 후에 도착한 곳이 던전이라는 사 실에 겔란드는 약간 화가 난 상태였다.

던전은 이방인 전용 사냥터였다. 겔란드는 엘루마뿐 아니라 마르세르와 람코 등 여러 도시에 크고 작은 던전이 있음을 잘 알았다.

던전에는 몬스터가 출몰한다. 이방인은 그 몬스터를 죽이기 위해 던전으로 들어간다. 이곳 사람들은 던전에 들어갈 수 없다. 다만, 이방인과 계약을 맺는다면 던전이 어떤 곳인지 경험할 수 있을 뿐이다.

무인으로서 겔란드는 던전의 존재를 떠올릴 때마다 둔중한 고통을 느꼈다. 던전 출입이 가능한 이방인은 매우 빠르고 쉽게 강해진다. 던전에서 몬스터를 죽이고 얻는 강력한 무기와 마법 물품의 효과는 상상 이상이었다. 이방인이 강해질수록 이곳 사람들은 그 이방인을 의지할 수밖에 없다.

이방인의 등장 이전, 즉 몬스터의 위협이 현실적이었던 시기에 아이들은 앞을 다투어 무인이 되고 싶어 했다. 좀 더 강해져야 가족을 지키고, 마을이나 도시를 방어할 수 있다는 사실을 어릴 때부터 깨달았던 것이다.

상황은 바뀌었다. 힘든 수련을 거쳐야 강해지는 무의 길을 걷는 사람의 수는 계속 줄어들었다.

대신, 상인의 수가 크게 늘었다. 여기저기 우후죽순으로 상단이 들어섰고, 각 상단에는 이방인들을 상대로 각종 물품을 공급할 소속 상인들이 필요했다. 아이들은 이제 돈을 벌기 위해 상단으로 몰려들었다.

시간이 지날수록 이방인은 이 세계의 중심이 된다.

시간이 지날수록 원래 이 세계의 중심이었던 사람들은 변두리로 밀려난다.

"바젠 후작가가 저기 캉트 던전의 관리권을 가지고 있네. 거액의 돈을 들여 왕실로부터 받은 거지."

위강이 말했다.

"듣고 있습니다."

젤란드는 분노를 감추려 했지만 성공적이진 않았다.

"바젠 후작가는 던전 관리권을 이방인 길드에 넘길 생각이라네."

"그게 무슨 말입니까?"

던전 입장비와 던전에서 얻는 돈과 물건의 일정 비율은 세금으로, 엘루마 시는 물론 왕국의 재정에 꼭 필요했다.

"이방인 길드 세븐은 두 배의 액수를 보장한 모양일세. 그러니 바젠 후작가로서는 전혀 손해가 아니지. 시청도, 왕실도 반대하지 않는 상황이라네."

"그, 그래도 이건 아니지 않습니까?"

아무리 돈이 중요하다고 해도 던전을 팔아넘길 생각을 하다니.

"나도 그렇게 생각한다네."

"……왜 절 여기로 데려온 겁니까?"

젤란드는 흥분을 가라앉혔다. 마음이 흔들리면 저 노련한 위강에게 휘말리고 만다.

"세븐 길드가 영웅회의 개최를 반대하네. 그러니 바젠 후작가도 같은 목소리를 내는 중이지."

"영웅회는 열릴 겁니다, 반드시."

"도시경비대를 장악한 바젠 후작가가 명령을 내려 광장을 폐쇄하고 성문 검색을 강화해도 영웅회가 열릴 수 있을까? 엘루마에 지탑을 둔 마탑 소속 마법사들은 그 결정을 알고도 영웅회에 참가할까? 드워프나 엘프, 뱀파이어가 수모를 겪으면서 인간의 도시로 나올까?"

위강은 차분하면서도 힘 있게 말했다. 젤란드는 아무 말도 못 했다.

"영웅회가 무산되면, 노장로님에 대해서 알아볼 기회도 사라지겠지."

"뭘 원하는 겁니까?"

"노바디. 자넨 팔건파의 대사형이니, 그 친구를 움직일 수 있겠지?"

"……그래서요?"

젤란드는 위강이 숨긴 의도를 본 느낌이었다.

"노바디는 셀레스카르 님의 수제자이자 룬트란 왕국의 차기 국왕이 되실 론투엘 왕세자의 대사형이라네. 뮤카멘 백작가를 무릎 꿇린 사실은 이미 알 만한 사람은 다 알고 있네. 노바디라면 이 난국을 뛰어넘을 수도 있지 않을까 생각한다네. 특히 자네가 힘써 준다면 가능성은 더 높아지겠지."

한마디로 노바디의 명성과 인맥을 이용하여 영웅회 개최를 밀어붙이라는 이야기였다.

왜 위강은 영웅회에 그렇게 관심이 많을까?

겔란드는 즉시 답을 알아냈다.

영웅회는 마탑은 물론 무문에도 기회였다. 영웅회를 통하여 이름을 떨칠 수 있다면, 실력을 보여 준다면 적지 않은 사람들이 몰려들 것이다. 또한 쉽게 이용할 수 있는 이방인들도 소문을 듣고 찾아올 터였다.

그렇게만 된다면 태천문은 과거의 영광을 되찾을지도 모른다.

겔란드는 구역질이 났다.

"저 사람들이 세븐 길드라네."

위강이 손가락으로 캉트 던전 입구를 가리켰다.

어마어마한 가치를 자랑하는 아이템을 몸에 걸친 이방인들은 마치 자기 집처럼 편안한 태도로 던전 입구를 통과했다. 그 뒤로 바젠 후작과 가신들이 종종걸음으로 따랐다.

"생각해 보겠습니다."

"자네라면 현명한 결정을 내릴 거라고 확신해. 영웅회 때 보기로 하지."

위강은 사람들 너머로 사라졌다.

한숨을 내쉰 겔란드는 콜마를 만나기 위해 서둘러 여관으로 돌아갔다.

폐공장

골목 구석진 곳에 자리 잡아서 단골만 아는 조그만 호프집
에는 손님이 몇 명 없었다. 이야기를 듣던 백정현은 맥주를
마시며 피식 웃었다.

"말도 안 돼."

"정말이라니까. 내가 두 눈으로 똑똑히 봤어."

이유정이 말했다.

"이번엔 나도 받아들이기 어렵다."

평소 과묵한 고승조가 눈살을 찌푸렸다.

"곤테나크 던전을 혼자 돌파하기는 불가능해."

정문석이었다.

"맘대로 생각해."

이유정은 괜히 말을 꺼냈다고 생각했다.

"엘리트야."

벽에 기댄 채 이유정의 목소리에 귀를 기울이던 엄명욱이었다.

"엘리트?"

몸을 돌린 백정현은 엄명욱을 쳐다봤다.

"다들 빨간 알약을 먹었지?"

엄명욱의 말에 교육생들은 고개를 끄덕이며 그다음을 기다렸다. 교육생들의 눈에 어린 호기심과 조급함을 본 엄명욱이 일부러 느릿느릿 설명했다.

"알약을 먹기 전에 능력을 각성한 사람은 여기 없을 거야."

"……그게 가능하다는 거야?"

"윤태희가 그런 사람이라는 건가?"

고승조와 백정현이 차례로 물었다. 엄명욱은 팔짱을 끼면서 슬쩍 웃을 뿐이었지만, 그게 바로 대답이었다.

한참 만에 입을 연 건, 블랙 길드에서 아카데미로 보낸 정문석이었다.

"더 아는 게 있으면 털어놔 봐."

"글쎄."

히죽 웃는 엄명욱.

"교육이 끝나고 흩어져도 우리는 동기야. 서로 도와야지, 안 그래?"

싱크

고승조였다.

"오호. 융통성과는 담 쌓은 줄 알았는데. 의외로 말도 꽤 잘하네?"

엄명욱이 고승조를 보며 웃음을 터트렸다.

"뭘 아는 거지? 그렇지?"

이유정이 조심스럽게 물었다.

"교육과정이 끝나면 바로 그 여자는 저 위로 올라갈 거야. 특히 넌 그 여자에게 잘 보여야 할 거야."

엄명욱은 백정현을 가리켰다.

"내가 왜?"

"모네타 길드에서 왔잖아, 그 여자. 교육이 끝나는 순간, 그 여자는 네 위에 있을걸. 널 스카우트한 공지우라는 사람이 그 여자에게 깨졌다는 소문도 있으니까."

"······말도 안 돼."

백정현은 갑자기 사라졌다가 등 뒤에 나타나 칼로 목을 그어 버리는 공지우가 누군가에게 당했다는 말을 도저히 믿을 수 없었다. 아무리 윤태희가 그 유명한 레나세르라고 해도 현섬을 이길 수는 없을 텐데.

그때, 문이 열리며 20대 중반으로 보이는 여자가 호프집으로 들어섰다.

이곳은 교육생과 교관만 드나든다. 아카데미 특유의 혹독한 교육에서 받은 스트레스를 풀 수 있도록 만든 공간이었다.

윤태희는 맥주와 간단한 안주를 주문하고 구석진 테이블로 가서 앉았다.

엄명욱이 윤태희 앞으로 다가갔다.

"프리벨리지 길드에서 아카데미로 온 엄명욱입니다."

윤태희는 엄명욱을 힐끔 쳐다볼 뿐 아무 말도 하지 않았다.

"피곤하신 모양이군요. 그럼, 나중에 또 보죠."

엄명욱은 괜히 자존심을 내세웠다가는 어떤 일이 벌어질지 잘 알았다. 그러나 생글생글 웃는 얼굴과 달리 마음은 차갑게 얼어붙었다.

'그런 식으로 잘난 척하다가 얼마나 버틸 수 있을까? 하늘 위에 하늘이 있음을 알아야지.'

엄명욱은 호프 밖으로 나갔다.

이유정, 고승조 그리고 정문석은 윤태희가 어떤 사람인지 무척 궁금했지만 직접적으로 관계가 없기 때문에 서둘러 그곳을 떠났다. 백정현은 그럴 수 없었다.

'진짜 저 여자가 그렇게 강할까?'

남은 맥주를 다 마신 백정현은 윤태희에게 묻지도 않고 그 맞은편에 앉았다.

"괜찮죠?"

장난스럽게 묻는 백정현.

이번에도 윤태희는 아무 반응도 보이지 않았다.

"백정현이에요. 저도 모네타 길드 소속이에요. 앞으로 자

싱크

주 볼 텐데, 잘 부탁드려요."

윤태희가 고개를 들었다.

"아카데미 오기 전에는 뭘 했지?"

"……딱히 뭘 하진 않았어요. 그냥 페플을 좀 즐겼죠. 혹시 적룡회라는 길드, 들어 보셨어요?"

백정현은 갑자기 반말로 묻는 윤태희의 뒤통수에 칼을 꽂으면 어떨까 상상해 봤지만, 겉으로 드러나는 태도는 친절하고 사근사근하도록 애를 썼다.

"적룡회? 전혀."

"룬트란 왕국에서는 꽤 유명한 길드였어요. 제가 그 길드를 이끄는 길드 마스터였거든요."

"그래?"

윤태희는 별 감정 없이 말했지만, 백정현에겐 비웃음으로 들렸다.

백정현은 길드 정예 멤버들이 모조리 투입된 타임어택 퀘스트를 기억하고 있었다. 바로 저 윤태희, 레나세르로 인해 그 퀘스트는 실패하고 말았다.

'그런데도 몰라? 대놓고 날 엿 먹이는 거구나.'

백정현은 테이블 아래쪽 무릎 위에 올려놓은 손을 살짝 움직였다. 주방에 있던 칼 한 자루가 소리도 없이 날아왔다. 혹시나 해서 백정현은 그 칼을 조명 그림자 속에 숨겼다.

"당신은 뭘 했어요?"

칼이 가까이 있기 때문인지, '당신'이라는 호칭을 쓸 만큼 용기가 생겼다.

"기억 안 나."

"설마요? 전장의 여우 레나세르가 얼마나 유명한 게이머 인데요."

"그래?"

"음, 정말 기억 안 나요?"

"아직까지는 전혀."

"가끔 그런 부작용을 겪는 사람들이 있다는 이야기는 들었 어요."

말과 달리 백정현은 자기 과거는 숨기고 남의 사생활에 관심을 가지는 부류라고 생각했다.

주인이 맥주와 안주를 가져왔다. 돈가스와 과일이 섞인 안주에는 포크가 놓여 있었다. 윤태희는 단숨에 500시시 맥주를 다 마시고 한 잔 더 주문했다.

백정현은 염력으로 포크를 들어 올렸다.

"제 능력은 이겁니다."

먼저 능력을 보여 주는 건, 이쪽 세계에서는 상대를 존중한다는 의미였다.

"깜찍하네."

그 말뿐이었다.

백정현은 뚜껑이 열렸다. 이런 수모를 당하고도 참는다면 사람이 아니다. 숨겨 놓은 식칼이 빠르게 날아왔다.

퍽.

식칼이 윤태희의 뒷목 깊숙이 박히는 순간, 백정현은 껄껄
웃었다.

"별것도 아니잖아."

그러나 조명에 윤이 나는 카운터도, 흐트러진 테이블과 의
자도, 달력이 걸린 벽도 서서히 사라지자 그 통쾌한 웃음은
지워졌다.

백정현은 할 말을 잃었다.

군데군데 조그만 풀들이 자라는 초원 한가운데 자신이 서
있었다. 사방을 둘러봐도…… 지평선이었다. 산이나 언덕조
차도 없는 대평원이었다.

처음 든 생각은 만계였다. 시간이 수백 배 느리게 흘러가
는 그 세계에 갇혔을 때 이와 비슷한 절망을 느꼈다.

"아니야. 그럴 리가 없어. 난 페플에 들어가지도 않았어.
여……긴 현실이라구!"

소리를 쳤으나 대평원은 그대로였다. 질서 있게 줄지어 날
아가는 새 떼가 하늘을 가로지르고 있었다. 악을 쓰고 고래
고래 고함을 질러도 달라지는 건 없었다.

백정현은 걷기 시작했다.

그렇게 몇 시간이 흐르자, 주저앉고 말았다. 잠시 후에는
누워서 시시각각 어두워지는 하늘을 올려다보았다.

그 순간, 하늘이 서서히 사라지고 햇살이 비쳐 들어와 밝아진 호프집 천장이 보였다. 놀라서 몸을 일으킨 백정현은 안도의 한숨을 내쉬었다.

"……살았다."

주인은 퇴근하고 없었다.

당연히 윤태희도 보이지 않았다. 윤태희가 앉았던 테이블 중앙에 식칼이 꽂혀 있을 뿐이었다.

백정현은 침을 꿀꺽 삼켰다.

커다란 책상과 그 앞에 놓인 가죽 소파.

벽에는 신문 스크랩을 넣은 액자들이 질서 있게 걸려 있으며, 책상 위에는 유학 시절 친구들과 찍은 사진이 비스듬히 놓여 있었다.

가족사진은 어디에도 없다.

의자에 앉아 다리를 꼰 공지우가 손에 들고 있던 보고서를 앞에 서 있는 직원을 향해 던졌다.

"일을 이따위로 해야겠어요?"

월급을 받으면 그 값을 하라고 소리치고 싶지만 참았다.

"죄송합니다, 부장님."

고개를 푹 숙인 직원의 어깨가 떨렸다.

한숨을 내쉬는 공지우.

비서가 조심스럽게 문을 열고 들어왔다.

"부장님, 소셜월드에서의 회의가 30분 후에 시작됩니다."

"알았어요. 보고서, 내일 아침까지 다시 작성해요."

"……네, 부장님."

직원은 흩어진 보고서를 주섬주섬 챙겨 부장실 밖으로 나갔다.

고개를 흔든 공지우는 집무실 옆에 놓인 콕핏형 커넥터로 들어갔다.

"소셜월드로."

공지우가 말하자 섬광이 터졌다.

소셜월드가 펼쳐졌다.

페플에는 두 종류의 세계가 존재한다.

처음 공개된 세계는 드래곤이 존재하는 검과 마법의 세계였다. 수많은 게이머들이 그 게임월드의 생생함에 푹 빠져, 헤어날 수 없게 만든 곳이었다.

두 번째 세계는 비교적 최근에 공개된 장소로 소셜월드라 불렸다. 정부 기관은 물론 은행, 각종 기업이 들어선 곳으로 현실의 연장이었다.

소셜월드는 게임월드와 달리 현실 그대로의 모습으로 접속한다. 키도, 이목구비도 같다. 그래야 현실의 업무를 소셜월드에서도 처리할 수 있기 때문이다.

다만, 입고 있는 옷은 자유롭게 바꿀 수 있다.

공짜는 아니었다. 유료로 구입한 옷은 언제 어디서든 버튼 몇 개만 누르면 즉시 입을 수 있다.

시야에 들어오는 사람들은 대부분 어른이었다. 아이들은 소셜월드에 거의 접속하지 않는다.

소셜월드 중앙에 우뚝 솟은 페플타워는 거의 500층에 육박했다.

공지우는 그 빌딩으로 걸어가면서 임원들이 주로 참석하는 회의에 걸맞도록 옷을 바꾸었다. 현실에서 입기 위해서는 족히 천만 원은 들여야 하는 스타일이었다.

한참을 기다린 후에야 엘리베이터에 탈 수 있었다. 엘리베이터는 사람들로 붐볐다.

공지우는 짜증이 났다. 현섬을 펼치면 바로 그 회의실로 갈 수 있을 텐데.

이곳 소셜월드에서는 게임월드에서 가능한 스킬을 사용할 수 없다. 소셜월드는 지나칠 정도로 현실적인 공간이었다.

엘리베이터에 탄 사람 중에 왠지 모르게 윤태희와 닮은 여자가 있었다. 마음 같아서는 저 여자를 죽이고 싶었다. 그러면 이 화가 가라앉을까?

'그럴 리가 없지. 태희, 그년을 없애야 해.'

공지우는 마음을 다잡으려 애를 썼다.

임원 회의실은 굉장히 넓고 쾌적하면서도 화려했다.

두껍고 거대한 타원형의 테이블. 푹신하고 무거운 의자. 그리고 발소리까지 죽이는 카펫.

공지우는 회의실 끝으로 가서 앉았다. 페플 전략기획부문 관련 회의라서 참석할 수 있지, 다른 곳이 주관했다면 부장 직함으로는 이 회의실로 들어올 수 없다.

'언젠가 저기 앉고 말겠어.'

공지우는 페플 그룹 회장이 앉는 커다란 의자를 바라보며 생각했다.

전략기획부문 사장 한석주가 회의실로 들어오다가 공지우를 보며 고개를 끄덕였다. 공지우는 고개를 숙여 인사를 했다.

잠시 후, 안종화 회장이 회의실로 들어왔다. 항상 따라다니는 비서진은 입구 옆에 마련된 자리에 앉았다.

"회의 끝나면 막걸리나 한잔하지."

안종화 회장이 한석주를 보며 말했다. 한석주는 안종화의 대학 후배였다.

"알겠습니다, 회장님."

한석주가 웃으며 대답했다.

보고가 시작되었다. 한석주가 직접 일어나 홀로그램으로 뜬 프레젠테이션 내용을 설명하기 시작했다.

5분 남짓 시간이 지날 즈음, 보고 내용에 집중하던 공지우가 눈살을 찌푸렸다. 반투명한 메시지 창이 뜬 것이다.

　-토끼를 따라간 앨리스에게 문제가 생겼네요. 누군가 앨리스의 흔적을 쫓고 있어요.

　그 내용을 본 공지우는 할 말을 잃었다. 숨조차 쉬지 못했다.

　천천히 호흡을 내뱉은 후에야 공지우는 주위를 살폈다. 뒤쪽 자리인 데다 홀로그램을 부각시키기 위해 조명을 낮춘 상태였다.

　'다행이야.'

　공지우는 의자를 빼고 뒤로 물러나 밖으로 나가려 했다.

　"거기 누군가?"

　안종화가 물었다.

　비서진은 즉시 회의실 뒤쪽 조명의 밝기를 높였다. 공지우는 도둑질하려다 현행범으로 잡힌 사람처럼 그 자리에서 얼어붙었다.

　"전략기획부문 전략3부 부장 공지웁니다, 회장님."

　눈살을 찌푸린 한석주가 말했다.

　"어딜 그리 쥐새끼처럼 가는가?"

　"급히 처리할 일 때문에…….'

　"경솔하군. 급한 일은 회의 전에 처리해야 한다는 것도 모르나?"

　"죄송합니다."

"나가 봐."

차갑게 내뱉는 회장.

공지우가 나가자 회의는 재개되었다.

복도로 나온 공지우는 화가 나서 고함을 지를 뻔했다. 그랬다가는 공든 탑이 무너지고 말 터였다.

공지우는 즉시 접속을 끊었다.

콕핏형 커넥터에서 빠져나온 공지우는 책상 오른쪽 서랍을 열었다. 잠금장치가 설정되어 열두 자리 비밀번호를 눌러야 열리는 서랍이었다.

추적 불가능한 대포폰을 켠 공지우는 즉시 전화를 걸었다.

"도대체 누가 흔적을 쫓는다는 거야? 혹시 미국 CIA? 아니면 일본 쪽 내각정보조사실이야?"

─페플 그룹 내부예요. 정확히 말하면 페플 그룹 감찰부가 나섰어요.

핸드폰을 통해서 들린 목소리는 앳된 소년의 음성이었다. 공지우는 그 목소리를 들을 때마다 로고스 길드 최연소 멤버인 토니가 얼마나 어린지 실감했다.

"페플 그룹 감찰부라구?"

─당시 17번 고스트 커넥터를 통해 접속한 사람은 백정현, 바로 공지우 님이 아카데미에 추천한 그 사람입니다. 그래서 알려 드리는 거예요. 아카데미 쪽엔 이미 연락했습니다.

"알았어."

전화를 끊은 공지우는 대포폰을 벽에 던졌다. 핸드폰은 액정이 부서졌고, 내부 회로가 조각났다.

"아아악!"

공지우는 소리를 질러 댔다.

비서가 들어왔다.

"나가!"

화들짝 놀라며 문을 닫고 나가는 비서.

씩씩거리던 공지우는 벽에 걸린 액자 앞으로 걸어갔다. 미모의 젊은 대기업 부장에 대한 인터뷰 기사들이었다.

마음이 조금씩 가라앉았다.

잠시 후, 공지우는 현섬을 펼쳤다.

폐공장은 여전히 각종 기계들로 복잡했다. 교수는 철제 의자에 앉아서 공지우가 하는 이야기를 가만히 들었다.

"역시 사람은 당해야 정신을 차린다니까. 윤태희의 등장은 자네에게 약이 된 모양이야. 그건 그렇고, 이곳은 폐쇄해야겠군."

프랑켄슈타인 교수가 윤태희를 언급하자 공지우의 얼굴이 구겨졌다.

"……아직 발각된 것도 아니잖습니까, 교수님."

공지우는 혼신의 힘을 다해 평정을 유지하려 애를 썼다.

"발각되면 이미 늦지. 서둘러야겠군. 아무래도 아카데미 교육 일정에 차질이 생기겠어."

교수는 로봇 슬레이브에게 몇 가지 명령을 내렸다.

"꼭 그래야 하나요?"

공지우는 마음이 급했다.

만약 백정현의 고스트 커넥터 접속으로 인해 문제가 생긴다면, 공지우 역시 그 책임을 져야 하는 사람 중 하나였다.

"위로 올라가려는 자네에겐 악재가 되겠군. 허나, 지금 상황에선 매뉴얼에 따라서 움직이는 수밖에 없네."

공지우는 화를 억누르며 사라졌다.

초등학교 앞 길모퉁이에 자리 잡은 문방구는 한산했다.

훌라후프가 뭉치로 걸려 있고, 커다란 황금색 플라스틱 돼지 저금통이 그 옆에 붙어 있었다. 동전을 넣고 돌려서 간식을 뽑는 기계 두 대가 입구 왼쪽에 세워져 있었다.

공지우는 그 앞에 서서 수첩 명단을 펼쳤다.

오래되어 빛바랜 종이에는 이름과 나이, 주소가 빼곡하게 기록되어 있었다. 위쪽에 있는 사람들의 명단에는 빨간 줄이 그어져 있었다.

"그때 치마에 손을 넣었을 때는 이런 날이 올 거라고 생각도 못 했을 거야."

히죽 웃은 공지우는 문방구 안으로 들어섰다.

파리채를 들고 파리를 잡던 주인이 멍한 눈으로 공지우를 쳐다보았다. 그 눈빛 속에서 어린 공지우가 무서워하던 더러운 감정이 꿈틀거리고 있었다.

"저 기억하세요?"

"……누구신지?"

문방구 주인은 고개를 갸웃거렸다.

공지우는 천천히 다가가 가슴을 칼로 찔렀다. 주인의 얼굴이 일그러졌다. 주인이 쓰러지자 공지우는 손수건으로 피를 닦은 후, 문방구 밖으로 나왔다.

웃음이 피어났다. 스트레스 해소에는 사냥이 최고였다. 이 지혜는 페플에서 배웠다.

공지우는 현섬을 펼치려다 화들짝 놀라며 중단했다.

현실에서 살인을 할 때는 조심해야 한다. 그 과정에서 능력을 사용하면…… 모네타 길드도 도울 수 없을 만큼 위험한 일이 발생한다.

공지우는 큰길로 가서 택시를 탔다. 뒷좌석에서 수첩을 꺼낸 그녀는 빨간색 볼펜으로 문방구 주인의 이름에 붉은 줄을 그었다.

머리가 맑아졌다. 이제 앞으로 무엇을 어떻게 해야 할지 차근차근 생각할 수 있을 것 같았다.

안진후는 팔을 뒤로 뻗어 목뒤에서 깍지를 낀 채 30인치 모니터 세 대를 바라보았다. 모니터들에 연결된 고성능 컴퓨터는 어마어마한 속도로 고스트 커넥터로 접속해서 몬즈 마을 사람들을 몰살시킨 놈을 찾는 중이었다.

노바디가 체리에게서 알아낸 용갑 구입 명단 덕분에 작업량은 획기적으로 줄어들어, 오늘이나 내일쯤 놈의 정체를 알아낼 수 있을 것 같았다.

"독 안에 든 쥐야, 너는."

안진후는 손으로 총을 만들어 발사하는 시늉을 했다.

배에서 꼬르륵 소리가 났다. 몸을 일으킨 안진후는 주방으로 향했다. 뭘 먹을까 고민하다가 냉장고 문을 열었다.

오늘따라 라면보다는 고기에 끌렸다.

원하는 고기를 냉장고에서 찾지 못한 안진후는 휘파람을 불며 복도로 나와 엘리베이터를 타고 페플파크 밖으로 나갔다. 날은 이미 어두워졌고, 마트는 셔터를 내리기 직전이었다. 마트 정육 코너에서 두툼한 스테이크용 안심을 사서 돌아오는 동안 구워 먹을 생각만으로도 입안에 침이 고였다.

그릴을 꺼냈다. 아스파라거스도 준비했다.

드디어 붉은빛이 감도는 고기를 가열된 그릴 위에 올리자 칙칙 맛있는 소리가 들렸다.

"너도 먹고 싶지?"

－전 왜 먹어야 하는지 몰라요, 오빠.

슈뢰딩거가 대답했다.

안진후는 먹을 필요가 없는 정령을 안쓰러워하면서 두툼한 고기를 뒤집었다. 연한 갈색 사이로 그릴 자국이 선명하게 남아 있었고, 그 사이로 육즙이 떨어지고 있었다.

왜 한 덩이만 사 왔을까 후회했다. 세 덩이는 있어야 배가 찰 것 같은데.

새하얀 접시를 가져와 그 위에 스테이크를 놓았다. 나이프와 포크를 손에 쥐고 탁자 앞에 앉은 안진후는 눈을 지그시 감고 코로 향을 맡았다.

이런 행복이라니. 이 순간만큼은 김현이나 윤태희, 박용준도 생각나지 않았다. 이 세상에 눈앞의 스테이크와 자신만 있는 느낌이랄까.

포크로 고정하고 나이프로 푹 자르자 핏기가 흘러나오며 속살이 드러났다. 안진후는 혀로 입술을 핥다가 한 조각을 입에 넣고 오물거렸다.

"역시 고기가 진리야."

페플에서는 이런 맛을 느낄 수 없다. 커넥터의 성능이 비약적으로 향상되지 않는 이상, 불가능할 것이다.

페플에서 가장 잘 구현된 감각은 단연 시각이었다. 사람은 정보의 80%가량을 시각으로 받아들이기 때문이다. 촉각이 그다음이고 후각과 미각 순서였는데, 미묘한 방식인 미각은 미개척지나 다를 바 없었다.

물론 예외는 존재한다.

커넥터 없이 마음대로 페플을 들락거릴 수 있는 김현은 엘루마의 여관에서 나온 평범한 스튜를 먹고는 할 말을 잃었다. 그냥 맛있는 정도가 아니라 환상적이라는 게 김현의 설명이었다. 아마도 커넥터를 통해서는 느낄 수 없는 미각을 제대로 맛보았기 때문일 것이다.

안진후는 시계를 확인했다.

곧 영웅회가 열릴 테니, 오늘 빛의 도시 엘루마는 그 행사 준비로 바쁠 것이다. 수천 명이 들어서는 광장 전체에 거대한 천막이 올라갈 것이다. 천막 안에 조그만 천막 수십 개가 들어설 것이고.

김현은, 아니 노바디는 어떻게든 대현자 파르소겐을 만나려고 애를 쓰고 있을 터였다.

안진후는 사자의 귀환 퀘스트 해결을 위해서는 물불 가리지 않는 노바디가 어떻게 파르소겐을 만날지 매우 궁금했지만, 두 가지 이유로 오늘은 페플에서 일찍 빠져나왔다.

첫 번째 이유는 마무리 작업이었다.

범위를 획기적으로 줄인 탓에 지켜보면서 몇 가지 파라미터를 조정하면 놈의 정체가 바로 튀어나올 수도 있는 상황이었다. 심심풀이로 직접 만든 분석 프로그램이었으니 다른 사람에게 맡길 수도 없었다.

두 번째 이유는 벌써 절반이 사라진 스테이크였다.

요즘 들어 이런 고기가 시도 때도 없이 생각났다. 일단 떠오르면 입안에 자동적으로 침이 고였고, 정신을 차리면 마트에 가서 고기를 사고 있었다. 정육 코너 아저씨와 친해질 정도로 자주 먹었다.

그때, 소리가 들렸다.

"드디어 잡았구나."

안진후는 몸을 일으키려다 남은 스테이크를 바라보았다.

고개를 흔든 안진후는 바로 앉아서 스테이크를 먹어 치운 후에 컴퓨터 앞으로 갔다. 모니터에는 한 사람의 신상 정보가 나타나 있었다.

이름은 백정현, 페플 계정에는 다섯 개의 캐릭터가 있었는데, 주로 사용하는 캐릭터는 인간이었고 그 이름은 드래고니아였다. 아래에는 적룡회의 길드 마스터라는 설명이 붙어 있었다.

"적룡회? 타임어택 걸었다가 실패했던 길드잖아."

안진후는 핸드폰을 들어 김현에게 문자를 보냈다. 그 문자는 페플로 전달될 것이다.

싱크

의자에 앉아 모니터를 채운 백정현의 사진을 쳐다봤다. 잘생긴 놈이었다.

혹시나 해서 다른 해킹 프로그램에 놈의 정보를 넣고 검색했다. 집안도 꽤 빵빵한 놈이었다. 아버지는 중견 기업의 오너였고, 어머니는 수도권 대학 교수였다.

"대체 왜 그런 짓을 했을까? 고스트 커넥터는 어디서 구한 거고? 아무튼, 넌 뒈졌어. 감히 김현의 심기를 건드렸으니 말이야."

안진후는 씩 웃으며 고스트 커넥터로 접속한 주소를 또 다른 모니터에 띄웠다.

"어?"

페플파크처럼 유명한 주상 복합이나 땅값이 비싼 평창동 같은 곳을 예상했던 안진후는 변두리 공장 지대라는 사실에 적잖이 놀랐다. 더군다나 주소지를 좀 더 자세히 찾아보니 폐업 신고까지 된 곳이었다. 한마디로 버려진 공장에서 고스트 커넥터를 이용한 접속이 이루어진 셈이다.

김현이 나타났다.

"정말 찾았어?"

눈에 힘이 들어간 김현이 물었다.

"이 녀석이야."

안진후는 왼쪽 모니터를 가리켰다.

"……백정현?"

김현의 얼굴이 구겨진 종이처럼 일그러졌다.

　　웬만해서는 볼 수 없는 모습이라서 안진후는 자신도 모르게 일어섰다.

　　"아는 사람이야?"

　　"조금."

　　"좀 이상해. 접속 지역이 여기야."

　　안진후는 오른쪽 모니터의 지도를 확대하면서 위성사진으로 바꾸었다.

　　"가 보자."

　　"지금?"

　　"응."

　　김현은 고개를 끄덕였다.

　　어느새 눈빛은 안정되어 있었다. 얼굴색도 평소와 다를 바 없었다. 목소리 역시 차분해서 듣는 사람을 오히려 기분 좋게 만들었다.

　　"좋아."

　　안진후는 김현이 최근 극적으로 달라졌음을 몸으로 느낄 수 있었다.

　　몬즈 마을의 학살 사건 때문에 지나치게 급한 태도를 내비쳤는데, 갑자기 분위기가 바뀌었다. 보이지 않는 틀에 갇혀 있다가 어떤 계기로 거기서 빠져나온 것 같았다.

　　안진후는 미국에 있을 작은형 안택현에게 속으로 고맙다

고 말했다. 안택현이 두고 간 덕분에 스포츠카를 요긴하게 사용할 수 있었던 것이다.

"대현자, 만났어?"

"엘루마에 와 있는지도 확인이 안 돼. 호지센 현자들에게 물어봐도 대답해 주는 사람도 없고."

"그 잘난 공녀가 나섰는데도 안 돼?"

"백작가의 명성이나 권위가 통하지 않아. 무력도, 재력도 마찬가지야, 그 현자들에게는. 생각 같아서는 확 다 엎어 버리고 싶어."

김현은 한숨을 내쉬며 답답한 마음을 드러냈다.

안진후는 느린 차 한 대를 추월하며 조수석의 김현을 힐끔 쳐다봤다.

김현이 저런 말을 하다니. 엎어 버려? 김현이? 아무래도 해가 서쪽에서 뜰 모양이었다.

"그건 그렇고, 공녀에게 내 시중을 들어야 한다고 했다면서?"

김현의 목소리가 꿀처럼 느리면서도 힘 있게 흘러나왔다.

"아, 그거?"

안진후는 액셀을 힘껏 밟아 신호가 바뀌기 전에 좌회전을 했다. 김현은 원심력을 가볍게 견디면서 안진후를 쳐다보고 있었다. 답을 기다리는 것이다.

"농담이었어. 설마, 그 공녀가 진짜로 시중을 드는 건 아니지?"

"농담? 좋아. 나도 아주 괜찮은 시녀를 구해 줄게."

"뭐?"

"시간 나면 투월령에 갔다 와야겠다. 아주 예쁜 드워프를 데려와서 네 시중을 들게 해야겠어."

"예쁜 드워프가 세상에 어디 있어?"

안진후는 피식 웃었다.

"그러니까."

"그러니까?"

안진후는 그제야 김현의 의도를 알아차렸다.

"지금 갔다 와야겠다."

그 말을 남긴 김현이 사라졌다.

당황한 안진후는 차를 인도로 붙이고 핸드폰을 꺼냈다. 김현이라면 진짜로 투월령으로 내려가서 드워프를 데려올 것 같았다.

드워프의 완고한 고집을 직접 경험했던 안진후는 고개를 흔들며 얼른 문자를 보냈다. 전송 버튼을 누르는 순간, 김현이 조수석에 나타났다. 핸드폰을 두 손으로 들고 마치 똥 마려운 개처럼 앉아 있는 안진후를 본 김현이 웃음을 터트렸다.

"하하하."

"야!"

"아무래도 오늘은 바빠서 안 되겠다. 나중에 한가할 때 다녀와야겠어."

"맘대로 해."

안진후는 다시 차를 출발시켰다.

공장은 뼈만 남은 거대 동물의 사체 같았다.

외장재가 뜯겨 철골구조가 고스란히 드러나 있고, 녹슨 철제 계단의 난간은 떨어져 나와 밤바람에 흔들리며 끽끽 소리를 냈다. 바닥에는 깨진 유리 조각이 흙먼지에 묻혀 천장의 틈을 뚫고 들어온 달빛에 여기저기서 반짝거렸다.

안진후가 소환한 슈뢰딩거의 불빛이 내부를 밝혔지만, 어둠은 곳곳에 숨어 달려들 기회를 엿보는 맹수 같았다. 흔들리는 불빛 덕분에 기둥과 철골 기둥의 그림자가 기괴한 괴물처럼 순간적으로 되살아났다.

계단 앞에 선 김현은 위를 올려다보았다. 아무래도 위쪽은 아닌 듯했다. 그렇다면 저 시꺼먼 지하로 내려가야 한다.

"가자."

김현에게 '가자'는 곧 '내가 먼저 갈 테니 넌 따라와'였다. 손전등을 켜고 이미 아래로 내려가고 있었다.

안진후는 고개를 흔들며 뒤따랐다. 고개를 들어 슬쩍 보니 김현이 페플에서 꺼낸 사라겐의 비월이 공중에 둥둥 뜬 채 김현 앞쪽의 어둠을 확인하고 있었다. 만약 누군가 어둠에 숨어서 공격할 마음을 품었다면, 저 거대한 양날도끼에 당하고 말 것이다.

당당한 김현을 보자 가슴이 뜨거워졌다. 잠시 잊었던 열정이 솟구치는 느낌이었다.

'왜 저 녀석만 페플 무기를 이곳에서도 쓸 수 있지? 난 여기선 마법을 펼칠 수 없어. 빨리 방법을 찾아봐야겠다.'

지하 4층까지 내려오자 여기저기 쌓인 물건이 눈에 들어왔다. 그중 하나는 대형 발전기였다.

"저기 있다."

안진후가 커다란 방 중앙에 놓인 커넥터를 가리켰다.

형태부터가 달랐다. 매끈한 유선형의 정식 커넥터와 달리, 눈앞의 커넥터는 껍데기를 떼어 내어 내부 구조가 고스란히 드러나 있었다.

'다른 사람이 있는지 확인해.'

ㅡ네, 오빠.

슈뢰딩거는 어둠을 사방으로 밀어내며 네발로 달려 나갔다.

방을 둘러본 김현이 몸을 돌려 안진후를 쳐다보며 말했다.

"버려진 것 같아."

"아마도."

안진후는 예리한 시선으로 주변을 살피고 있었다.

"저 커넥터는 왜 두고 갔을까?"

"고장 난 모양이야."

안진후는 커넥터 안쪽에서 끊어진 채 돌출된 전선들을 놓치지 않았다.

"왠지 급히 피한 것 같은데, 넌 어떻게 생각해?"

"그쪽에도 꽤 괜찮은 해커가 있다는 뜻이지. 웬만한 실력으로는 추적하고 있는지조차 몰랐을 거야."

"……그렇다면?"

데이터에 따르면 백정현은 해커가 아니다. 그저 돈을 무기 삼아 싸움 잘하는 아이들을 끌어모아서 대장 노릇 하는 양아치에 불과했다.

"백정현 혼자가 아니라는 뜻이야. 음, 어딜까?"

"어디라니?"

"모네타, 로고스, 현문, 블랙 그리고 프리벨리지."

"……백정현이 각성자라구? 정말 그렇게 생각해?"

김현은 '백정현'이라는 이름을 발음하는 것도 쉽지 않았다. 오래된 상처를 후벼 파는 느낌이었다.

"나는 물론 세계에서 내로라하는 최고의 해커들도 뚫지 못한 게 페플 시스템이야. 고스트 커넥터에 대한 소문은 여러 번 들었지만 그 존재를 믿지 않았던 건, 직접 페플 시스템을 공략해 봤기 때문이기도 해. 나조차도 고스트 커넥터를 만들 수는 없어."

"그래서 각성자가 개입됐다고 생각한다?"

김현은 안진후가 보여 주는 자신감에 웃음을 지었다.

"커넥터 개조는 백정현 그 개새끼가 혼자서 할 수 있는 일이 아니야. 한눈에 봐도 천재적인 과학자의 손길이 느껴져. 이런 장소에 커넥터를 두고 접속한 것도 그렇고."

백정현이라는 이름을 듣자 김현의 얼굴이 또 일그러졌다.

안진후는 김현이 백정현을 개인적으로 알 뿐 아니라 깊은 사연이 있으리라 생각했다. 궁금했지만 일부러 그 부분을 묻지 않았다.

그때, 슈뢰딩거가 돌아왔다.

―화간탄이 아랫방에 쌓여 있어요.

안진후는 정신이 번쩍 들었다.

'화간탄? 그 마법 폭탄?'

―네.

그 이야기를 들려주자, 김현의 눈빛이 달라졌다.

"화간탄은 마탑 플라도르가 독점적으로 제작하는 시한폭탄이야. 역시, 내 추측이 옳았어. 백정현은 각성자였어. 그 뒤에는 길드가 있는 거고. 슈뢰딩거, 시간은?"

―곧 터질 거예요, 오빠.

놀란 안진후는 김현을 쳐다봤다. 당장 이곳을 빠져나가야 한다. 김현이 다가와 손을 잡았다.

"저것도 가져가야 돼. 그래야 고스트 커넥터로 접속하는

싱크

방식을 이해할 수 있어."

안진후가 고스트 커넥터를 가리켰다.

"……좋아."

김현은 크고 무거운 커넥터에 왼손을 올리고 오른손으로 안진후의 손을 맞잡았다. 그리고 눈을 감고 현섬을 펼쳤다.

반지 기령환에 가득 채워진 진기가 그들을 휘감는 순간, 그들은 사라졌다.

쾅!

묻혀 있던 화간탄이 폭발했다.

근처 노인들이 전쟁이 터졌나 싶어 깜짝 놀라며 텔레비전을 틀 만큼 화간탄은 위력적이었다.

폐공장은 흔적도 없이 사라졌고, 폭발로 인해 주변 공장에도 불이 붙었다. 수십 대의 소방차들이 출동해 불을 껐지만, 화마의 위력은 다음 날 새벽에 내린 비로 인해서야 겨우 수그러들 터였다.

커넥터까지 이동시키느라 김현은 지쳐 있었다.

그들은 스포츠카를 세운 근처 공터에 서 있었다. 무겁고 큰 커넥터를 스포츠카로 옮기긴 불가능했다. 안진후는 스포츠카 좌석 아래에서 꺼낸 공구 세트로 그 자리에서 커넥터를 분리했다.

"이런 부품들은 인벤토리 창에 넣을 수 있지?"

"넌 천재야."

김현은 안진후가 분리한 파트를 하나씩 페플로 옮겼다.

잠시 후, 그들은 불길을 잡으려는 소방관들의 사투를 바라보며 공장 지대를 벗어났다.

우뚝 솟은 플라도르 마탑은 어디에서도 눈에 띌 만큼 강렬한 홍염의 색으로 빛났다. 탑 입구 계단에는 붉은 로브를 입은 마법사들, 혹은 마탑에 볼일이 있는 사람들이 오르락내리락하고 있었다.

노바디는 하늘을 향해 자란 불꽃의 거목 같은 마탑을 올려다보았다.

이 방법은 통한다. 이미 뮤카멘 백작가에서 그 효과가 입증되었다. 무지한 상대에게서 무례한 태도와 행동을 유도한 다음, 이쪽의 정체…… 즉 론투엘 왕세자의 사형이자, 그 유명한 하이엘프 셀레스카르의 수제자라는 사실을 밝힌다.

그러면 상대는 뮤카멘 백작가가 그랬던 것처럼 화간탄을 대량으로 구입한 이방인의 명단을 내줄 수밖에 없다.

'이런 짓 하기 싫지만, 어쩔 수 없어. 화간탄을 구입한 사람들을 알아내야 백정현 그놈이 어디 있는지 찾을 수 있으니까.'

노바디는 한숨을 내쉬며 붉은 탑을 향해 천천히 걸었다.

마음은 무겁고 불편했다. 속여서 원하는 것을 얻어 내는 방식 자체가 싫었던 것이다.

붉은빛이 도는 대리석 계단이 가까워지자, 심장이 쿵쿵 거칠게 뛰었다. 살아오면서 거짓말을 해 본 적이 거의 없었다. 가끔 장난스럽게 사소하면서도 금방 들통 나는 거짓말만 했을 뿐이다.

계단을 딛고 올라간 노바디는 입구로 걸어갔다.

"무슨 일로 오셨습니까?"

붉은 스카프를 목에 맨 남자가 앞을 막았다. 입고 있는 로브에 플라도르 마탑 특유의 불꽃 문양이 그려져 있었다.

"……플라도르 마탑의 엘루마 타워 마스터를 만나러 왔습니다."

노바디가 말했다.

마탑 플라도르의 수련사 루티오는 기가 막혔다.

수련사의 임무 중 하나가 입구 감시여서 사흘에 한 번꼴로 드나드는 사람들을 수도 없이 봐 왔기에, 굳이 감정 마법을 쓰지 않아도 상대가 얼마나 강한지, 얼마나 약한지 루티오는 꿰뚫어 볼 수 있었다.

3서클 이상의 고위 마법사는 입고 있는 옷, 손가락에 낀 반지, 들고 있는 지팡이, 신고 있는 구두 등 복장 자체가 달랐다. 홍염의 룬 반지를 끼고 있으면 확인할 필요도 없이 3서클 화염 마법사다!

2서클 화염 마법사는 3서클에 비하면 손색이 있지만, 그래도 희귀한 반지와 목걸이를 몸에 걸치고 보통 사람은 일평생 벌어도 구입할 수 없는 비싼 지팡이를 들고 다닌다.

　1서클 마법사도 만만찮은 장비를 몸에 착용한다. 오히려 1서클 마법사에게 다양한 마법 능력이 부여된 반지, 목걸이, 팔찌가 더욱 필요하기 때문이다.

　루티오는 타워 마스터를 만나러 왔다고 호기롭게 말하는 남자를 훑었다.

　반지를 하나 끼고 있지만, 마법과는 관련이 없다. 목걸이는 평범하고, 팔찌는 아예 없다. 신고 있는 부츠는 낡아서 찢어질 지경이었다.

　'이건…… 완전히 초짜잖아.'

　"당신, 퀘스트 때문에 온 거지?"

　"저는 타워 마스터를 만나기 위해서……."

　"짜증 나게 굴지 말고 꺼져. 너 같은 이방인 새끼가 만날 수 있는 분이 아니니까."

　루티오는 종자로 3년이나 고생을 한 후 수련사로 승급되었을 때, 처음으로 마탑 플라도르의 엘루마 지탑 타워 마스터 프제스코 님을 멀리서나마 볼 수 있었다.

　"타워 마스터를 만나야 할 이유가 있습……."

　"꺼지라니까!"

　루티오가 노바디의 가슴을 밀어 버렸다.

충분히 피할 수 있었지만 이곳에 온 목적을 떠올린 노바디는 '어, 어' 하다가 비틀거리며 계단 쪽으로 물러섰다.

균형을 잃은 노바디가 계단 아래로 기울자, 한 사람이 기다린 것처럼 다가와 노바디의 손을 잡았다.

노바디는 당황했다. 꼴사납게 계단을 굴러떨어져야 한다. 옷이 찢어지고 피부의 생채기에서 피가 흘러나와야 마탑 플라도르를 제대로 압박할 수 있다. 그래야 원하는 명단을 얻을 수 있다. 그렇다고 잡힌 손을 억지로 빼면서 계단을 나뒹굴 수는 없다.

잠시 머뭇거린 사이, 그 사람이 노바디를 잡아당겼다. 그 순간, 노바디는 정전기가 흐르는 듯한 짜릿한 느낌을 받았다.

"혹시 셀레스카르 님의 수제자이신 노바디 님이 아닙니까?"

붉은 수염이 턱을 감싼 중년 사내는 안전해진 노바디의 손을 놓으며 물었다.

노바디는 깜짝 놀랐다. 어떻게 이 사람이 자신을 알아봤는지 알 수가 없었다.

"혹시나 했는데, 역시 노바디 님이셨군요. 저는 마탑 플라도르 엘루마 지탑의 화품관 마누게트라고 합니다. 미리 허락도 구하지 않고 식별 마법을 펼쳐서 죄송합니다만, 누군지 알아야 했기에 어쩔 수 없는 선택이었습니다. 이해해 주십시오."

노바디는 정전기 같은 느낌을 떠올리며 눈을 크게 떴다.

식별 마법!

그게 무엇인지는 알고 있지만 실제로 써 본 적도 없고……
이런 식으로 당한 적도 없었다.

모든 게임에는 식별 혹은 감정 관련 기능이 존재한다. 게
임 세계에서 얻은 아이템의 가치를 알기 위해서는 반드시 필
요했다.

게임에 따라서 그 이름은 천차만별이었다. 아이덴티파이,
감정, 쇼미더밸류, 밸류에이션 등 매우 다양했다.

페플을 처음 시작하면 몇 개의 간단한 퀘스트를 통해 감정
스킬을 익힐 수 있다. 하지만 노바디는 그런 퀘스트에 관심
이 없었기 때문에 아직도 감정 스킬을 익히지 못했고, 익힐
생각도 없었다.

마법사는 일반적인 감정 스킬보다 훨씬 정확하고 깊이 들
여다볼 수 있는 마법을 펼치는데, 바로 식별 마법이었다. 1
서클로, 대단히 익히기 쉬운 마법 중 하나였다.

식별 마법도 스킬 레벨이 올라가면 그 능력이 상승한다.
마누게트의 식별 마법은 매우 탁월해서 허락도 구하지 않고
상대를 파악할 수 있었다. 물론 신체 접촉이 가능해야 펼칠
수 있는 마법이다.

수련사 루티오는 3서클 화염 마법사 마누게트를 발견하고
다가왔다가 노바디를 발견하고는 눈살을 찌푸렸다.

"너! 감히 화품관님을 귀찮게 하다니! 내가 꺼지라고
했……."

마누게트가 루티오의 엉덩이를 발로 차 버렸다.

루티오는 계단을 굴러 저 아래까지 나뒹굴었고, 오가는 사
람들이 깔깔 웃었다.

"하마터면 왕세자 저하의 대사형이시자, 셀레스카르 님의
수제자이신 노바디 님께 실례를 저지를 뻔했습니다. 너그럽
게 용서해 주시지요."

마누게트는 정중하게 고개를 숙여서 사과했다.

노바디는 처음 계획이 실패했음을 잘 알았다. 가능성이 현
저히 떨어지지만 다음 계획으로 넘어갈 수밖에 없었다.

"조용히 드릴 말씀이 있습니다."

"이쪽으로 오시지요."

마누게트는 노바디를 데리고 마탑 플라도르 내부로 향했
다.

"그러니까 화간탄을 대량으로 구입한 이방인의 명단이 필
요하다는 말씀이군요."

푹신한 소파에 앉아 등을 뒤로 기댄 마누게트가 노바디의
설명을 요약했다.

"마탑 플라도르에 피해가 갈 일은 없을 겁니다."

"왜 명단이 필요한지 알고 싶습니다만."

마누게트는 핵심을 찔렀다.

"매우 중요한 일과 관계가 있다는 점만 말씀드릴 수 있습니다."

"허허, 이것 참."

마누게트는 난감한 듯 가볍게 웃었다.

노바디가 가만히 있자 마누게트가 입을 열었다.

"혹시 론투엘 왕세자 저하와 관련이 있는 일입니까?"

"……아닙니다."

"셀레스카르 님의 뜻입니까?"

"그렇습니다."

노바디는 몬즈 마을 학살 사건의 범인을 찾는 일이니 사부님의 이름을 내세워도 된다고 생각했다.

"음, 그렇다면 알려 드려야지요."

"감사합니다!"

노바디는 일이 이토록 쉽게 풀릴 줄은 몰랐다.

"오늘 당장 마르세르에 보고서를 올리겠습니다. 행정 전문 마법사들이 보고서 1차 검토하는 데 대략 사흘이 걸립니다. 2차 검토는 열흘, 그 후에 결정이 나면 명단을 확보할 텐데, 그 작업에도 사나흘은 걸립니다. 이런저런 절차를 고려할 때, 약 한 달 후에 노바디 님께서는 그 명단을 받으실 수 있습니다."

"한 달이라구요?"

노바디는 할 말을 잃었다.

"원래 마탑의 작업 속도가 이렇습니다. 제가 본탑에 잘 이야기를 해 두겠습니다. 거기 제 동기들이 제법 있으니까요. 그래도 20일은 족히 걸릴 겁니다. 운이 나쁘면 두 달, 석 달이 걸리기도 합니다."

마누게트는 '운이 나쁘면'이라는 부분을 강조했다. 마치 보통은 운이 나쁘다고 말하는 것 같았다.

"다른 방법은 없습니까?"

"없습니다."

"진짜 없습니까?"

노바디는 왠지 모르게 눈앞의 중년 마법사가 따로 원하는 게 있다는 느낌을 받았다.

"그렇게까지 물어보시니, 이런 이야기를 해도 될지 모르겠습니다."

목소리를 까는 화염 마법사.

"듣고 싶습니다."

노바디는 상체를 앞으로 내밀었다.

"왕세자 저하의 대사형이자 셀레스카르 님의 수제자시니까 특별히 말씀드립니다. 실은 캉트 던전 깊은 곳에 플라도르 마탑이 150여 년 전에 잃어버린 보물이 잠들어 있습니다.

그 보물을 회수하는 데 도움을 주시면, 마르세르의 본탑도 노바디 님의 공적을 절대 무시할 수 없을 겁니다. 그럴 수만 있다면 사흘 만에, 아니 하루 만에 그 명단을 받으실 수 있습니다."

화염 마법사가 침을 튀기며 설명하자, 노바디의 눈앞에 메시지 창이 떴다.

플라도르 마탑의 잃어버린 보물

몬스터를 토벌하러 벤도프 공동묘지로 들어간 5서클 화염 마스터 테로치아는 결국 빠져나오지 못하고 거기서 죽고 말았습니다. 이 죽음으로 인해 플라도르 마탑은 보물 에렌시아를 잃었습니다.
벤도프 공동묘지 깊숙한 곳에서 사라진 에렌시아는 최근 캉트 던전에서 목격되었습니다. 캉트 던전 어딘가에 있을 에렌시아를 가져오십시오.

퀘스트였다!

노바디의 눈이 빛났다.

–플라도르 마탑의 잃어버린 보물 퀘스트를 수행하시겠습니까?

노바디는 기다렸다는 듯 수락했다.

마누게트의 얼굴이 밝아졌다.

"역시 론투엘 왕세자의 대사형다운 결정입니다. 플라도르 마탑은 노바디 님의 귀환을 기다리겠습니다."

마탑 밖으로 나온 노바디는 계단 아래쪽에서 기다리고 있는 두 사람을 발견했다. 체리와 아로간타르였다.

계단을 내려간 노바디는 두 사람 앞에 섰다.

"무슨 일입니까?"

"저는 노바디 님을 항상 따라다녀야 합니다. 제 임무를 수행하려면 말이에요."

체리가 말했다.

그 대답에 노바디는 눈살을 찌푸렸다. 벨란데르의 장난질 때문에 체리는 백작가의 영애임에도 불구하고 스스로 시녀 노릇을 하겠다고 우겼다. 필요 없다고 말해도 통하지 않았다.

한숨을 내쉰 노바디는 아로간타르에게로 시선을 옮겼다.

"부탁이 있습니다, 대사형."

"……."

노바디는 그대로 얼었다. 아로간타르의 입에서 '대사형'이라는 호칭이 나오다니.

고개를 갸웃거린 노바디는 앞으로 가서 아로간타르의 이마에 손을 대 보았다.

"열은 없는데요."

"대사형, 제게 무극심법을 가르쳐 주십시오."

아로간타르는 그 자리에서 무릎을 꿇었다. 허락하지 않으면 계속 그렇게 있을 기세였다.

지나가던 사람들이 그 모습을 신기하게 쳐다보았다.

또 메시지 창이 나타났다.

–무극심법의 전수 퀘스트를 수행하시겠습니까?

연이어 퀘스트가 둘이나 생겼다.

예전엔 이렇게 자세한 설명이 없었는데. 아예 퀘스트인지 모르고 있다가 끝난 후에야 보상이 주어진 적도 있었다.

사부님이 제자로 삼았으니 무극심법을 가르쳐도 된다고 생각했다. 무엇보다 사람들의 이목을 끄는 행동을 계속 내버려 둘 수는 없다.

노바디는 손을 들어 수락했다.

노바디는 퀘스트 창을 띄웠다. 체리 바로 옆 칸에 아로간타르의 정보가 들어가 있었다.

"알았어요. 알았으니까 일어나요."

"정말로 가르쳐 주시는 겁니까?"

"그렇다니까요."

"감사합니다, 대사형."

아로간타르는 몸을 일으켜 허리를 굽혔다.

광장을 벗어난 노바디는 마차를 잡으려고 손을 들었다.

아로간타르가 길로 뛰어들더니 무개 마차 한 대를 강제로 세웠다. 마부는 깜짝 놀라 욕을 퍼부었으나, 아로간타르가 내민 금화를 보더니 금세 순한 양이 되었다.

"타시지요, 대사형."

"……불편해요."

"편하게 말씀하세요, 대사형."

아로간타르는 마차 문까지 열고 노바디가 타기를 기다리고 있었다.

노바디는 체리를 쳐다봤다. 갑자기 아로간타르가 변한 까닭을 알고 싶어서였다. 체리가 다가와 속삭였다.

"노바디 님께서 펼친 규검을 아로간타르가 직접 봤습니다. 처음으로 마법을 본 아이처럼 어찌나 흥분하던지, 앞으로 고생 좀 하실 겁니다."

노바디가 밤을 새우며 궁리를 거듭해서 겨우 다다른 규검의 경지를 두 눈으로 본 아로간타르는, 그동안 벨란데르에게 당하면서도 은근히 기회가 날 때마다 무시했던 노바디를 대하는 태도 자체가 달라진 것이다.

체리와 노바디가 마차에 올라타자 아로간타르는 마부석 옆에 자리를 잡더니 뒤를 돌아봤다.

"대사형, 어디로 갈까요?"

마차 지붕이 없기 때문에 아로간타르의 들뜬 표정까지 노바디는 볼 수 있었다.

"캉트 던전으로 가죠."

"편하게 말씀하세요, 대사형. 그래야 저도 편할 것 같습니다."

노바디는 화염 마법사 마누게트를 통해 셀레스카르의 명성을 확인하면서 느낀 바가 있었다.

룬트란 왕국에서 누구나 존경하는 사람의 제자가 되었으니, 그에 걸맞는 말과 행동을 갖추어야 한다. 대사형으로서 막내를 어려워한다면 체통이 서지 않을 테고, 그 결과 사부님께 피해가 갈지도 모른다.

게다가 셋째 사제가 이 나라 룬트란의 왕세자다. 그러니 거기에 합당하게 마음 자체를 고쳐먹어야 한다.

"알았어."

"감사합니다, 대사형. 헌데, 수련은 언제부터 시작할까요?"

"내일부터."

오늘은 던전에 있다는 플라도르의 보물을 찾아내야 한다.

"캉트 던전에는 왜 가시는 겁니까?"

체리가 물었다.

"플라도르 마탑에서 부탁을 받았습니다."

"대사형, 체리에게도 편하게 말씀하세요. 뮤카멘 백작의 딸이지만 지금은 대사형의 시녀니까, 그에 걸맞게 말씀을 하셔야 합니다."

아로간타르가 끼어들었다.

"맞는 말이에요, 노바디 님."

체리가 가세했다.

한숨을 내쉰 노바디는 고개를 끄덕였다. 로마에 가면 로마 법을 따라야 한다.

"플라도르 마탑의 부탁이라면, 혹시 에렌시아인가요?"

체리가 조심스럽게 물었다.

노바디의 눈이 휘둥그레지자 체리는 고개를 흔들었다.

"왜 그래?"

아로간타르가 물었다. 그와 체리는 서로 말을 놓기로 이미 합의를 했다.

"제가 알기로 수백 명, 어쩌면 수천 명일지도 모르지만, 아무튼 엄청나게 많은 이방인들이 플라도르 마탑의 부탁을 받고 캉트 던전을 헤맸습니다. 에렌시아를 찾기 위해 내려간 이방인들 중 살아서 돌아온 사람은…… 한 명도 없습니다.”

이방인은 죽어도 부활한다. 던전 플레이 도중에 죽으면 던전 대기실인 홀에서 되살아난다.

“정말?”

아로간타르였다.

“노바디 님, 무슨 이유로 플라도르 마탑을 찾아가셨는지 모르지만 이번 일은 포기하시는 게 좋습니다.”

체리는 겉으론 반대했지만, 왠지 노바디는 투지 비슷한 분위기를 느꼈다.

“직접 들어가서 에렌시아가 거기 없는지 확인하기 전까지는 포기할 수 없……어.”

반말이 좀 어색했다.

“그러면 저도 던전에 함께 들어가고 싶습니다.”

체리의 목소리에 힘이 실렸다.

“함께?”

“시그나 대신전의 대신관님께 이야기를 들은 적이 있습니다. 비록 이곳에서 태어난 사람들은 이방인과 달리 부활의 능력이 없지만, 특정한 임무를 위해 계약을 맺으면 이방인의 능력을 공유할 수 있다는 내용이었습니다.”

“아, 그래?”

다른 게임에서는 NPC가 일시적으로 파티의 일원이 되어 함께 몬스터를 사냥하기도 한다.

"저는 현재 노바디 님과 계약이 된 상태입니다. 시그나 대신전에 가서 확인을 했습니다. 그러니 저는 노바디 님과 함께 던전에 내려갈 수 있습니다."

체리의 진짜 마음이었다.

노바디는 체리와 관련된 퀘스트 내용을 떠올렸다. 1년 동안 퀘스트 NPC로 등록된다고 했었다.

"던전에 들어가고 싶은 거지?"

"……꼭 내려가 보고 싶어요."

"좋아. 같이 가지 뭐."

체리를 보며 그렇게 말한 노바디는 강렬한 시선이 느껴져 천천히 고개를 들었다. 마부석 옆에 앉은 아로간타르가 노바디를 노려보고 있었다.

"대사형! 저도 내려가고 싶습니다!"

자대에 갓 배치된 이등병처럼 우렁찬 목소리였다.

"그래, 같이 가자."

노바디는 아로간타르 역시 체리처럼 계약이 된 상태임을 알고 있었다.

"이얏호!"

아로간타르의 환호에 마부가 깜짝 놀랐다.

투르카 던전

늦고 비루한 개 한 마리가 엘루마 서쪽 성문을 통과했다. 드나드는 사람들의 신분과 짐 따위를 꼼꼼히 확인하는 경비병들도 그 개를 눈여겨보지는 않았다.

그 개는 오랫동안 씻지 않아 더러워진 털이 뭉쳐 있고 지친 탓인지 고개를 숙인 채 걷고 있었지만, 어떤 시골 마을을 가도 돌아다니는 똥개와는 그 품격이 달랐다.

정수리를 기준으로 좌우로 흘러내린 은빛 털.

초롱초롱하고 맑은 눈.

기다란 얼굴과 그 끝에 붙어 있는 새까만 코.

귀족 정도는 되어야 키울 수 있는 명견이었다.

개는 마차가 질주하는 길을 아슬아슬하게 건넜다.

놀란 마부가 개를 향해 욕을 퍼부었다.

개는 멀어지는 마차를 바라보며 입을 벌렸다. 놀랍게도 사람의 말이 흘러나왔다.

"넘어져라."

코너를 돌던 마차는 보이지 않는 거대한 손에 잡힌 것처럼 기우뚱하더니, 바깥쪽으로 넘어졌다.

통제에서 벗어난 말은 쓰러진 마차를 끌고 계속 달렸고, 조금 전 개를 향해 욕설을 했던 마부는 흙투성이가 된 채로 마차를 쫓았다.

늙은 개는 히죽 웃더니 골목으로 접어들었다.

고양이 세 마리가 개를 보고도 달아나기는커녕 오히려 위협적으로 울면서 다가왔다.

"꺼져."

개가 한 말.

깜짝 놀란 고양이들은 그제야 보통 개가 아님을 깨닫고 뒤도 돌아보지 않고 달아났다.

개는 미로 같은 엘루마의 뒷골목을 거침없이 달렸다.

개가 멈춘 곳은 테페오 광장에서 그리 멀지 않은 곳에 자리 잡은 롭시스 국숫집이었다.

맛집으로 유명했기 때문에 국숫집 앞에는 차례를 기다리는 사람들이 많았다. 그중에는 영웅회 참석을 위해 미리 도착한 엘프와 드워프도 섞여 있었다.

싱크

개는 뒤로 돌아 쪽문을 통해 주방으로 들어갔다.

롭시스 국숫집의 주인이자 주방장인 레온은 늙은 개를 보고는 눈살을 찌푸렸다.

"이번엔 갭니까, 대현자님?"

지난번에는 마차를 끄는 말이었다.

"허허, 자네의 눈썰미는 알아줘야겠어."

그 비루한 개는 천천히 커지더니 지팡이를 든 대현자 파르소겐으로 변했다.

시골 영감처럼 주름진 얼굴.

미소는 보기만 해도 기분이 좋아질 만큼 밝고 깨끗하다.

파르소겐은 무릎을 두드리며 한쪽에 놓인 의자에 앉았다.

"설마, 엘루마까지 그 모습으로 오신 겁니까?"

"우리 인간은 개를 아주 잘 안다고 생각하지. 한데, 직접 개가 되어 살기 전에는 개를 이해한다고 해선 곤란해. 난 오늘에서야 개를 알게 된 것 같네."

파르소겐이 휘파람을 불었다. 귀를 간질이는 묘한 휘파람이었다.

잠시 후, 컹컹 짖는 소리가 들렸고 점점 커졌다. 근처에 있던 개 수십 마리가 그 휘파람 소리에 이끌려 몰려든 것이다.

파르소겐이 다시 한 번 휘파람을 불자, 개들은 명령을 받은 병사들처럼 흩어졌다.

"스노빈의 마음고생이 말이 아닐 것 같습니다."

레온은 웃으며 말했다.

스노빈은 현자 길드 호지센의 후계자이자, 대현자 파르소겐의 유일한 제자였다.

파르소겐이 늙은 개로 변신하여 엘루마까지 왔다는 사실을 알게 된다면, 스노빈은 호지센의 길드 마스터이자 룬트란 왕국 최고의 대현자에겐 도저히 있을 수 없는 일이라며 길길이 날뛸 것이다. 그래 봐야 파르소겐은 제자의 충고 따윈 무시할 게 뻔하지만.

"자네 사부님은 잘 계신가?"

"못 뵌 지 5년은 된 것 같습니다. 실은 어디 계신지도 모릅니다. 워낙 부평초처럼 떠돌기를 좋아하시니까요."

"그래도 연락할 방법은 있겠지?"

"……그렇습니다만."

반죽을 하던 레온은 파르소겐의 질문에 의도가 있음을 깨달았다.

"요즘 사람들이 사라지고 있네."

"그 때문에 영웅회에 참석하시는 겁니까?"

"내 동생도 사라졌다네."

파르소겐은 담담하게 말했지만, 레온에게는 엄청난 충격이었다.

파르소겐의 동생 하르도겐은 빛의 마탑 투스텔라의 대마법사였다. 6서클 마스터로 알려졌고, 이제는 7서클에 도전하는 대마법사가 실종되었다니!

레온은 믿기 어려웠다.

"정말입니까, 대현자님?"

"투스텔라 마법사들이 백방으로 찾고 있지만, 석 달이 넘도록 흔적조차 찾지 못한 모양이야. 그 외에도 유명한 사람들 중에 아무런 말도 없이 실종된 이들이 꽤 있는 듯하네."

"이방인 짓이군요."

레온의 눈에 힘이 들어갔다.

"섣부른 추측은 오히려 해가 될 때가 많지. 뱀파이어 일족이 움직인다는 소문도 있으니 말이야."

파르소겐은 차분했다.

"……죄송합니다. 제가 흥분했습니다."

"그보다 먼 길을 왔더니 출출하군. 롭시스 국수 한 그릇 말아 주게나."

"괜찮겠습니까?"

레온은 롭시스 국수의 위력을 잘 알았다. 직접 요리하는 그 자신도 한 그릇을 비우진 못한다.

"도전하는 거지. 그게 삶의 본질 아닌가?"

파르소겐은 주방을 나와 뒤뜰로 향했다.

거기엔 낡고 투박한 탁자 세 개가 놓여 있고, 의자들은 제멋대로 흩어져 있었다. 파르소겐은 의자 하나를 가져와 앉았다.

"안녕하세요, 대현자님."

점원이 다가왔다.

"얼굴이 영 아니구먼."

파르소겐은 점원 베론을 보며 피식 웃었다.

"……도망이나 갈까 봐요."

"많이 늘었겠군."

"면발 열 가닥에 국물 세 모금이 하루에 먹을 수 있는 한계입니다."

"오호."

파르소겐은 진심으로 감탄했다.

투문 그레아트는 독특한 방식으로 힘을 기른다. 바로 음식이었다.

롭시스 국수는 바로 희귀하기 짝이 없는 롭시스 향신료를 듬뿍 넣어서 만든 음식인데, 보통은 냄새만 맡아도 정신이 달아나고 구역질로 고생한다. 그러나 그 엄청난 악취와 최악의 맛을 이겨 내고 먹을 수만 있다면, 제대로 소화할 수만 있다면 롭시스 국수만큼 성장에 도움이 되는 요리가 없을 터였다.

그 때문에 그레아트의 무인은 대대로 권각술의 달인이자 요리사였다.

잠시 후, 베론이 롭시스 국수 한 그릇이 놓인 쟁반을 들고 왔다. 냄새를 맡는 순간, 사흘이나 굶어서 요동치던 배가 잠잠해졌다. 이 순간을 위해 단단히 준비했건만, 입맛마저 사라졌다.

"많이 드십시오."

롭시스 국수를 파르소겐 앞에 내려놓은 베론은 도망치듯 물러났다.

혼자 남은 파르소겐은 육체뿐 아니라 정신의 성장에도 어마어마한 도움이 되는 이 최악의 요리를 먹을지, 아니면 포기하고 달아날지 고민했다. 대현자가 되었음에도 롭시스 국수엔 도저히 적응할 수가 없다.

"휴우, 죽기 전에는 한 그릇을 비울 수 있을까?"

파르소겐은 젓가락을 들었다.

새까만 면발을 위로 올리자 악취가 더 심해졌다.

가슴을 치는 복통.

파르소겐은 억지로 참고 입을 벌렸다.

맛있는 음식을 보면 저절로 열리는 입을 벌리는 데 초인적인 노력이 필요했다. 본능을 거슬러야 이 국수를 먹을 수 있다!

면발이 혀에 닿는 순간, 몸이 떨렸다.

'시작됐구나.'

파르소겐은 호지센 길드가 자랑하는 정신 단련법 '톨레젠'을 펼쳤다. 마음이 가라앉으며 정신이 맑아져야 정상이건만, 국수 면발에 스며든 롭시스 향신료 특유의 냄새와 그 약효에 의해 현기증이 일었다.

'오늘은 반드시, 반드시 한 그릇을 비우고 말리라!'
파르소겐은 눈을 부릅떴다.

"자네는 들어갈 수 없네."
경비병이 손을 들어 막았다.
노바디는 자유롭게 캉트 던전 입구를 드나드는 사람들을 쳐다보았다.
"자넨 아직 약해."
경비병은 콧수염을 어루만지며 눈살을 찌푸렸다. 마치 약한 게 죄악이라도 되는 것처럼.
체리는 눈이 뒤집혀 분노를 터트리려는 아로간타르를 막느라 정신이 없었다. 경비병과 마찰을 빚으면 엘루마 도시에서 강제로 추방당할지도 모른다.
겨우 던전에서 떨어진 골목으로 아로간타르를 데리고 갔다.
"왜 날 막는 거냐?"
"경비병을 건드리면 뮤카멘 백작가의 힘으로도 도와줄 수 없어."
"건드리다니! 누가! 저 새끼는 대사형이 얼마나 강한지도 모르고 제멋대로 판단을 내리는 거잖아."

"휴우, 일단 가만히 있어."

체리는 아로간타르가 나서지 못하도록 못을 박은 후에 노바디 쪽으로 달렸다.

"전 충분히 강합니다만."

노바디는 천천히, 또박또박 말했다.

"어허, 약하다니까. 저 그라티아 스톤이 안 보이는가? 자넨 햇병아리에 불과해. 그러니, 꼭 캉트 던전으로 내려가고 싶다면 좀 더 수련을 쌓고 오게. 북서쪽 투르카 던전으로 가면 꽤 도움이 될 걸세."

노란색으로 빛나는 기둥을 가리킨 경비병은 철없는 아이를 달래듯 말했지만, 그 목소리에는 짜증이 묻어났다.

화가 난 노바디가 사라겐의 비월을 꺼내어 능력을 보여 주려는 찰나, 체리가 끼어들었다.

"네, 다시 올게요."

백작가의 딸이라는 사실을 숨기기 위해 성직자용 후드를 뒤집어쓴 체리는 노바디를 이끌고 아로간타르가 씩씩거리는 그 골목으로 갔다.

"진정해요."

체리는 노바디, 아로간타르 두 사람을 보며 말했다.

"저 사람은 내가 얼마나 강한지 몰라서 이러는 거야. 직접 보기만 하면……."

"봐도 달라질 건 없어요. 오히려 더 복잡해질 거예요."

"무슨 뜻이야?"

"이방인 중에는 보기보다 훨씬 강한 사람이 있다는 사실, 알고 있어요. 노바디 님의 능력은 이미 본 적도 있고요. 하지만 경비병은 이미 시장님으로부터 명령을 받았어요. 경비병은 식별 마법이 부여된 저 기둥의 결과에 따라 이방인의 출입을 통제하라는 명령대로 할 수밖에 없어요. 힘으로 제압하려고 했다가는 시청 소속 경비대가 출동할 테고, 자칫 잘못하면 엘루마라는 거대도시와 싸워야 할 거예요. 뮤카멘 백작가의 영향력으로도 막지 못해요. 뮤카멘 백작가를 눈엣가시처럼 여기는 바젠 후작이 좋은 기회를 놓칠 리가 없으니까요. 그 결과는 추방이겠죠. 노바디 님이 아무리 강해도 도시 전체를 이길 수는 없어요. 잘못하면 셀레스카르 님, 론투엘 왕세자 저하에게도 피해가 갈 수 있고요."

체리는 던전 입구 양쪽에 세워진 대리석 기둥을 손가락으로 가리켰다.

그제야 노바디는 사람들이 지나갈 때마다 그 기둥의 색깔이 변한다는 사실을 알아차렸다. 대부분 적색이었고, 가끔 녹색이 섞여 있었다. 노란색은 한 명도 없었다.

노바디는 지나가는 이방인 한 사람을 붙잡고 물어봤다.

"레벨 60은 넘어야 캉트 던전에 입장할 수 있어요. 레벨 80은 넘어야 비교적 자유롭게 돌아다닐 수 있고, 100을 넘기면 제대로 즐길 수 있죠. 설마 그것도 모르고 여기까지 온 거예요?"

엘프 특유의 서늘한 표정을 지은 이방인은 노바디를 비웃었다.

노바디는 캐릭터 창을 열었다.

캐릭터 이름 : 노바디
직업 : 없음
레벨 : 34

레벨이 낮아서 캉트 던전에 들어갈 수 없다!

그동안 전혀 신경 쓰지 않았던 레벨 때문에!

골목으로 돌아온 노바디는 체리에게 물었다.

"투르카 던전이 어디 있는지 알아?"

"당연히 알죠."

"거기로 가자."

"알았어요."

체리가 대답하자, 아로간타르는 어느새 마차를 잡고 있었다. 세 사람이 올라타자 마차는 캉트 던전에서 멀어지며 북쪽으로 방향을 잡았다.

노바디는 입술을 꼭 깨물었다.

'레벨 제한으로 던전에 들어갈 수 없다니. 내가 바보였어. 그 정도는 예상할 수 있어야 하는데.'

처음으로 레벨업을 등한시한 점을 후회했다. 조금만 신경을 썼다면 시간 낭비하지 않아도 될 터였다.

"얼마나 걸려?"

"한 30분은 걸릴 거예요."

그 대답에 노바디는 현섬을 펼쳐 바로 투르카 던전 입구로 갈 수 있으면 얼마나 좋을까 생각했다. 한 번도 가 보지 않았던 곳이라 현섬도 무용지물이었다.

"대사형, 투르카 던전엔 왜 가는 겁니까?"

아로간타르가 물었다.

"강해지려고."

"네? 대사형은 충분히 강하잖습니까."

"그 대리석 기둥은 다르게 생각하나 봐."

마음 같아서는 사라겐의 비월로 색깔이 바뀌는 기둥을 모조리 부수고 싶었다.

마차가 투르카 던전 입구에 멈췄다. 노바디는 즉시 입구로 달렸다.

투르카 던전으로 드나드는 사람들 양쪽에 우뚝 선 기둥은 녹색으로 반짝거렸다. 가끔 노란색도 있었다.

'여기는 저렙 던전이구나.'

노바디는 조금 짜증이 났다. 스스로 날아다니는 사라겐의 비월만으로도 저 던전을 휩쓸고 다닐 수 있을 텐데.

왜 레벨로 던전 입장에 제한을 두는지 이해할 수 없었다.

통로를 지나자, 꽤 많은 사람들로 붐비는 넓은 홀이 나왔다. 홀 너머에 어두컴컴한 던전이 보였다.

사람들은 네다섯 명, 혹은 그 이상으로 팀을 만든 후에 철문을 통해 던전으로 입장했다. 철문 옆에는 경비병 세 명이 날카로운 눈빛으로 주위를 살피며 경계하고 있었다.

홀 한쪽에 마련된 상점에서 지나칠 만큼 많은 회복약을 사서 인벤토리 창을 가득 채운 노바디는 벽으로 가서 던전 플레이 공지 사항을 읽었다.

설명은 간략했다.

최소 네 명.

탱커, 딜러, 힐러의 조합.

노바디는 퀘스트 NPC만으로 탱커와 딜러, 힐러를 꾸릴 수 있으면 혼자라도 던전에 들어갈 수 있다는 사실에 매우 기뻤지만, 현재는 한 사람이 부족했다. 여기 던전 내부 홀에 들어온 게이머들 중 한 사람을 파티의 일원으로 받아들여야 한다.

벨란데르에게 연락을 해 볼까?

'지금은 못 와.'

벨란데르는 고스트 커넥터를 분해하고 내부 구조를 살피느라 여념이 없었다.

영웅회 준비와 실종 사건으로 바쁜 겔란드 대사형에게 부탁할 수도 없다.

"잠깐만 여기서 기다려."

아로간타르, 체리를 던전 홀에 남겨 둔 노바디는 접속을 끊었다.

"난 파티를 이뤄서 던전에 들어가 본 적 없는데. 괜찮을까?"

투르카 던전으로 입장하기 위해 줄을 서서 기다리던 바마퉁이 속삭였다. 바마퉁은 힐러 역할을 맡기 위해서 사토르의 장갑을 끼고 있었다.

"나도 처음이야."

노바디는 사사형 가쿨라가 준 목검을 들고 빙글빙글 돌리면서 말했다.

"정말?"

"저도 오늘 처음 던전에 들어왔어요."

체리의 얼굴은 긴장으로 팽팽했다.

"걱정 마십시오. 제가 있으니까 조금도 염려할 필요 없습니다."

아로간타르는 자신만만했다.

앞선 사람들이 시꺼먼 던전으로 들어가자, 노바디가 만든 파티 차례가 되었다.

경비병들이 노바디와 바마퉁, 아로간타르 그리고 체리를 사나운 기세로 노려보았다.

"통과."

철문이 열렸다.

아로간타르가 녹색의 검 토포레를 뽑으며 먼저 앞으로 나섰다. 노바디는 그다음이었다.

체리와 바마퉁은 3미터쯤 거리를 두고 따라왔다. 본격적인 던전 플레이 전에 미리 위치를 정했던 것이다.

노바디는 곧 있을 전투에 대한 쾌감을 느꼈다. 아직은 산들바람처럼 약하지만 곧 돌풍처럼 몸을 휘감을 그 짜릿한 느낌…… 마치 고향에 돌아온 기분이었다.

모퉁이를 돌자 홀을 밝히던 빛마저 사라져, 주위는 어둠에 잠겼다.

곧 눈이 던전에 익숙해졌다. 벽과 천장 곳곳에 박혀 있는 야명석 덕분이었다.

노바디는 눈으로 보지 못하는 곳까지 볼 수 있었다. 청명 덕분에 마치 소나로 바닷속 적을 식별하는 잠수함처럼 어둠이 깔린 저 앞쪽 땅바닥을 뚫고 올라오는 스켈레톤 병사들을 알아차릴 수 있었다.

"냄새가 고약한데요."

아로간타르가 말했다.

"검으론 못 죽여."

노바디였다.

"전 녹색날개 일족의 후계자입니다. 제 능력을 보여 드리 겠습니다, 대사형."

아로간타르는 앞으로 달려 나갔다.

스켈레톤 병사들은 달그락거리며 아로간타르를 빠르게 에 워쌌다.

'세와타트 산맥 지하에서 본 놈들보다 훨씬 빨라. 갑옷도 더 좋은 것 같고, 들고 있는 장검 상태도 그때보단 멀쩡해.'

노바디는 냉정하게 적을 분석했지만, 두려움을 느끼지는 않았다.

녹색 검 토포레가 스켈레톤 병사들의 갑옷을 가볍게 뚫고 갈비뼈를 잘랐다.

균형을 잃고 무너져 뼈가 흩어지는 병사들.

그러나 죽음의 마법이 걸린 뼈들이 서로 부딪치며 자기 자 리로 돌아갔다.

그때, 아로간타르가 엘프어를 외치며 애검 토포레에 마력 을 쏟아부었다.

펜싱용 검처럼 얇고 뾰족했던 토포레가 커졌다. 끝은 여전 히 날카롭지만 자루로 가까워질수록 검 면이 넓어졌다. 찌르 기뿐 아니라 베기에도 좋은 바스타드소드의 형태로 바뀐 것 이다.

어느새 아로간타르는 두 손으로 토포레를 쥔 채 이제 막

형체를 갖춘 스켈레톤 병사들을 공격했다.

토포레에서 흘러나온 녹색 빛에 닿는 순간, 죽음의 마법이 서려 있어 거뭇거뭇한 스켈레톤 병사들의 뼈가 녹아내렸다. 단숨에 일곱 마리의 스켈레톤 병사들이 소멸되었다.

"우와!"

바마퉁이었다.

"역시 녹색날개 엘프의 후계자다워."

체리였다.

아로간타르는 숨을 고르며 대사형 노바디를 쳐다봤다.

노바디는 메시지 창을 닫으며 아로간타르를 응시했다. 아로간타르가 얻은 경험치의 60%가 노바디에게 주어졌기 때문에 레벨업이 된 것이다.

"최고야."

엄지를 들어 올린 노바디.

아로간타르는 주먹을 불끈 쥐었다. 누구보다도 대사형에게 인정을 받고 싶었다.

"그럼 여기 1층은 네가 맡아."

노바디는 죽은 스켈레톤 병사들이 남긴 동전이나 아이템을 주웠다. '부러진 장검', '낡은 장검' 등 상태 안 좋은 무기나 '반쯤 썩은 뼈', '완전히 썩은 뼈' 등 주로 네크로맨서에게 필요한 아이템은 그냥 버렸다. 가끔 나오는 회복약 등은 따로 챙겼다.

"알겠습니다!"

아로간타르는 기다렸다는 듯 대답하고 몸을 돌려 어둠을 노려보았다.

노바디는 아로간타르가 연이어 스켈레톤 병사들을 엘프 특유의 마검으로 해치우는 모습을 뒤에서 지켜보았다. 몸이 근질근질했지만 꾹 참았다.

처음 아로간타르가 토포레를 휘둘러 그 죽음의 병사들을 처리할 때, 노바디는 지나치게 동작이 화려해서 걷어 내야 할 군더더기가 많다고 생각했다.

싸우고 싶은 마음마저 누른 이유는 아로간타르의 검술과 동작을 자세히 살펴야 대사형으로서 제대로 무술을 가르칠 수 있다고 판단했기 때문이다.

대신, 노바디는 아무도 신경 쓰지 않는 돈을 한 푼도 빠뜨리지 않으려 애를 썼다.

성실한 엄마 덕분에 어릴 때부터 부족함 없이 자랐지만 그렇다고 여유롭게 무엇이든 원하는 것은 다 할 수 있는 집안 분위기는 아니었다. 절약은 몸에 배어 있었고, 어떤 경우에도 이익을 마다하지 않았다.

'아껴야 잘사니까.'

스켈레톤 병사들의 수가 늘어났다. 지친 아로간타르는 놈들을 한꺼번에 죽일 수 없었다.

석궁을 든 체리가 아로간타르를 도왔다. 아로간타르가 위험할 때만 화살을 쏘아 스켈레톤 병사를 죽였다. 바마퉁은 장갑에 깃든 사토르 힐링을 펼쳐 아로간타르의 몸을 회복시켰다.

깜짝 놀란 노바디는 체리를 쳐다봤다. 스켈레톤 병사가 화살에 맞아 가루가 되었던 것이다.

"상점에서 구입했어요. 촉에 은을 묻혀 죽음의 몬스터에게도 효과가 있는 특제 화살을 팔더라구요. 좀 비싸긴 하지만, 노바디 님의 재력을 생각하면 뭐 아무것도 아니잖아요."

"재력?"

"300만 골드. 마법이 걸린 비싼 무기를 사면 금세 써 버리겠지만, 이런 화살은 평생 마음껏 써도 될 만한 돈이잖아요."

그 설명을 들은 후에야 노바디는 퀘스트 NPC로 등록된 체리가 자신의 돈까지 쓸 수 있다는 사실을 깨달았다.

좀 신기하면서도 재미있었다.

스켈레톤 궁수의 등장으로 아로간타르는 난감한 표정을 지었다.

멀리서 독 묻은 화살을 쏘아 대는 스켈레톤 궁수 앞을 수십 마리의 스켈레톤 병사들이 막는 바람에 애검 토포레로 날아오는 화살을 쳐 내는 게 고작이었다.

체리는 그 자리에서 두 개의 석궁을 개조하여 하나로 만들었다.

비거리가 세 배나 늘어난 그 석궁을 들고 화살을 쏘자, 멀리 있던 스켈레톤 궁수들이 쓰러졌다.

백발백중이었다.

"대단한데."

"워낙 호기심이 많아서, 궁술 학원도 다녔거든요."

노바디는 스킬 창을 열어서 확인했다.

체리에게는 다양한 종류의 스킬이 등록되어 있었다. 그중 궁술도 있었다.

현재 체리가 익힌 궁술의 '조준' 스킬은 레벨 3이었다. 반경 50미터 내에서는 거의 실수가 없는 수준이었다. 스킬 레벨이 10이 되면 '속사' 스킬이 추가된다. 지금보다 두 배는 더 빨리 화살을 쏠 수 있을 것이다.

마차, 배, 낚시, 술 제조, 보석 세공, 가죽 재봉, 광맥 탐지, 무기 설계, 약초 채집 등 다양한 분야의 스킬을 조금씩 재미로 익힌다면 체리 같은 상태가 될 터였다.

'안 해 본 게 없는 여자구나.'

체리 덕분에 스켈레톤 궁수를 처리하자, 나머지는 바마퉁의 도움을 받은 아로간타르가 쓸어버릴 수 있었다.

그동안 노바디가 한 일은 레벨업 메시지 창을 내리는 것과 돈과 아이템을 줍는 것뿐이었다.

스켈레톤 마법사가 나오자 균형이 깨졌다. 체리의 개조 석궁으로도 지팡이를 들고 저주 마법을 펼치는 스켈레톤 마법사를 죽일 수가 없었다.

"대사형!"

급박한 아로간타르의 목소리.

노바디는 사라겐의 비월을 꺼냈다.

다음 권으로 이어집니다

DOUBLE LEVEL UP

대역배우 레벨 업

한시웅 장편소설

200평 초대형 24시 만화방

- 수면실 (침대식)
- 사우나석
- 2인석
- 샤워실
- 세탁기
- 신간100%

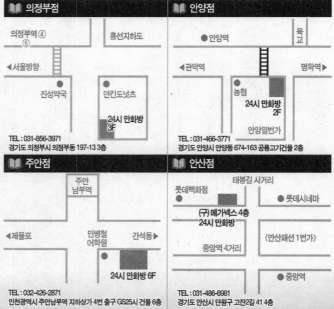

📖 의정부점

의정부역 ④⑤

흥선지하도

◀서울방향

진성약국

던킨도넛츠

24시 만화방 3F

TEL : 031-856-3971
경기도 의정부시 의정부동 197-13 3층

📖 안양점

● 안양역

육교

◀관악역

명학역▶

농협

24시 만화방 2F

안양일번가

TEL : 031-466-3771
경기도 안양시 안양동 674-163 공룡고기건물 2층

📖 주안점

주안남부역

◀제물포

민병철 어학원

간석동▶

24시 만화방 6F

TEL : 032-426-2871
인천광역시 주안남부역 지하상가 4번 출구 GS25시 건물 6층

📖 안산점

롯데백화점

태봉길 사거리

● 롯데시네마

(구) 메가넥스 4층 24시 만화방

〈안산패션 1번가〉

중앙역 4거리

● 중앙역

TEL : 031-486-6981
경기도 안산시 단원구 고전2길 41 4층

수민 장편소설

리턴홀릭

Return holic

『타임홀릭』,『시티홀릭』『다크홀릭』
마약처럼 빠져드는 수민의 네 번째 HOLIC 시리즈!
『리턴홀릭』

전직 조폭 겸 문화재 도굴꾼 박민기
단물 다 빨리고 죽임당한 뒤 눈떠 보니
IMF에 휩쓸리고 있는 1998년의 한국,
흑역사의 날로 리턴했다!

이번에야말로 평범하고 사람답게? 아니,
그냥 성질대로, 하고 싶은 대로 살아 보자!

베스트셀러도 쓰고 신창원도 잡고
분실한 이순신 장군 유물도 찾았다!
이제 떳떳하게 유물 발굴하며 도굴꾼들 잡으련다!

암행어사? 경찰? NO! 문화재사범단속반 공무원이다!
도굴꾼 잡는 전직 도굴꾼 나리 출두요!